IM TÖDLICHEN NETZ DER LÜGEN

FRANZ-HUBERT ESSER

IM TÖDLICHEN NETZ DER LÜGEN

KRIMINALROMAN

Bibliografische Information der Deutschen Nationalbibliothek: Die Deutsche Nationalbibliothek verzeichnet diese Publikation in der Deutschen National-
bibliografie; detaillierte bibliografische Daten sind im
Internet über *dnb.dnb.de* abrufbar

Autor: Franz-Hubert Esser
Coverfoto: Franz-Hubert Esser
© Franz-Hubert Esser 2020

Herstellung und Verlag: BoD – Books on Demand,
Norderstedt
ISBN: 978-3-753408125

Für Hilde

EINS

Es war ein traumhafter Spätsommertag in den Zillertaler Alpen, leuchtend blauer wolkenloser Himmel, kaum Wind, Temperaturen nahe zwanzig Grad. Ideale Bedingungen für eine Bergtour.

Die beiden jungen Frauen waren schon früh aufgebrochen und befanden sich nun auf dem Rückweg, als das Wetter urplötzlich umschlug. Von Minute zu Minute dunkler werdende Wolken zogen drohend auf und vertrieben die Sonne, der Wind nahm deutlich zu, ein noch entfernt klingender Donnergroll war zu vernehmen. Ein Unwetter zog auf.

»Was jetzt?«, rief die eine Frau mit besorgter Stimme.

»Auf keinen Fall weiter runter! Das Gewitter würde uns voll erwischen. Ich denke, wir sollten schnell wieder hoch ins Gebirge und uns eine Stelle suchen, die einen gewissen Schutz bietet.«

»Unter einem Felsvorsprung warten, bis der Spuk vorbei ist?«

»Genau!«

So kramten die beiden aus ihren Rucksäcken die Regenjacken hervor, wohl wissend, dass diese ihnen bei dem bevorstehenden Unwetter wenig helfen würden. Dann begaben sie sich wieder zurück in die Bergregion. Bald zuckten aus inzwischen tiefschwarzen Wolken erste Blitze, ein Sturm brauste auf, Regentropfen fielen, die sich unglaublich schnell zu einem Wolkenbruch verstärkten. Außerdem war da ganz plötzlich eine Nebelwand erschienen, die den beiden Frauen völlig die Sicht nahm. Sie kamen vom Weg ab, waren außerstande, eine schützende Stelle zu finden, irrten völlig orientierungslos umher, den Naturgewalten ausgeliefert. Auch ihre Kleidung war den Verhältnissen keineswegs angemessen, mit dem Hereinbrechen eines derartigen Unwetters war ja nicht zu rechnen gewesen.

Sie nahmen sich bei den Händen, sowohl um sich nicht zu verlieren als auch um ein gewisses Maß an menschlicher Wärme in dem Inferno zu spüren.

Was war das? Hatte sie einen Schrei gehört? Was war geschehen? Plötzlich durchfuhr ein furchtbarer Schreck ihren gesamten Körper: Ihre Hand war leer, darin befand sich nicht mehr die Hand der Gefährtin. Konnte sie einfach so aus der ihren gerutscht sein oder hatte sie etwa mit einem kleinen Stoß nachgeholfen? War sie wirklich imstande gewesen, so etwas zu tun? Am Vormittag hatte es ja einen heftigen Streit zwischen den beiden gegeben. Unfähig, einen klaren Gedanken zu fassen, sich selbst zu erklären, was geschehen war, rief sie so laut sie konnte den Namen der Freundin, kreischte geradezu, doch durch die Geräuschkulisse des tobenden Unwetters vernahm sie kaum ihre eigene Stimme. Sie geriet vollkommen in Panik, rannte und kroch weiter durch Nebel, Wolkenbruch, Blitz und Donner. Endlich fand sie einen kleinen Felsüberhang, der etwas Schutz vor den Urgewalten bot. Sie sank entkräftet zu Boden, tränenüberströmt, am ganzen Körper zitternd, die klatschnassen Klamotten auf der Haut klebend. Immer wieder rief sie den Namen der Gefährtin, doch es kam keine Antwort.

ZWEI

Am Niederrhein neigte sich der in diesem Jahr um einen Tag verlängerte Februar auch schon wieder seinem Ende zu. In einigen Stunden würde er sich erneut für elf Monate in sein unbekanntes Versteck zurückziehen. Die großen Scharen der arktischen Wildgänse, die sich Jahr für Jahr das Gebiet zwischen Duisburg und Emmerich/Kranenburg als Überwinterungsrevier auswählen, bevor sie in ihre sibirische Brutheimat aufbrechen, hatten sich bereits merklich gelichtet. Eine spürbare Zugunruhe war den noch verbliebenen Tieren deutlich anzumerken.

Kriminalkommissar Klaas Hinrichs blickte versonnen aus dem Fenster der Küche auf einen gerade vorbeifliegenden Trupp Blässgänse. Seit mehr als 13 Jahren wohnte er schon mit seiner Frau Petra in Kranenburg. Die großen Trupps arktischer Wildgänse hatte er zwar in jedem Winter wahrgenommen, mehr aber auch nicht. Erst seit einem spektakulären Mordfall auf dem Emmericher Eyland einige Monate zuvor, in dem die Wildgänse eine wichtige Rolle gespielt hatten, war er von den Tieren fasziniert. Von seinem Freund Thomas Schraven, der als Biologe bei der Naturschutzstation in Kranenburg arbeitete, hatte er viel Interessantes über die Wildgänse erfahren. So wusste Hinrichs, dass auf die Bläss- und Saatgänse jetzt die gefährlichste Zeit des Jahres zukam, bevor sie sich auf der Insel Kolguev oder der Taimyr-Halbinsel am Nordpolarmeer endlich dem Brutgeschäft widmen konnten. Nach Rastphasen in Polen und dem Baltikum warteten im Bereich des Ladogasees im Nordwesten Russlands Scharen von Jägern auf die Tiere. Schraven hatte resigniert berichtet, dass die Frühjahrsjagd auf die Wildgänse in Russland eine jahrzehntelange Tradition darstellt und dagegen etwas zu unternehmen sowohl internationale als auch russische Naturschützer vor kaum lösbare Aufgaben stellt.

Das erste Licht des Morgens war kaum mehr als zu erahnen, da schraubten sich schon die Feldlerchen jubilierend gen Himmel empor und sandten einen ersten Hauch von Frühling. Ein müder Hahn, der offenbar seinen Einsatz verschlafen hatte, krähte besonders laut, verärgert über die Lerchen, weil diese es gewagt hatten, ihm das Recht auf die ersten Töne des Morgens streitig zu machen.

Die Feldlerche schien besonders laut zu jubilieren, hatte sie es doch wieder einmal geschafft, auf ihrem Zug den zahlreichen Vogelfängern im Mittelmeerraum zu entkommen. Insbesondere auf Malta und Zypern, aber auch in Italien und Frankreich, werden jährlich Millionen von Zugvögeln Opfer von illegalem Massenfang.

Das leichte Wolkentuch war an einigen Stellen gerissen und der eine oder andere Fetzen blauen Himmels wurde sichtbar. Erste mattgelbe Sonnenstrahlen versuchten zaghaft, einen leisen Hauch von Vorfrühling zu bewirken.

Die Frau, die sich übel gelaunt in ihrem dunkelblauen VW Golf in nördlicher Richtung durch das niederrheinische Tiefland zu ihrem Arbeitsplatz in Kleve bewegte, bemerkte von den Anzeichen des nahenden Frühlings nichts. Zu sehr beschäftigte sie noch der erneute Streit mit ihrem Ehemann, wodurch das gemeinsame Frühstück abrupt zum Ende gekommen war. Zum wiederholten Male hatte er ihr vorgeworfen, viel zu wenig Zeit für gemeinsame Unternehmungen zu haben, weil sie ständig, am Feierabend und vor allem am Wochenende Arbeit mit nach Hause nahm. Dass ihr Mann möglicherweise recht haben könnte, ein solcher Gedanke war für sie völlig ausgeschlossen. Sie hatte in ihrem Leben noch nie Kritik zu ertragen vermocht.

Bei der Kripo Kleve, deren Einsatzbereich nicht nur die Stadt selbst, sondern das gesamte Kreisgebiet umfasste, hatte wieder ein ganz normaler Arbeitstag begonnen. In der flachen, nur von einigen bewaldeten Moränenzügen der vorletzten Eiszeit strukturierten und stark agrarisch geprägten Landschaft schien Kriminalität auf den ersten Blick die große Ausnahme. Friedliche schmucke Landstädtchen wie Geldern, Issum, Kalkar, Goch oder Kevelaer wirkten absolut nicht wie Brennpunkte des Verbrechens. Auch das eher industriell geprägte Emmerich und die größte Stadt des Kreises, Kleve selbst, sahen eher verschlafen aus im Vergleich mit den Metropolen des Ballungsraumes Rhein-Ruhr.

Und doch durften sich die Beamten der Kreispolizeibehörde in Kleve über einen Mangel an Arbeit keineswegs beklagen. Drogendelikte zählten zu den häufigsten Vergehen, dafür war schon vor etlichen Jahren ein eigenes Kommissariat eingerichtet worden. Auch darüberhinaus geschahen erstaunlich viele Straftaten, die das Team des K1 ständig forderten: Wohnungseinbrüche, Überfälle auf Geschäfte und besonders Tankstellen sowie die zunehmende Bandenkriminalität, zu der in erster Linie die Geldautomatensprengungen und der Metalldiebstahl zählten.

Auch ihren ersten Einsatz an diesem Morgen verdankten die Kommissare Hinrichs und Heise den Metalldieben.

Klaas Hinrichs und Siegfried Heise wiesen abgesehen von ihrem Alter, beide waren Anfang vierzig, keinerlei Gemeinsamkeiten auf. Der aus Nordfriesland stammende Hinrichs war mittelgroß und schlank mit nahezu glatzenartig kurzen Haaren und einem dunkelblonden Kinn- und Oberlippenbart. Er hatte eine Neigung zu witzigen Kommentaren, versprühte meist gute Laune, war ein wirklich extrovertierter Typ. Im Gegensatz zu ihm redete Heise selten ein Wort zuviel, wirkte sehr oft nachdenklich, introvertiert. Er war eher klein und stämmig, mit einem rundlichen Gesicht und mittellangen schwarzen Haaren. Er trug eine dicke Brille.

Im Kommissariat lief er unter dem Spitznamen ›Holmes‹, und zwar nicht nur wegen der identischen Namensanfangsbuchstaben. Er hatte den Meisterdetektiv aus der Bakerstreet stets als sein großes Vorbild bezeichnet, vor allem wegen dessen Fähigkeit, absolut klar und analytisch zu denken, keine unwichtig erscheinende Kleinigkeit unbeachtet zu lassen.

Trotz oder gerade wegen ihrer Unterschiedlichkeiten bildeten Klaas Hinrichs und Siegfried Heise seit etlichen Jahren ein richtig gutes Team.

»Diese Metalldiebe haben sich zu einer wahren Landplage ausgewachsen«, moserte Hinrichs, als es plötzlich einen dumpfen Schlag gab.

»Was war das?«, fragte Heise besorgt.

»Wie viele Leben sagt man im Volksmund einer Katze nach?«, wollte Hinrichs anstelle einer Antwort wissen.

»Ich glaube sieben. Du meinst, wir haben eine ...?«

»Ja, und zwar eine, deren siebentes Leben es war! Ende, aus, vorbei!«

»Wieso bist du dir da so sicher?« Heise hatte seine Zweifel, aber Hinrichs erklärte: »Dass es sich um einen Stubentiger handelt, habe ich gerade noch erkennen können. Das Tier lief von rechts urplötzlich quer über die Straße. Und dass es das siebente und damit letzte Leben war, hast du selbst an dem Aufprall spüren können.«

»Was bringt eine Katze dazu, auf einer vielbefahrenen Straße einfach so die Fahrbahn queren zu wollen?«, fragte Heise nachdenklich.

Hinrichs hatte eine Idee: »Vielleicht eine Falle.«

»Wie bitte?«

»Auf der anderen Straßenseite hat möglicherweise ein Mäuschen seine Faxen gemacht und die Katze angelockt.«

»Und diese absichtlich zur Straßenquerung verleitet? Na ja, weißt du.« Heise schien skeptisch.

»Jedenfalls halte ich das für eine Art ausgleichende Gerechtigkeit. Ich möchte nicht wissen, wie viele kleine Singvögelchen diese Katze auf dem Gewissen hat!«

»So ist das nun mal in der Natur!«, stellte Heise nüchtern fest. »Fressen und gefressen werden.«

»Dann wird der Philosoph mir bestimmt auch verraten, von wem die Katzen gefressen werden. Natürliche Freßfeinde wie Wolf, Bär oder andere Großsäuger scheiden ja wohl aus.«

»Die Rolle hat der Mensch übernommen, wie wir vor ein paar Minuten feststellen konnten«, erklärte Heise.

Hinrichs wirkte nachdenklich. »Naja. Aber dann müssten wir noch eine ganze Menge Katzen plattfahren, um das natürliche Gleichgewicht wieder herzustellen.«

Weiter kam er nicht, denn sie hatten Grieth erreicht. Das 800-Einwohner-Dorf direkt am Rhein hatte vor langer Zeit sogar zur Hanse gehört und eine wirtschaftliche Bedeutung gehabt, von der heute rein gar nichts mehr zu spüren war. Durch die Eingemeindung nach Kalkar hatte Grieth im Jahre 1969 auch seine Selbständigkeit verloren. Im Ort gab es weder Supermarkt noch Kneipe, Schule, Arzt oder Post. Durch mehrere enge Gässchen, etliche davon wiesen noch Kopfsteinpflaster auf, kämpften sie sich durch zur Schloßstraße. Diese war breit genug, um den Wagen am Straßenrand abzustellen.

»Da sind wir schon«, stellte Hinrichs fest, » hier wohnt der Vorsitzende des Schiffervereins Grieth, Helmut Reuter. Er hat heute Morgen die Polizei verständigt.«

Heise drückte auf die Klingel und im selben Augenblick öffnete sich bereits die Tür.

»Ich habe Sie kommen gesehen, Sie sind doch von der Polizei?«, wurden sie von Herrn Reuter begrüßt, einem stattlichen Mann mit freundlichem ovalem Gesicht und grauer Bürstenfrisur. Heise schätzte ihn auf Anfang 70.

»Genau! Ich bin Kriminalkommissar Hinrichs und das ist mein Kollege Heise.«

»Am besten wir gehen sofort zu der Stelle«, schlug Reuter vor und setzte sich auch schon in Bewegung. Nach nur wenigen Metern erreichten sie den Griether Markt. Von dort bog man in das Sträßchen mit dem ebenso eigenartigen wie zutreffenden Namen Durchlass. An dieser Stelle wies die durchgehende Häuserzeile der Schloßstraße nämlich eine Öffnung im Erdgeschoss auf, ähnlich einer sehr breiten Garage, nur ohne Tor und rückwärtige Wand. Das war der Durchlass. Diesem kleinen Sträßchen beim Hochwasserschutztor nach links entlang des Rheindeichs folgend, erreichten sie nach wenigen Metern ihr Ziel. Herr Reuter deutete auf einen grauen Sockel. »Das ist die Stelle. Genau hier befand sich unsere Schiffsschraube seit ungefähr 15 Jahren. Ein Rheinschiffer hat sie uns seinerzeit gespendet.«

»Bei Ihrem Anruf heute früh erwähnten Sie einen möglichen Zeugen, Herr Reuter«, sprach Hinrichs nun den Mann an.

»Ja, Hans Welbers, er wohnt nur ein paar Häuser weiter, kommen Sie bitte mit!«

Herr Welbers, klein und schmächtig, mit einem seltsam ausdruckslosen Gesicht, hatte in der Nacht, gegen 2.30 Uhr, Lärm gehört und auf die Straße geschaut. Personen gesehen hatte er jedoch nicht, nur einen hellen Kleintransporter, den er nicht kannte. Dann war er wieder zu Bett gegangen. Herr Welbers bemerkte wohl den unzufriedenen Gesichtsausdruck von Hinrichs, denn er erklärte entschuldigend: »Ich konnte doch nicht ahnen, dass da Diebe am Werk waren. Sonst hätte ich sofort die Polizei angerufen.«

»Das ist schon in Ordnung«, beruhigte ihn Heise. »Immerhin wissen wir jetzt die ungefähre Tatzeit.«

Dann gingen Heise und Hinrichs zusammen mit Herrn Reuter zurück zum Tatort.

»Was genau können Sie uns über die Schiffsschraube noch berichten? Sie verfügen bestimmt auch über ein Foto«, begann Heise.

»Das gute Stück wiegt etwa 250 Kilogramm und ist aus Messing. Es besteht aus den vier typischen Propellerflügeln, die Sie hier auf dem Bild sehen können.« Reuter reichte den Kommissaren ein Foto der Schiffsschraube.

»Na, dann können wir nur hoffen, dass Ihre Schraube bald wieder auftaucht«, meinte Hinrichs.

Nachdem Heise den einbetonierten Ständer, auf dem die Skulptur befestigt gewesen war, abfotografiert hatte, bedankten sich die beiden Kommissare bei Herrn Reuter und begaben sich auf den Rückweg.

Hinrichs fasste in Worte, was beide dachten: »Für ein Gewicht von 250 Kilogramm benötigt man entweder mindestens fünf starke Männer oder einen Kran!«

»Ein kleiner Kran könnte sich durchaus in dem Transporter befunden haben. Jammerschade, dass Herr Welbers nicht mehr mitbekommen hat!«, erwiderte Heise.

»Jedenfalls haben wir hier wenig bis gar nichts erreicht«, murmelte auch Hinrichs unzufrieden. »Ich kann mir auch keinen Reim darauf machen, warum uns der Alte Fritz heute hierher geschickt hat. Den Hintermännern der Metalldiebe konnten wir doch kaum auf die Spur kommen, das war vorher schon klar.«

»Vielleicht«, versuchte Heise eine Erklärung, »hat er sich von dem Zeugen konkrete Hinweise erhofft.«

»Kann sein, ja. Dann dürfen wir also ebenso wie die Griether darauf warten, ob die Schraube bei irgendeinem Schrotthändler in den Niederlanden auftaucht.«

»So sieht es wohl aus«, stimmte Heise zu.

»Der Alte Fritz könnte ja mal unseren Krikoman auf den Fall ansetzen«, scherzte Hinrichs. Damit meinte er Kriminalkommissarsanwärter Jens Marquardt, der im Rahmen seiner dualen Ausbildung seit ein paar Wochen ein Praktikum bei der Kripo Kleve absolvierte.

Zurück im Präsidium berichtete Heise kurz dem Leiter des K1, Fritz Alt, vom Besuch in Grieth, während Hinrichs den Schriftkram erledigte. Der von allen nur der ›Alte Fritz‹ genannte Erste Kriminalhauptkommissar war knapp über 50 Jahre alt und stammte aus Dortmund. Der begeisterte BVB-Anhänger war mittelgroß und sportlich. Die welligen und immer nach hinten gekämmten schwarzen Haare wiesen bereits etliche graue Strähnen auf, der Bart war ober- und unterhalb der Lippen schwarz, am Kinn und an den Seiten jedoch fast übergangslos grau. Seit rund fünf Jahren leitete Alt das 1.Kommissariat in Kleve und sowohl er als auch seine Frau Gabi hatten sich am Niederrhein sofort wohlgefühlt. Ihnen gefiel vor allem die im Vergleich zum Ruhrgebiet doch wesentlich entspanntere Lebensweise mit weniger Hektik, Lärm und Industrie.

»Ich glaube, wir sollten Herrn Marquardt einmal befragen, wie er jetzt vorgehen würde«, schlug Alt vor und erntete damit ein Lächeln bei Heise. »Genau das hat Klaas vorhin auch gemeint«, erklärte er.

DREI

Auch am Dienstag arbeitete der Frühling eifrig an seinem Comeback. Der zuerst glutrote große Sonnenball ging sehr bald in eine kleinere gelbliche Variante über und schickte seine Strahlen von einem kaum bewölkten Himmel. Die Temperaturen bewegten sich sogar zu dieser frühen Stunde bereits im hohen einstelligen Bereich.

Der am Vortag so schläfrige Hahn krähte nahezu pausenlos, um sich nicht noch einmal die ersten Töne des Tages von der Lerche wegnehmen zu lassen. Dass sein heiseres Gekrächze mit dem melodischen Gesang der Feldlerche nicht im Geringsten zu konkurrieren vermochte, störte ihn offenbar nicht.

Als Siegfried Heise an diesem Morgen den Bereich des K1 innerhalb des neuen Großraumbüros betrat, wurde er von der Kriminalassistentin Heike Buschkamp und dem Kommissarsanwärter Jens Marquardt begrüßt, nicht jedoch vom Alten Fritz und von Klaas Hinrichs. Heises fragenden Blick beantwortete Heike Buschkamp sofort. »Der Alte Fritz und Klaas sind schon unterwegs. In der Martin-Luther-King-Realschule wird seit gestern die Direktorin vermisst.«

»Verschwundene Schulleiterin? Das hatten wir noch nicht. Weißt du Genaueres?«

»Nein! Nur, dass es einen ziemlich aufgeregten Anruf des Ehemannes gab, dass seine Frau heute Nacht nicht nach Hause gekommen ist«, erklärte Heike Buschkamp.

»Na ja. So etwas soll ja schon mal passieren, ohne dass ein Verbrechen vorliegt«, schmunzelte Marquardt. Der knapp Dreißigjährige stammte aus Düsseldorf, hatte zunächst Wirtschaftsinformatik studiert, bevor er sich für den Polizeidienst entschied. Er war von mittlerer Größe, schlank, wirkte durchtrainiert, hatte ein eher rundliches Gesicht mit blauen Augen und kurzen schwarzen Haaren.

»Dann machen wir uns auch an die Arbeit«, sagte Heise. »Du weißt schon, die Metalldiebe!«

Es war gegen halb neun, als Fritz Alt und Klaas Hinrichs an der Martin-Luther-King-Realschule ankamen. Der Unterricht hatte um acht begonnen, daher fanden sie nur mit Mühe noch eine freie Stelle auf dem Lehrerparkplatz neben der Turnhalle. Um zum Eingang der Schule zu gelangen, überquerten sie den Schulhof. Die 6 steinernen Tischtennisplatten waren dicht umlagert, an allen spielten Schüler und Schülerinnen.

»Deren Unterricht fängt wohl erst später an«, erklärte Alt.

Das Schulgebäude selbst hatte augenscheinlich schon etliche Jahrzehnte auf dem Buckel, ein großer grauer

Kasten, dessen eine Längsseite immerhin kürzlich einen hellgelben Anstrich erhalten hatte.

»Eigenartig«, bemerkte Hinrichs, »sobald man als Erwachsener nach vielen Jahren wieder einmal eine Schule betritt, steigen sofort die Erinnerungen an die eigene Schulzeit hoch. Das habe ich kürzlich gelesen und es trifft voll und ganz zu! Knapp 25 Jahre ist es jetzt schon her.«

»Bei mir sind es sogar noch ein paar Jährchen mehr. Die Elternsprechtage für Doris hat immer Gabi wahrgenommen und bei der Abifeier und Zeugnisübergabe war ich leider dienstlich verhindert.« Alt blickte missmutig, denn seine Tochter hatte ihm das Fernbleiben von der Feier nie wirklich verziehen.

»Heike hat uns wieder einmal perfekt vorbereitet auf den Weg geschickt«, erklärte Hinrichs, als sie den Eingang erreichten. »Wir gehen hier die fünf Stufen hoch, durch die Glastür, biegen dann links in den langen Korridor ab, benutzen an dessen Ende die Treppe zum ersten Obergeschoss und kommen durch die Glastür direkt auf das Sekretariat zu!«

»Wieso kennt sich Heike hier so gut aus?«, wunderte sich Alt. »Hat sie im Netz einen Grundrissplan des Gebäudes gefunden?«

»Vielleicht war sie früher hier selbst Schülerin!«

Im Sekretariat empfing sie die Sekretärin, Frau Mombers, eine schlanke, sportlich wirkende Mittvierzigerin mit sympathischem Gesicht und dunkelblonder Kurzhaarfrisur. Alt und Hinrichs stellten sich vor und wurden durch eine Tür in der linken Seitenwand des Raumes in das Chefzimmer geführt. In einem der schwarzen Ledersessel der Sitzgruppe erblickten sie einen Mann, der eine markante Erscheinung abgab. Alt schätzte ihn in den Fünfzigern, er war mittelgroß und kräftig gebaut, aber nicht dick. Sein Gesicht wurde von einem langen, wuscheligen grauen Kinn- und Oberlippenbart dominiert. Der Backenbart, kurz getrimmt, wies eine dunklere Farbe auf. Oberhalb der hohen Stirn waren die ergrauenden langen Haare glatt nach hinten gekämmt und zu einer Art kurzem Pferdeschwanz zusammengebunden. Hinter einer Brille mit dunkelblauer Fassung und nahezu rechteckigen Gläsern wachten aufmerksame grüne Augen. Auf Fritz Alt machte der Mann einen irgendwie intellektuellen Eindruck. Er trug Jeans, ein am Kragen offenes weißes Hemd und einen dunkelgrauen Blazer.

Hinrichs konnte sich ein Grinsen nur mit Mühe verkneifen, wiesen doch die Kopf- und insbesondere die Gesichtsbehaarung des Mannes eine durchaus bemerkenswerte Ähnlichkeit mit derjenigen des Alten Fritz auf.

»Diethelm Dautzenberg«, stellte er sich vor. »Meine Frau ist verschwunden. Sind Sie von der Polizei?«

»Ja. Ich bin Hauptkommissar Alt und das ist mein Kollege Hinrichs. Erzählen Sie bitte!«

»Beate ist heute Nacht nicht nach Hause gekommen und ich habe keine Ahnung, wo sie sein könnte.«

»Wann haben Sie Ihre Frau zuletzt gesehen oder gesprochen?«, wollte Hinrichs wissen.

»Das war gestern beim Frühstück. Ich weilte am Abend beruflich in Düsseldorf, Verlags-Meeting, und bin daher erst um 23 Uhr nach Hause gekommen. Die Garage war leer, meine Frau offensichtlich noch unterwegs. Das beunruhigte mich allerdings nicht, denn Termine für Konferenzen, Pflegschaftssitzungen und derartige Veranstaltungen liegen oft am Abend und ziehen sich hin. Jedenfalls machte ich mir keine großen Sorgen und ging bald zu Bett. Ich muss recht fest geschlafen haben, denn als ich aufwachte, war es bereits nach 6 Uhr. Ich rief nach meiner Frau, bekam jedoch keine Antwort!«

»Entschuldigen Sie bitte, wenn ich unterbreche. Sie schlafen getrennt?«, fragte Alt.

»Ja, mein Schnarchen hat in den vergangenen Jahren so sehr zugenommen, dass die Lösung mit separaten Schlafräumen unumgänglich war.«

»Fahren Sie bitte fort.«

»Als ich meine Frau nicht in ihrem Zimmer vorfand, bekam ich es mit der Angst zu tun und rief sie an, doch sie ging nicht ans Handy. Dann lief ich zur Garage, ihr Wagen war nicht da.«

»Was taten Sie dann?«

»Ich rief in der Schule an. Der Hausmeister steigerte meine Angst, denn er teilte mir mit, Beates Wagen habe am Abend noch ganz spät auf dem Schulparkplatz gestanden. Auf meine Bitte hin schaute er nach und fand ihren Wagen immer noch dort. Daraufhin habe ich sofort die Polizei verständigt und meine Frau als vermisst gemeldet. Dann bin ich direkt hierhin gefahren.«

»Hat Ihre Frau in letzter Zeit anders gewirkt als sonst, vielleicht bedrückt, nervös, aufgeregt?«, fragte Alt.

»Nein, mir ist jedenfalls nichts aufgefallen.«

»Ich muss Sie das jetzt fragen«, begann Alt behutsam, »ist Ihre Frau früher schon einmal über Nacht weggeblieben?«

»Nein, nie!«

»Und Sie haben keine Ahnung, wo sie sich befindet?«

»Absolut nicht!«

»Ich fürchte, hier können Sie jetzt nicht mehr tun, am besten Sie fahren nach Hause, Herr Dautzenberg«, wandte sich nun Hinrichs an den Mann. »Wir werden Sie natürlich umgehend informieren, wenn es etwas Neues gibt. Wenn Sie uns bitte Ihre Handynummer geben.«

Mit sorgenvoller Miene verabschiedete sich der Mann und verließ den Raum, in dem sich die Kommissare nun näher umschauten. Das Chefzimmer einer Schule war natürlich keinesfalls mit dem eines großen Wirtschaftsunternehmens zu vergleichen. Es war schlicht möbliert mit einem großen Schreibtisch mit Ledersessel, der Sitzgruppe sowie zwei hohen schmalen Schränken an der Wand zum Sekretariat und einem langen Sideboard an der gegenüberliegenden Wand hinter dem Schreibtisch. Wenn man vom Sekretariat aus den Raum betrat, befand sich in der rechten Wand die Fensterfront, in der linken hingegen eine Tür mit direktem Zugang in das Zimmer vom Korridor aus, ohne den Umweg durch das Sekretariat. Am auffälligsten jedoch in dem Raum waren die drei großformatigen Poster, die oberhalb des Sideboards nahezu die gesamte Breite der Wand einnahmen. Es handelte sich um drei überdimensionale Kuhköpfe, einer gelb vor dunkelblauem, einer knallrot vor gelbem und einer pink vor grauem Hintergrund. Die grelle Farbigkeit schien so gar nicht zum schlichten Rest des Raumes zu passen.

»Muh kann ich dazu nur sagen!«, äußerte Hinrichs in seiner typischen Art, um dann mit Kennermiene sachlich festzustellen: »Ganz eindeutig Andy Warhol.« Alt blickte ihn verwundert an. »Bei Warhol würde ich zuerst an die Marilyn-Monroe-Poster denken oder an die Suppendosen, aber Riesenkuhköpfe?«

»Mit Kuhköpfen hat er ebenfalls viel herumexperimentiert. Das weiß ich, weil wir uns in der Schule seinerzeit intensiv mit Andy Warhol beschäftigt haben. Unser Kunstlehrer war ein großer Warhol-Fan.«

»Verstehe!«

Ansonsten gab es in dem Raum wenig Bemerkenswertes, alles wirkte aufgeräumt und sauber. Nur der Schreibtisch schien dieser Ordnung zu widersprechen. Dort befand sich ein Handy.

»Das dürfte wohl das Handy der Vermissten sein. Damit können wir leider die Hoffnung, ihr durch eine Handyortung auf die Spur zu kommen, begraben«, seufzte Hinrichs. »Sie hat ihr Handy nicht bei sich.«

»Es sei denn, dies hier ist nur ihr Diensthandy und sie besitzt noch ein anderes, sozusagen privates. Mist, dass wir Herrn Dautzenberg nicht danach gefragt haben!«

»Das lässt sich blitzschnell nachholen!«, rief Hinrichs.

»Wir haben ja seine Nummer.«

Kaum eine Minute später hatte sich auch diese Hoffnung erledigt, es gab nur dieses eine Handy.

»Aber irgendwie kam der Mann mir bekannt vor«, murmelte Alt. »Ich bin mir sicher, den habe ich schon einmal gesehen. Geht es dir nicht ähnlich?«

»Nein, das nicht! Es sei denn, du meinst deinen Spiegel«, erwiderte Hinrichs grinsend.

Fritz Alt ging überhaupt nicht auf den Witz seines Kollegen ein, ihn beschäftigte ein ganz anderer Gedanke. »Sag mal«, wandte er sich an Hinrichs, »ist dir nicht auch aufgefallen, wie ruhig und gelassen sich der Mann hier gegeben hat?«

»Na klar! Entweder hat er seine Gefühle jederzeit vollkommen im Griff oder das Verschwinden seiner Frau trifft ihn keinesfalls so sehr, wie man das eigentlich erwarten dürfte.«

»Genauso sehe ich das auch, nur bringt uns das im Augenblick nicht weiter. Wir sollten uns jetzt einmal den Schreibtisch genauer ansehen, da muss es auch ganz bestimmt einen Terminkalender geben und da haben wir ihn schon«, rief er triumphierend, »und zwar mit einem höchst interessanten Termin: Gestern Nachmittag um 16.00 Uhr, Gespräch mit Herrn Färber. Den müssen wir unbedingt befragen. Das könnte ungefähr die Zeit ihres Verschwindens gewesen sein!«

»Aber fällt dir das auch auf?«, fragte Hinrichs. »Nirgendwo ist etwas durcheinander, alles fein geordnet, nur der Schreibtisch macht einen ganz anderen Eindruck.«

Der Alte Fritz stimmte zu. »Ja. Für mich sieht das so aus, als ob da jemand mitten in der Arbeit gestört worden ist. Was genau liegt da eigentlich?«

»Das hier sieht nach Schülerheften aus, eines ist noch aufgeschlagen. Ich würde es für ein Klassenarbeitsheft halten, man sieht am Rand diverse Anmerkungen und Striche in roter Farbe. Aber es ist schon fertig korrigiert. Hier steht die Note ausreichend und dann etliche Zeilen zur Begründung dieser Zensur. Die Schrift scheint mir allerdings nur schwer lesbar.«

Hinrichs drückte aus, was beide dachten: »Das sieht eindeutig danach aus, dass Frau Hichler plötzlich in ihrer Arbeit unterbrochen wurde.«

Kurz darauf fanden sie diese Einschätzung von der Sekretärin bestätigt. »Frau Hichler ist äußerst penibel, niemals hätte sie ihren Schreibtisch unaufgeräumt zurückgelassen.«

Zum Termin mit Herrn Färber wusste Frau Mommers nur, dass es sich bei Enrico Färber um einen Schüler handele, mit dem es immer wieder Ärger gegeben habe. Die Adresse der Färbers war Gotenstraße 137. Darüberhinaus konnte sie wenig helfen. Sie hatte zwar am frühen Morgen Frau Hichlers Golf bereits auf dem Parkplatz gesehen, sich dabei jedoch nichts gedacht. Wenig später jedoch, als sie das Chefzimmer leer vorfand, hatte sie sich sehr gewundert, dann aber ihre Arbeit aufgenommen. Sie wird wohl schon irgendwo im Gebäude unterwegs sein, war zunächst ihre Meinung gewesen.

»Wann genau sind Sie heute früh angekommen?«, wollte Hinrichs wissen.

»Meine Arbeitszeit beginnt um 7.15 Uhr und endet um 13.45 Uhr.«

»Ist in den letzten Tagen irgendetwas geschehen, war Frau Hichler anders als sonst?«, schaltete sich Alt ein.

»Nein, alles war wie immer, ich habe absolut keine Erklärung.« Alt glaubte einen kurzen Augenblick lang, einen eigenartigen Unterton in Frau Mommers′ Antwort wahrgenommen zu haben, ging jedoch nicht näher darauf ein.

Bevor sie sich auf den Weg zum stellvertretenden Schulleiter begaben, forderte Alt die Sekretärin noch auf, das Chefzimmer abzuschließen und niemand hereinzulassen, die Spurensicherung müsse dort noch Untersuchungen vornehmen. Doch Frau Mommers erklärte, sie habe gar keinen Schlüssel für das Zimmer. Sie werde jedoch eine Nachricht auf die Tür kleben, dass der Raum nicht betreten werden dürfe.

»Übrigens«, bemerkte Alt. »Können Sie uns sagen, ob und wann gestern hier geputzt und gesaugt wurde und welche Firma zuständig ist?«

»Aufgrund klammer Kassen der Stadt rückt die Putzfirma nur noch jeden zweiten Tag an, montags, mittwochs und freitags. Gestern waren die also da, aber wann das war? In der Regel ist der Verwaltungsbereich, das heißt Sekretariat, Chefzimmer und Raum des Konrektors, zwischen 15 und 16 Uhr dran, genauer kann ich Ihnen das nicht sagen.«

»Dann benötigen wir von Ihnen den Namen der Firma, die hier im Gebäude reinigt«, erklärte Hinrichs und wenig später erhielten sie von Frau Mommers die gewünschte Information.

Das Zimmer des Konrektors befand sich schräg gegenüber des Sekretariats auf der anderen Seite des Korridors, an dessen Kopfende die graue Metalltür des Aufzugs zu sehen war. Herr Flecken, der natürlich über den Vorfall informiert war, bat Alt und Hinrichs herein und Platz zu nehmen. Der Raum wies nur etwas mehr als die Hälfte der Größe des Chefzimmers auf, war aber ähnlich sparsam eingerichtet. Die Möblierung bestand aus dem Schreibtisch mit Sessel, einer Sitzecke mit Tisch und vier Stühlen, sowie zwei schmalen hohen Schränken und einem Sideboard. Der dunkelgrüne Teppichboden von gegenüber war auch hier verlegt worden.

Auch in diesem Raum befand sich das Auffälligste über dem länglichen niedrigen Schränkchen, nämlich ein großformatiges Foto. Es zeigte das Innere eines Waldes. Die verschiedensten Grüntöne dominierten das Bild, niedriger Bewuchs am Boden, Sträucher von mittlerer Höhe und die mächtigen Stämme der Eichen und Buchen.

Immer wieder blitzten Sonnenstrahlen auf, die ihren Weg durch das Blätterdach bis auf den Boden gefunden hatten. Von dem Foto ging eine angenehme, beruhigende Wirkung aus, so kam es Alt vor.

»Der Blick in den Wald stellt meinen Ruhepol während des täglichen Stresses dar«, sprach Herr Flecken Fritz Alt an, war offensichtlich den Augen des Kommissars gefolgt. Der etwa 50-jährige Mann war groß und kräftig gebaut, hatte ein freundliches ovales Gesicht mit langen, glatten dunklen Haaren, einem kurzgeschnittenen Kinnbart und hellblaue aufmerksame Augen hinter einer unauffälligen Brille mit leicht getönten Gläsern. Er trug Jeans, einen weinroten Rollkragenpulli und ein graues Sakko.

Man nahm in der Sitzecke Platz und Alt fragte den Konrektor nach seiner Einschätzung. »Ich habe absolut keine Ahnung, was da passiert sein könnte«, erwiderte Flecken. Er war, wie an jedem Morgen, um halb acht angekommen, damit er rechtzeitig auf eintreffende Krankmeldungen von Kollegen oder Kolleginnen reagieren und einen Vertretungsplan erstellen konnte. Frau Hichlers Auto auf dem Parkplatz hatte er zwar wahrgenomdem, dem jedoch keinerlei Bedeutung beigemessen.

»Wie lange waren Sie denn gestern in der Schule?«, fragte Hinrichs.

»In der Schulleitung teilen wir uns die Tage, damit immer jemand anwesend ist, bis der letzte Schüler das Gebäude verlassen hat. Ich selbst bleibe dienstags und donnerstags bis gegen 16 Uhr, Frau Hichler montags und mittwochs. Freitags ist schon gegen 13.30 Unterrichtsschluss. Um auf Ihre Frage zurückzukommen, ich habe die Schule gestern um halb drei verlassen,

Frau Hichler muss zu dieser Zeit noch dagewesen sein, sie bleibt oft bis weit nach 16 Uhr, auch an ihren ›kürzeren‹ Tagen, also dienstags und donnerstags.«

»Sie haben Frau Hichler also gestern Nachmittag gar nicht gesehen, sich nicht verabschiedet, als Sie gingen. Sehe ich das richtig?« Hinrichs schien verwundert.

»Ja!«

»Wann haben Sie sie zum letzten Mal gesehen?«

Alt musste etwas warten, bevor Flecken antwortete. »Warten Sie mal, ja, das war während der ersten großen Pause, als sie kurz im Lehrerzimmer war.«

»Danach nicht mehr?«

»Nein.«

»Wir müssen natürlich auch mit dem gesamten Lehrerkollegium reden«, stellte Hinrichs fest, »dafür dürfte sich die große Pause am besten eignen.«

»Das passt ganz gut«, erwiderte Flecken, »in fünf Minuten klingelt es zur Pause. Kommen Sie, wir gehen schon mal hinüber ins Lehrerzimmer!«

Dem Korridor nach rechts folgend erreichten sie nach wenigen Metern den an das Sekretariat grenzenden Raum. Darin befanden sich zwei lange parallele Tischreihen mit Stühlen an jeweils beiden Seiten. Recht eng wirkte es, viel Platz schien für die einzelnen Lehrer nicht zur Verfügung zu stehen. Auf den Tischen herrschte ein mehr oder weniger gepflegtes Chaos: Aktenordner, Lehrbücher, Schülerhefte, Stifte, Papierstapel, Kaffeetassen und Plätzchendosen. Sogar eine Topfpflanze fristete ihr Dasein inmitten des Durcheinanders. Den beiden Kommissaren fiel das Fehlen auch nur eines einzigen PCs auf den Lehrertischen auf, lediglich an der Wand zum Sekretariat hing ein großer Bildschirm.

Bald nach dem Pausengong füllte sich der Raum. Einige der etwa 30 Lehrerinnen und Lehrer unterhielten sich im Flüsterton, insgesamt spürte man eine angespannte Stille. Auf den ersten Blick schien es sich um kein allzu junges Kollegium zu handeln mit einem sehr hohen Anteil weiblicher Lehrkräfte. Alt hielt nur eine handvoll Personen im Raum für jünger als 50 Jahre. Etliche schienen die sechzig bereits überschritten zu haben.

»Meine Damen und Herren«, ergriff Alt das Wort und stellte sich und Klaas Hinrichs vor. »Sie alle wissen, aus welchem Grunde wir hier sind. Jeder Hinweis Ihrerseits kann helfen, Ihre Direktorin zu finden. Kann irgendjemand von Ihnen etwas dazu sagen? War gestern etwas merkwürdig, anders als sonst? Gibt es eine Idee, wo Frau Hichler sich befinden könnte?«

Keiner der Lehrerinnen und Lehrer konnte helfen, alle wirkten noch sichtlich geschockt. Statt einer Antwort kam eine Frage.

»Stimmt es, dass von einer Entführung auszugehen ist?«, wollte eine schon ältere Frau mit freundlichem Gesicht und recht kurzen grauen Haaren wissen.

»Wir befinden uns noch ganz am Anfang unserer Ermittlungen und können keine Möglichkeit ausschließen«, erklärte Alt. »Wer von von Ihnen hat gestern nach 14.30 Uhr Frau Hichler gesehen oder vielleicht auch gesprochen?«

Es meldete sich eine wohl über 60 Jahre alte Frau, deren offensichtlich tiefschwarz gefärbte Haare gar nicht zu ihrem faltenzerfurchten Gesicht und der dicken Brille passten. Sie saß am hintersten Ende einer der Tischreihen und sprach mit feiner, leiser Stimme. Alt und

Hinrichs hatten sich vor das Kopfende gestellt und vermochten daher die Frau nur mit Mühe zu verstehen.

»Meine letzte Stunde endete gestern um 15 Uhr. Als ich danach am Sekretariat vorbei Richtung Ausgang unterwegs war, konnte ich Frau Hichler in ihrem Zimmer am Schreibtisch sehen. Die Tür sowohl zum Sekretariat als auch von dort zum Chefzimmer steht nach 14 Uhr fast immer offen, damit Frau Hichler auch von ihrem Schreibtisch aus einen Überblick besitzt.«

»Gesprochen haben Sie sie aber nicht, sehe ich das richtig?«, fragte Hinrichs nach.

»Das sehen Sie richtig.«

Fritz Alt wurde leicht ungeduldig. »Es muss doch andere Kollegen oder Kolleginnen geben, die ebenfalls bis in den Nachmittag hinein Unterricht hatten!«

Es meldete sich ein nicht sehr großer, stämmiger Mann mit freundlichem Gesicht und glatten grauen Haaren. Er trug einen rot-weißen Trainingsanzug und hinkte leicht, wie Alt bemerkt hatte, als der Mann das Lehrerzimmer betrat.

»Ich hatte gestern Sportunterricht in der Turnhalle bis 15.45 Uhr. Danach bin ich natürlich sofort in mein Auto gestiegen und nach Hause gefahren. Das Schulgebäude habe ich nicht mehr betreten.«

»Frau Hilbers, Frau Gentner und ich hatten bis Viertel vor vier Hausaufgabenbetreuung für die Jahrgangsstufen 5 bis 7«, erklärte eine der wenigen jüngeren Lehrkräfte, eine durchaus attraktive Enddreißigerin, so schätzte Hinrichs, mit leicht welligen rötlichen Haaren. »Die Betreuung findet in den drei Klassenräumen im Erdgeschoss statt, damit die Kids danach nicht mehr im Gebäude umherrennen, sondern nach Erledigung der

Hausaufgaben direkt nach draußen gehen können. Wir drei kommen nach dem Ende der Betreuung auch nicht mehr ins Lehrerzimmer, wir starten gleich nach Hause durch!«

Eine weitere Lehrerin erklärte, sie habe mit ihrer Töpfer-AG der Klassen 9 und 10 ebenfalls bis 15.45 Uhr im Töpferraum im Keller gearbeitet und sei danach heimgefahren. Es blieb dabei, niemand schien die Schulleiterin später als 15 Uhr gesehen oder gesprochen zu haben.

So verließen Alt und Hinrichs bald etwas ratlos mit dem Konrektor das Lehrerzimmer, um den Hausmeister zu befragen. Vorher äußerte Alt noch eine Bitte an den Stellvertreter.

»Herr Flecken, es wäre wünschenswert, wenn alle Schüler und auch Lehrer die Schule bis etwa 13.15 Uhr verlassen haben, damit wir dann mit unserer Spurensicherung das Gebäude ungestört untersuchen können. Ist das machbar?«

Flecken überlegte kurz. »Die Schüler und auch die Lehrer kann ich früher nach Hause schicken, das ist gar kein Problem. Allerdings haben etliche Schüler für heute das Mittagessen in unserer Mensa im Keller vorbestellt und auch die Abfahrtszeiten der Schulbusse müssten vorverlegt werden. Ich denke, dass ich das soweit umorganisieren kann, dass Ihnen ab ca. 13.15 Uhr das leere Schulgebäude für Ihre Untersuchungen zur Verfügung steht. Ich selbst werde anwesend sein, falls sich noch irgendwelche Fragen ergeben sollten.«

»Weißt du, was ich eigenartig finde?«, fragte Hinrichs, als sie sich vom Konrektor verabschiedet und auf den Weg zum Hausmeister gemacht hatten.

»Was denn?«

»Niemand aus dem Kollegium, noch nicht einmal der Konrektor, hat sich nach Unterrichtsende von der Schulleiterin verabschiedet, alle rauschten an ihrem Zimmer vorbei oder verließen das Gebäude, ohne noch einmal ins Lehrerzimmer zu kommen.«

Fritz Alt hielt das jedoch für ganz normal. »Nach dem langen, anstrengenden Schultag wollten alle möglichst schnell heim«, erklärte er.

Hausmeister Schumann fanden sie in seinem Raum im Erdgeschoss neben dem Treppenhaus. Der abgearbeitet wirkende Mann von etwa Mitte vierzig, eher hager als schlank, mit einem länglichen nichtssagenden Gesicht und einer sehr hohen Stirn hatte ebenfalls keine Erklärung für das Verschwinden der Schulleiterin. Natürlich war ihm am Vorabend Frau Hichlers Golf auf dem Parkplatz aufgefallen, aber er hatte sich darüber keine Gedanken gemacht. Fritz Alt ersuchte den Hausmeister, auf jeden Fall sofort das Schulleiterzimmer mit seinem Generalschlüssel zu verschließen, später am Tag würde die Spurensicherung erscheinen, um eine detaillierte Untersuchung vorzunehmen.

Auf dem langen Korridor, der im Erdgeschoss zum Ausgang hin führte, kam Alt und Hinrichs ein merkwürdiger Mann entgegen. Auf beide wirkte er spontan wie ein aus der Zeit gefallener Alt-68er. Der Endfünfziger trug ausgebeulte Jeans, ein graues Hemd mit offenem Kragen, von dem eine schräg sitzende Krawatte herunterbaumelte und ein schlecht passendes Sakko. Auch die lockigen, viel zu langen grauen Haare und ein auffälliger Oberlippenbart trugen zu dem ungepflegten Eindruck bei, den der Mann vermittelte. Unter dem rechten Arm trug er eine Aktenmappe.

Mit knappem Gruß, einem angedeuteten Kopfnicken, stiefelte er an Alt und Hinrichs vorbei. Diese hatten jedoch anderes zu tun, als sich über den Unbekannten den Kopf zu zerbrechen. Vielleicht jemand, der sich beschweren wollte?

»Wie gehen wir weiter vor?«, fragte Hinrichs, als die beiden den Schulhof durchquerten, auf dem nun kein Schüler zu entdecken war. »Meinst du, Cuypers und seine Leute werden in dem Raum noch etwas finden, das uns weiterhilft?«

»Ich hoffe sehr«, erwiderte Alt. »Unsere Spurensicherung leistet immer eine hervorragende Arbeit, aber im Augenblick denke ich an etwas anderes. Die Idee einer Entführung halte ich für sehr unwahrscheinlich. Wie sollte man die Frau aus ihrem Raum eine Etage hinunter, den Erdgeschossflur entlang und dann noch fast 200 Meter quer über den Schulhof zum Parkplatz geschafft haben, ohne dass das auffiel?«

Hinrichs stimmte zu. »Ich hätte als Entführer einfach auf dem Parkplatz gewartet, bis sie dort erschien und sie dann in mein Fahrzeug verladen. Das wäre deutlich einfacher gewesen.«

»Wobei man von mindestens zwei Personen ausgehen muss, um diese Aktion so schnell wie möglich durchzuführen«, ergänzte Alt nachdenklich.

»Worauf willst du denn hinaus?«

»Vielleicht befindet sie sich immer noch im Schulgebäude. Wir benötigen auf jeden Fall die Hilfe unseres Spürhundes!«

»Warum im Schulgebäude?« Hinrichs konnte sich mit dieser Idee nicht recht anfreunden. »Welchen Grund soll es dafür geben?«

»Das vermag ich im Augenblick leider auch nicht zu sagen, es handelte sich eher um ein unbestimmtes Gefühl in diese Richtung. Wir sollten jedenfalls diese Möglichkeit keineswegs ausschließen!«

Inzwischen waren sie wieder am Lehrerparkplatz angekommen. Der blaue VW-Golf von Frau Hichler wies keinerlei Besonderheiten auf, wie die Kommissare bald feststellten, nachdem sie das Fahrzeug von allen Seiten betrachtet hatten.

»Auf jeden Fall stehen die beiden nächsten Schritte fest«, erklärte Alt, als sie wieder im Wagen saßen. »Cuypers und seine Leute sollen den Raum ganz genau unter die Lupe nehmen. Außerdem muss ein Spürhund im Gebäude zum Einsatz kommen. Ob wir uns darüberhinaus auch schon an die Öffentlichkeit wenden, mit Foto und allem, müssen wir genau durchdenken. Aber irgendwie kommt mir die ganze Angelegenheit merkwürdig vor.«

Dem konnte Hinrichs nur zustimmen.

Im Präsidium schlugen sich Heise und Marquardt weiterhin mit den Metalldieben herum. Frustrierend dabei war, dass man kaum an die Hintermänner der Banden herankam, von deren Organisationsstruktur so gut wie nichts wusste. Wenn durch einen glücklichen Zufall oder aufmerksame Zeugen einmal ein paar Diebe auf frischer Tat erwischt wurden, was in verschiedenen Teilen der Republik durchaus geschehen war, hatten diese Leute natürlich nur für sich selbst gehandelt und keinerlei Verbindung zu irgendeiner Organisation. Meistens erhielten sie lediglich eine Geldstrafe und blieben auf freiem Fuß, ohne dass die Ermittler auch nur einen Schritt weiterkamen bei der Zerschlagung der Banden.

»Meiner Meinung nach hängen auch etliche Schrotthändler mit in dem ganzen System«, erklärte Jens Marquardt. »Die interessieren sich kaum dafür, ob die ihnen angebotenen Messing-, Kupfer- oder sonstigen Teile gestohlen sind oder nicht, sie kaufen das Zeug den Dieben ab und verkaufen es dann mit Gewinn an die Industrie weiter.«

»Da wirst du recht haben. Einige Schrotthändler mischen da bestimmt mit«, seufzte Heise. »Aber wie will man denen etwas nachweisen? Und außerdem haben sie es ja auch nicht leicht. Sollen sie bei jedem Stück Kupfer oder Messing, das ihnen angeliefert wird, einen Herkunftsnachweis verlangen oder den Ausweis des Verkäufers und dessen Daten aufschreiben?«

»Kaum. Aber wenn ich Schrotthändler wäre und zu mir kämen zwei merkwürdig aussehende Gestalten in einem klapprigen, verrosteten Kleintransporter mit roten Tageszulassungskennzeichen und wollten mir in gebrochenem, osteuropäisch anmutendem Deutsch eine Schiffsschraube verkaufen, dann wüsste ich doch sofort Bescheid, dass an der Sache etwas faul ist.«

»Was würdest du dann tun?«

»Den Ankauf ablehnen, das Kennzeichen notieren und umgehend die Poizei benachrichtigen.«

»Ich fürchte, ein derartiges Verhalten stellt die absolute Ausnahme dar. Außerdem besteht ja keineswegs das Risiko, dass Schrotthändler sich der Hehlerei strafbar machen, wenn sie gestohlenes Altmetall ›in gutem Glauben‹ kaufen. Sonst würde ja auch jeder, der auf einem Trödelmarkt etwas kauft, sich in der permanenten Gefahr befinden, Hehlerei zu begehen und womöglich vor Gericht zu landen.«

»Das ist schon richtig, aber diejenigen Schrotthändler, die Teil der Bande sind und wissentlich mit den Dieben zusammenarbeiten, müssen sehr wohl mit Anklagen wegen Hehlerei rechnen«, erklärte Marquardt.

In diesem Moment kam Klaas Hinrichs dazu in den K1-Bereich innerhalb des Großraumbüros.

»Ist die verschwundene Schulleiterin wieder aufgetaucht?«, fragte Heise.

»Keineswegs, die bleibt vermisst. Der Alte Fritz will unseren PSH Woxel einsetzen, um ihre Spur aufzunehmen.«

»PSH Woxel?«, staunte Marquardt.

»Ach ja, den kennst du ja noch gar nicht. Woxel ist unser Polizeispürhund. Der Alte Fritz hat nämlich die Idee, dass sich die Frau immer noch in dem Schulgebäude befindet. Ansonsten konnten wir leider absolut keine Anhaltspunkte finden, die das Verschwinden der Frau erklären würden. Das dürfte ein höchst komplizierter Fall werden.«

»Vielleicht gibt es doch noch eine ganz harmlose Aufklärung der Angelegenheit ohne ein Verbrechen«, meinte Marquardt hoffnungsvoll.

Fritz Alt hatte zunächst im Labor bei Klaus Cuypers, dem Chef der Spurensicherung, vorbeigeschaut, ihn über den Fall informiert und Cuypers gebeten, mit seinem Team das Schulleiterzimmer der Martin-Luther-King-Realschule genauestens zu untersuchen. Cuypers machte sich umgehend für den Einsatz bereit. »Wir treffen uns nachher in der Schule«, erklärte Alt. »Ich muss noch den Einsatz unseres Hundchens organisieren. Du weißt ja, Diensthundeführer Boltmann muss Woxel noch auf seinen Auftritt vorbereiten. Dabei wird Kollege Boltmann ja niemals müde, darauf hinzuweisen, dass der Begriff eigentlich nicht stimmt. Bei Einsätzen führe nicht er den Hund, sondern Woxel ihn!«

Danach begab sich Alt in das Büro von Kriminaldirektor Benjamin Fricke, dem Leiter der Kripo Kleve, um ihn auf den neuesten Stand zu bringen. Völlig zurecht trug Fricke den Spitznamen ›Fliege‹, denn niemand im Präsidium hatte ihn jemals ohne dieses Kleidungsaccessoire gesehen. Er wollte ein ganz anderer Vorgesetzter sein als die Witzfiguren in vielen Fernsehkrimis, wo die Chefs der Kommissare als arrogante, unfähige Egomanen dargestellt wurden. Die vertrauensvolle Zusammenarbeit mit seinen Beamten sowie deren uneingeschränkte Unterstützung standen für Fricke eindeutig an erster Stelle. Er mischte sich nicht in die laufenden Untersuchungen ein, gab jedoch oft wertvolle Ratschläge für das weitere Vorgehen.

Die Fliege zeigte sich beunruhigt über den von Alt geschilderten Vermisstenfall und runzelte die Stirn.

»Eine verschwundene Schulleiterin, das wird garantiert hohe Wellen in der Bevölkerung schlagen. Ich sehe schon, wie sich die Presse darauf stürzt und alle möglichen abstrusen Theorien durchspielt.«

»In diese Richtung geht auch meine Frage, Herr Fricke. Wann sollen wir uns mit der Angelegenheit an die Öffentlichkeit wenden? Ich glaube allerdings, dass ausgehend von der Schule die Neuigkeit bereits die Runde macht. Lehrer und auch Schüler wissen Bescheid, das lässt sich kaum zurückhalten!«

Fricke überlegte kurz. »Hm, falls sich heute Nachmittag auch mit dem Einsatz des Spürhundes keinerlei neuen Erkenntnisse ergeben sollten, werden wir eine Pressemitteilung ins Netz stellen, auch mit einem Foto der Vermissten.«

Dann ging Fritz Alt hinüber zu seinen Kollegen im K1-Bereich.

»Klaas hat euch bestimmt schon berichtet, was wir heute Morgen in der Schule herausgefunden haben, nämlich so gut wie gar nichts!«, erklärte er missmutig. »Ich werde bald wieder zu der Schule zurückfahren, unser Spürhund wird in ca. einer Stunde dort sein, Cuypers und seine Leute natürlich ebenfalls. Ich würde gern Herrn Marquardt mitnehmen, damit er auch diese Art von Einsatz während seines Praktikums einmal ganz direkt miterlebt.«

Wenig später saßen der Kriminalhauptkommissar und der Kommissarsanwärter im Dienstwagen.

»Nun, Herr Marquardt, wie würden Sie in diesem Fall vorgehen?«, wandte sich der Alte Fritz an seinen jungen Kollegen.

»An der Hochschule haben wir uns auch intensiv mit dem Verschwinden von Personen beschäftigt. Entscheidend wichtig ist natürlich, dass man nach der Vermisstenmeldung, solange die Spuren noch heiß sind, alles tut, um die verschwundene Person zu finden. Pro Tag gehen bei der Polizei bundesweit zwischen 250 und 300 Vermisstenmeldungen ein, das macht grob hochgerechnet in einem Jahr 100.000, davon mehr als die Hälfte Kinder und Jugendliche. Die meisten dieser Personen tauchen schon nach wenigen Tagen oder Wochen wieder auf, nur etwa 3% gelten als Langzeitvermisste, das heisst, sie bleiben auch nach einem Jahr verschwunden. Tatsächlich handelt es sich dabei ganz selten um ein Verbrechen, nur in rund 1%

der Fälle. Meistens reißen Menschen aus ihrem gewohnten Leben aus. Dabei können die verschiedensten Gründe eine Rolle spielen bis hin zum Suizid.«

Fritz Alt hörte interessiert zu. »Da haben Sie im Seminar aber sehr gut aufgepasst, Herr Marquardt.«

»Berichte über das plötzliche Verschwinden von Menschen haben mich immer schon fasziniert. Der unbescholtene Familienvater, der mal eben zum Kiosk geht, um Zigaretten zu holen und nie mehr zurückkehrt. Spurlos verschwunden, ohne jede Erklärung. Solche Fälle gibt es immer wieder.«

»Nun ja», erwiderte Alt sachlich, »für die Angehörigen dürfte sich die Faszination in Grenzen halten, die Ungewissheit muss für sie grausam sein!«

»Ja, natürlich.«

»Was bedeutet das nun für unseren Fall. Wie ist Ihre Meinung?«, wollte Alt nun wissen.

»Nun, von der Wahrscheinlichkeit her betrachtet halte ich es für durchaus denkbar, dass die Frau aus freien Stücken, bei klarem Verstand oder vielleicht auch aus geistiger Umnachtung, aber ohne Einwirkung anderer Personen, das Schulgebäude verlassen hat und irgendwohin entschwunden ist. Um das Ausbrechen aus dem bisherigen Leben organisieren zu können, benötigt man in erster Linie Geld, nicht nur für die Beschaffung neuer gefälschter Ausweispapiere. Wir sollten unbedingt die Kontobewegungen der Frau überprüfen.«

Alt nickte zustimmend. Inzwischen waren die beiden auf dem Lehrerparkplatz der Realschule angekommen. Alt hatte gerade den Wagen abgeschlossen und Marquardt Frau Hichlers Golf gezeigt, der immer noch unverändert dastand, als eine Sirene die beiden plötzlich aufschreckte. Von ihrer Position auf dem Schulhof Richtung Eingangstür konnten sie gerade noch erkennen, dass an der Ecke des dem Hof abgewandten Gebäudeflügels ein Krankenwagen mit Blaulicht und Sirene davonfuhr.

»Was soll das nur wieder bedeuten?«, fragte Alt. Die Antwort sollte er postwendend erhalten, denn in diesem Moment meldete sich sein Handy.

Aktenführung, Telefonate, Recherche am PC, alles Organisatorische umfasste das Arbeitsfeld der Kriminalassistentin Heike Buschkamp. Die Endvierzigerin, von kräftiger untersetzter Statur, war die gute Seele des K1. Niemand im Präsidium hatte sie jemals schlecht gelaunt erlebt, sie fand stets aufmunternde Worte für die Kommissare, wenn einmal etwas nicht so gelaufen war wie diese es erhofft hatten. Heike hatte weder Partner noch Kinder, ihr Leben bestand aus der täglichen Arbeit im 1. Kommissariat.

»Wisst ihr, was ich euch noch gar nicht erzählt habe zu dieser Schule?«, begann Heike. »Vorhin hatte ich daran gar nicht gedacht. In demselben Gebäude befindet sich nämlich auch eine Grundschule, die ich gut kenne.«

»Du wolltest doch wohl nicht sagen, dass du gerade an dieser Schule deine ersten Löffel voller Bildung verabreicht bekommen hast!«, erwiderte Heise und blickte Heike fragend an.

»Genau das! Ich hatte das vorher nur nicht direkt berichtet. Die Realschule und auch die Grundschule hießen damals noch anders, nämlich Realschule Am Bickenbach und Katholische Grundschule Germaniastraße.«

»Hatte ich also recht!«, rief Hinrichs aus. »Ich hatte mich heute Morgen ja gefragt, warum du uns den Weg innerhalb des Gebäudes so exakt beschreiben konntest. Aber eine Grundschule? Die ist mir ehrlich gesagt heute Morgen nicht aufgefallen.«

»Der gesamte Gebäudekomplex besteht ja aus zwei L-förmig angeordneten Flügeln, die im Gegensatz zum Buchstaben L nahezu gleichlang sind und in der Mitte sozusagen vom Treppenhaus verbunden werden«, begann Heike ihre Erklärung. »In dem Trakt, der den Fahrradständern gegenüberliegt, befindet sich im Erdgeschoss eine Grundschule.«

»Du erinnerst dich aber verdammt gut an die Örtlichkeiten. Dabei ist es doch bestimmt schon rund fünfzehn Jahre her.« Hinrichs sah sie lächelnd an. »Aber die Fahrradständer sind mir nicht aufgefallen, wir kamen ja vom Lehrerparkplatz aus über den Schulhof.«

»Danke für das Kompliment. Genau, es ist der andere Flügel. Der, in dem sich in der 1.Etage das Lehrerzimmer und die Verwaltung befinden. Von dort aus blickt man genau auf die Fahrradständer und den Weg von der Germaniastraße aus.«

In diesem Moment klingelte das Telefon. Heike nahm ab und wurde anscheinend direkt mit einem Schwall von Informationen überschüttet, sodass von ihr nur ein »Das ist ja schön!« und »Ich werde das unverzüglich weiterleiten.« zu hören war. Dann blickte sie die anderen erstaunt an.

»Solche Zufälle kann es kaum geben«, meinte sie nachdenklich. »Es war tatsächlich die Martin-Luther-King-Realschule! Ich muss sofort den Alten Fritz informieren!«

Fritz Alt hörte staunend zu, was Heike Buschkamp ihm berichtete. Dann brachte er seinen jungen Kollegen auf den neuesten Stand.

»Die verschwundene Schulleiterin ist wieder aufgetaucht. Der Krankenwagen, den wir gerade noch gesehen und auch gehört haben, bringt die Frau ins Antonius, sie ist wohl sehr geschwächt. Der Konrektor hat sie zufällig im Bücherraum der Schule gefunden, gefesselt und geknebelt. Die genaueren Einzelheiten werden wir bald von ihm erfahren.«

Marquardt wirkte verblüfft. »Dann ist Ihre Ahnung, die Frau könne sich noch im Gebäude befinden, tatsächlich wahr geworden!«

Inzwischen waren sie bei der Hausmeisterloge angekommen. Aus dem Kellergeschoss kamen einzelne Schüler herauf und begaben sich Richtung Ausgang. Einige rannten zu der nahe des Hausmeisterraums liegenden Glastür, wurden vom dort postierten Konrektor jedoch fortgeschickt. Auch hier im Erdgeschoss befand sich am Kopfende des Korridors die Aufzugtür.

»Ah, Herr Kommissar! Gut, dass Sie so schnell kommen konnten«, begann Flecken. »Ich bewache hier den Tatort, damit nichts verändert wird! Allerdings war es unumgänglich, dass Frau Mommers und ich den Raum betreten mussten.«

Fritz Alt lobte den Mann: »Das haben Sie gut gemacht!« Dann stellte er seinen Kollegen vor. Zusammen gingen sie durch die Glastür. Zur Linken befand sich die Tür zu einem Raum, der wohl direkt unter dem Sekretariat liegen musste, geradeaus führten fünf Stufen zu einer Außentür, die Alt vom ersten Besuch am Vormittag gar nicht in Erinnerung hatte.

Flecken bemerkte offenbar Alts Verwunderung.

»Diese Tür ist von außen nur mit einem Schlüssel zu öffnen, von innen ganz normal. Vor dem Unterricht sollen alle Schüler den mit einer Aufsicht besetzten Haupteingang vom Schulhof aus benutzen, damit sie nicht unkontrolliert im Gebäude umherlaufen. Nach Unterrichtsende können sie dann durch diese Tür direkt zu den Fahrradständern. Dieser Weg bildet auch die Zufahrt, durch die Rettungskräfte und Polizei von der Germaniastraße direkt bis zum Eingang des Gebäudes gelangen.«

»Verstehe!«

»Von innen muss diese Tür natürlich immer offen sein, als Fluchtweg. Leider wird von den Schülern oft ein Stöckchen oder Steinchen zwischen Tür und Rahmen gelegt, wodurch dann auch der Zugang von außen ermöglicht wird«, führte Flecken aus.

Alt betrachtete die Tür mit nachdenklicher Miene.

»Falls die Täter durch diese Tür das Gebäude betreten und nach dem Überfall auch wieder verlassen haben, wäre das vom Schulhof aus nicht zu sehen gewesen?«, fragte er.

»Nach Unterrichtsende bleiben immer noch etliche Kids auf dem Schulhof, zum Tischtennisspielen, Herumlaufen oder einfach zum Beisammensein und Reden. Wenn man sich nicht gerade am äußersten Rand des Hofes befindet, sieht man nicht, ob jemand durch die Seitentür das Gebäude betritt oder verlässt. Da haben Sie vollkommen recht!«

»Dann spricht wirklich alles dafür, das der oder die Täter diesen Seiteneingang benutzt haben«, stellte Alt fest.

Dann zeigte er auf die Tür zur Linken, noch oberhalb der fünf Stufen. »Das ist der Raum, in dem Sie Frau Hichler gefunden haben?«

»Ja genau«, erwiderte Flecken und öffnete die Tür. Der Raum war recht klein, nur etwa zwei Meter breit und vier Meter lang, aber mindestens drei Meter hoch. Die der Tür gegenüberliegende Wand war vom Boden bis zur Decke ein einziges großes Bücherregal. Auch an der linken Wand befand sich ein hohes Regal. Beide Regalwände waren nur etwa zur Hälfte mit Büchern gefüllt. Alt und Marquardt fiel sofort der höchst unangenehme Geruch auf, der den Raum erfüllte.

»Abgestandener Urin und Schweiß«, bemerkte Marquardt, die Nase rümpfend.

»Frau Hichler war an die zwanzig Stunden hier gefesselt, ein Gang zur Toilette unmöglich«, erklärte Flecken. »Den Rest können Sie sich denken!«

»Der Raum wurde geschickt ausgesucht«, bemerkte Alt und deutete auf das recht kleine, hoch angebrachte Fenster in der rechten Schmalseite. »Von den Fahrradständern aus besteht absolut keine Möglichkeit, durch das Fenster in den Raum hineinzublicken!«

Flecken stimmte zu.

»Ich schlage vor, wir bleiben hier und bewachen sozusagen gemeinsam den Tatort, bis unsere Spurensicherung erscheint. Das dürfte in wenigen Minuten der Fall sein. In der Zwischenzeit berichten Sie uns bitte ganz genau, was geschehen ist, Herr Flecken!« Fritz Alt blickte den Konrektor gespannt an.

»Ja natürlich! Wir bekommen ab morgen einen neuen Schüler in die Klasse sieben. Deshalb ging ich in den Bücherraum, um seine Bücher bereitzulegen.«

»Wann genau betraten Sie diesen Raum?«, unterbrach Alt.

»Das muss so gegen halb eins gewesen sein. Ich schloss jedenfalls die Tür auf und bekam einen ordentlichen Schreck. Vor der großen Bücherwand sah ich Frau Hichler sitzen. Sie war gefesselt, mit dem Stuhl an das Regal gebunden und ihr Mund mit Klebeband verschlossen. Sie hing mehr als sie saß, ihr Kopf war auf die Schulter gerutscht. Im ersten Moment war ich mir gar nicht sicher, ob sie sich überhaupt bei Besinnung befand. Im Raum verspürte ich den unangenehmen Geruch, der auch Ihnen aufgefallen ist.«

»Was taten Sie dann?«

»Ich rief sofort Frau Mommers. Sie sollte so schnell wie möglich mit einer Schere und einem Glas Wasser herunterkommen. Gemeinsam schnitten wir dann die Fesseln durch. Das gestaltete sich gar nicht so einfach, wie Sie an der Dicke der Kordelstücke dort am Boden erkennen können.«

»Und weiter?«

»Als Frau Mommers ganz behutsam das Klebeband von Frau Hichlers Mund gelöst hatte, murmelte diese ›Wasser, Wasser!‹ vor sich hin. Frau Mommers gab ihr zu trinken. Dann kippte Frau Hichler wieder zur Seite und wir mussten sie stützen, damit sie nicht vom Stuhl fiel. Da wir ihren gesundheitlichen Zustand schwer beurteilen konnten, riefen wir den Notarzt, der auch unverzüglich erschien und Frau Hichler ins Antonius-Hospital brachte. Das war vor wenigen Minuten.«

»Habe ich Sie richtig verstanden, Frau Hichler war gar nicht imstande, Ihnen etwas zum Tathergang zu berichten?«

»Genau, sie wirkte ziemlich geschwächt, konnte anscheinend nicht reden!«

»Hm, zum Durchschneiden der Fesseln bestand für Sie natürlich keinerlei Alternative«, fuhr Alt fort. »Daher ist es für uns enorm wichtig, so genau wie möglich zu wissen, wie sie gefesselt war.«

»Ja klar. Ihre Füße waren zusammengebunden, ihre Hände ebenso, und zwar vor dem Bauch. Ihr Körper war an den Stuhl gebunden und dieser an das Bücherregal. Alles war sehr fest mehrfach verknotet. Die Knoten selbst können Sie ja da liegen sehen, wir haben die Schnüre an anderen Stellen durchgeschnitten.«

Flecken machte eine Pause, bevor er fortfuhr.

»Ach ja, um ihren Hals war das Schild da gehängt.«

Er zeigte auf das Tischchen, das sich unter dem Fenster befand und mit Karteikästen belegt war.

»Das darf ja wohl nicht wahr sein!«, entfuhr es Alt, als er das Schild betrachtete. Auch Marquardt blickte höchst verblüfft. Auf dem Schild in DIN-A-4-Format sah man einen fünfzackigen roten Stern, in dessen Mitte eine Maschinenpistole und die Lettern RAF.

»Rote Armee Fraktion! Ich glaube es nicht!«, rief Alt erregt aus. »Das Schild erinnert mich an den entführten Arbeitgeberpräsidenten Schleyer. Ihm hatten die RAF-Terroristen ein solches Schild umgehängt, bevor sie ihn schließlich ermordeten.«

»Das ist doch so lange her, Ende der siebziger Jahre des letzten Jahrhunderts, wenn ich mich richtig erinnere«, erklärte Marquardt. »Die RAF ist doch längst Vergangenheit!«

»Ja und nein«, erwiderte Alt. »Dann und wann liest man Berichte über eine angebliche neue, vierte oder gar fünfte RAF-Generation und über Terroristen von damals, die heutzutage mit neuer Identität ein völlig normales, unauffälliges Leben führen.«

Wie aus dem Nichts tauchten plötzlich drei gespenstisch anmutende Gestalten auf. Weiße Schuhe, weiße Hosen und Overalls, weiße Kopfhauben. Sie schleppten große Koffer mit sich.

»Hallo Klaus«, begrüßte Fritz Alt den Chef der Spurensicherung. »Gut, dass ihr hier seid, es gibt jede Menge Arbeit an drei verschiedenen Orten.«

»O.K. Lass hören!«

Alt zeigte auf die Tür des Bücherraumes.

»Hier wurde die Frau gefunden, gefesselt und geknebelt. Die durchgeschnittenen Schnüre liegen noch da, mit Fingerabdrücken des Konrektors und der Sekretärin. Das RAF-Schild da auf dem kleinen Tisch solltet ihr besonders sorgfältig behandeln.«

»RAF?«, staunte Cuypers.

»Genau! Eine Etage höher befindet sich das Chefzimmer, aus dem die Frau verschwand.«

»Alles klar, und drittens?«

»Ich halte es für höchst unwahrscheinlich, dass der oder die Täter Frau Hichler von ihrem Raum die Treppe hinunter zum Bücherraum bugsiert haben. Dies ist die Aufzugtür.« Er zeigte auf die graue Stahltür am Kopfende des Korridors. »Die Frau wurde bestimmt im Aufzug nach hier unten gebracht!«

»O.K. Dann machen wir uns mal an die Arbeit«, sagte Cuypers und streifte sich weiße Handschuhe über.

Alt wandte sich wieder dem Konrektor zu. »Aus Frau Hichlers Terminkalender geht hervor, dass sie gestern um 16.00 Uhr einen Termin mit Herrn Färber hatte.

Frau Mommers berichtete uns von Enrico, dem Problemschüler. Können Sie uns Näheres erzählen?«

»Enrico ist wirklich genau das, was man nur als Kotzbrocken bezeichnen kann«, sagte Flecken.

»Das heißt?«

»Der Junge kennt keinerlei Regeln, er schwänzt sehr oft den Unterricht, wenn er da ist, stört er pausenlos. Er klaut, hatte auch schon mit Rauschgift zu tun, erpresst und verprügelt jüngere Schüler. Letzte Woche griff er während des Unterrichts einer Mitschülerin in den Ausschnitt.«

»Was genau wollte Frau Hichler mit dem Vater besprechen, wissen Sie das?«

»Sie hatte den Plan, Herrn Färber davon zu überzeugen, seinen Sohn sofort von unserer Schule ab- und an der Hauptschule anzumelden. Dann könnte Enrico am Schuljahresende wenigstens den Hauptschulabschluss schaffen.«

»Und wenn Herr Färber darauf gar nicht eingegangen ist?«

»Frau Hichler kann schon sehr unangenehm werden, wenn man ihre Meinung nicht teilt. Das heißt, sie hat Herrn Färber bestimmt damit gedroht, dass Enrico ohnehin von der Schule fliegt, falls der Vater dem durch die Abmeldung nicht zuvorkommt. Aber über den Verlauf des Gespräches kann ich Ihnen natürlich gar nichts sagen.«

Mit Blick auf den Aufzug fragte Alt: »Wer kann oder darf den Aufzug überhaupt benutzen?«

»Der ist nicht für die Allgemeinheit bestimmt«, erklärte der Konrektor. »Sowohl der Lehrerschaft als auch den Schülerinen und Schülern darf zugemutet werden, die Treppenstufen zum ersten oder zweiten Stock ohne technische Hilfe zu bewältigen.«

»Und wer verfügt über einen Schlüssel?«, fragte Alt.

»In der Regel vier Personen: Herr Schumann, Frau Mommers, Frau Hichler und ich.«

»In der Regel?«, fragte Marquardt nach.

»Es kann vorkommen, dass eine Lehrkraft oder ein Schüler aufgrund einer Verletzung die Treppen kaum oder gar nicht schafft, mit Krücken nach einer Fußverletzung beispielsweise. In diesen Fällen erhalten die betreffenden Personen einen Aufzugschlüssel, zeitlich begrenzt für die Dauer ihrer Behinderung.«

»Verstehe. Wissen Sie, wer aus diesem Grund im Moment über einen Schlüssel verfügt?«, fragte Alt.

»Von den Kollegen niemand, das weiß ich. Aber ob jemand aus der Schülerschaft?« Flecken überlegte kurz. »Nein, da müssen Sie Frau Mommers fragen. Sie gibt den Schlüssel in einem derartigen Fall an die Schüler aus. Sie führt gewissenhaft Buch, wer wann und wie lange einen Aufzugschlüssel ausgeliehen hat.«

»Ist es denn nicht sehr wahrscheinlich, dass der oder die Täter den Schlüssel von Frau Hichler benutzt haben?«, wandte Marquardt ein.

»Das sehe ich auch so«, stimmte Fritz Alt zu. »Aber wir sollten in jedem Fall bei Frau Mommers nachfragen, sicher ist sicher!«

Bald darauf verabschiedeten sich Alt und Marquardt vom Konrektor. »Herr Flecken, wir melden uns, sobald wir Näheres von Frau Hichler aus dem Krankenhaus erfahren, Ihre Handynummer haben wir ja notiert.«

In diesem Augenblick kam Klaus Cuypers von der Spurensicherung die Treppe hinunter und rief: »In dem Zimmer oben war auf den ersten Blick nichts Auffälliges festzustellen, aber die Kollegen sind noch bei der Arbeit. Wonach suchen wir überhaupt, Fingerabdrücke, DNA-Material?«

»Wenn ich das wüsste!«, anwortete Alt. »Wenn man davon ausgeht, dass Frau Hichler bestimmt nicht freiwillig ihren Raum verlassen hat, müsste es auf jeden Fall Spuren eines Kampfes geben.«

»Du meinst den berühmten abgerissenen Knopf von der Jacke des Täters?«, schmunzelte Cuypers.

»Es ist aber auch denkbar, dass die Frau unter irgendeinem Vorwand aus dem Zimmer gelockt wurde, ohne Kampf«, gab Marquardt zu bedenken.

»Kommen Sie schnell, vor der Tür des Bücherraumes liegt ein verletzter Schüler oder etwas in der Art?«, fragte Alt und gab sich selbst die Antwort: »Durchaus vorstellbar!«

Kriminalassistentin Heike Buschkamp hatte inzwischen mehrfach erfolglos mit der Firma Tayfun telefoniert, die von der Stadt Kleve mit den Reinigungsarbeiten in der Martin-Luther-King-Realschule beauftragt war. Zunächst war sie an Mitarbeiter geraten, die der deutschen Sprache so wenig mächtig waren, dass kein Gespräch zustande kam. Später hatte sie zwar Tayfun Ürköz, den Chef, angetroffen, doch dieser hatte in perfektem Deutsch erklärt, er könne im Moment diejenigen Mitarbeiter nicht erreichen, die am Vortag mit der Reinigung des Chefzimmers der Realschule beauftragt waren, demnach also auch keinen Zeitpunkt nennen. Außerdem hatte es bereits mehrere Anfragen der Presse nach der verschwundenen Schulleiterin gegeben.

Der Alte Fritz sollte mit der Fliege den Inhalt einer Pressemitteilung erörtern.

Schließlich hatte man sich im Büro des Alten Fritz zur Teamsitzung zusammengefunden, um das weitere Vorgehen zu besprechen.

»Das Wichtigste ist natürlich, dass die Frau lebt und hoffentlich nicht allzu sehr gesundheitlich geschwächt ist«, begann Alt. »Heike, du darfst dich im Antonius-Hospital nach ihrem Zustand erkundigen und vor allem herausfinden, wann wir mit ihr reden dürfen.«

»O.K.«

»Herr Marquardt wird einen detaillierten Bericht über unseren Besuch in der Schule abfassen. Er soll ja in seinem Praktikum lernen, dass auch solche Dinge dazugehören. Das Schreiben von möglichst exakten Protokollen ist sicherlich kein sehr beliebter Aspekt unserer täglichen Arbeit, aber einer, dessen Bedeutung leider oft unterschätzt wird.«

»Wird gemacht!«, anwortete Marquardt und begab sich sofort zu seinem Schreibtisch.

»Klaas und Siggi, ihr fahrt in die Gotenstraße und befragt Herrn Färber. Er müsste kurz vor ihrem Verschwinden noch mit Frau Hichler gesprochen haben. Hoffentlich erinnert er sich an die genaue Uhrzeit seines Besuches bei ihr.«

»Gotenstraße?«, rief Heike aus. »Da solltet ihr einen Streifenwagen als Geleitschutz mitnehmen. Die Gegend gilt doch als das ›Marxloh‹ von Kleve. Ihr wollt sicherlich nach dem Besuch bei Färber noch alle vier Räder an eurem Wagen sehen!«

»Wie bitte?«, entgegnete ein sichtlich überraschter Heise. »Dass sich dort nicht das Villenviertel von

Kleve befindet, war mir schon klar, aber ›No-go-areas‹ existieren doch laut Aussage unserer Ministerpräsidentin in NRW gar nicht.«

»Was soll sie in der Öffentlichkeit auch sonst sagen, im kommenden Jahr finden ja bekanntlich Landtagswahlen statt!«, erklärte Hinrichs. »Da kann sie schlecht zugeben, dass es derartige Gebiete sehr wohl gibt.«

»Ich selbst muss der Fliege Bericht erstatten«, sagte der Alte Fritz. »Wir werden unsere Ergebnisse morgen früh austauschen.«

Damit beendete er die kurze Besprechung und begab sich zum Büro des Kriminaldirektors.

Benjamin Fricke zeigte sich natürlich zunächst sehr erleichtert, als Fritz Alt ihm berichtete, die vermisste Schulleiterin sei wieder aufgetaucht und, abgesehen von einem körperlichen Schwächezustand, anscheinend ohne größere gesundheitliche Schäden davongekommen. Dann jedoch erwähnte Alt das RAF-Schild und sofort breitete sich Entsetzen auf Frickes Gesicht aus, er wirkte geschockt.

»Die Rote Armee Fraktion? Das darf doch nicht wahr sein!«, rief der Kriminaldirektor aus.

»Gibt es die überhaupt noch, abgesehen von einigen wenigen Leuten, die komplett von der Bildfläche verschwunden inzwischen ein völlig normales und unauffälliges Leben führen?«, fragte Alt.

»Na ja«. Fricke wirkte nervös. »In einer kürzlich vom BKA erstellten Analyse ist davon die Rede, dass sich zurzeit möglicherweise eine vierte oder fünfte RAF-Generation bildet, ausgehend von der linksautonomen Szene, die als sogenannter Schwarzer Block bei diversen Anlässen bereits durch ihr erschreckendes Gewaltpotential aufgefallen ist. Diese Leute weisen im Gegensatz zu den früheren Gruppierungen laut BKA eine erschreckend niedrige soziale und intellektuelle Kompetenz auf.«

»Also im Klartext asoziale Doofköppe!«, meinte Alt .

Fricke blickte leicht indigniert, bevor er nach kurzer Pause in seinem typischen Sprachstil mit leicht näselnder Stimme fortfuhr: »Mit Ihrer Wortwahl vermag ich mich nicht einverstanden zu erklären, obschon sie offensichtlich der Aussage des BKA-Papiers sehr nahe kommt!«

»Was bedeutet das nun?«, fragte Alt. »Müssen Sie das BKA informieren und wir den Fall an die Kollegen abgeben?«

»Ich denke, es handelt sich keineswegs um einen typischen terroristischen Sachverhalt, daher werde ich im Augenblick von einer Information an das BKA absehen. Es wäre jedoch wünschenswert, wenn Sie und Ihr Team die Angelegenheit schnellstmöglich zur Aufklärung bringen könnten.«

»Wir tun unser Bestes. Aber ich habe noch eine Frage bezüglich der Information der Öffentlichkeit.«

»Wir werden unverzüglich eine Pressemitteilung ins Netz stellen und von der Befreiung der Schulleiterin berichten«, erklärte Fricke.

»Ich halte Sie natürlich wie üblich auf dem Laufenden«, sagte Alt und verabschiedete sich vom Kriminaldirektor.

Bevor er sich in sein Büro zurückzog, um den Fall einmal in aller Ruhe zu durchdenken, erhielt er von Heike Buschkamp eine Information aus dem Krankenhaus. Frau Hichler habe ihre Entführung ohne gravierende gesundheitliche Schäden überstanden, sie habe jetzt Medikamente erhalten, die einen ruhigen, tiefen Schlaf nach der vorigen, angstvoll durchwachten Nacht gewährleisten sollten. Eine Befragung wäre somit erst morgen Vormittag möglich.

»Schade!«, murmelte Alt. »Ich hätte sie gerne noch heute gesprochen, damit wir endlich wissen, was eigentlich passiert ist.«

Die Kommissare Heise und Hinrichs erreichten in Begleitung eines Streifenwagens die Gotenstraße. Die drei langgestreckten fünfstöckigen Wohnblocks wirkten wie ineinandergeschoben, die Übergänge verschachtelt. Das Ganze machte schon einen heruntergekommenen Eindruck, bevor man es tatsächlich aus der Nähe sah. Aus den Containern am Straßenrand quollen Müllsäcke, davor lag allerlei Unrat, eine alte verdreckte Matratze, ein paar leere Getränkedosen und Bierflaschen, Verpackungsrückstände, ein angebissener Hamburger, ein verbeultes Fahrradgestell.

Auf einem eingezäunten Basketballfeld spielten etliche Jugendliche, gekleidet mit den anscheinend unverzichtbaren dunklen Kapuzenpullovern, während andere, vorwiegend Mädchen, mit stumpfsinnigen Gesichtern am Spielfeldrand hockten, lustlos auf ihren Smartphones herumhackten und rauchten.

Bei einem Blick auf die verschmierten, teilweise kaum lesbaren Namensschildchen neben den Klingeln, von denen einige herausgerissen worden waren, stellten Heise und Hinrichs fest: Färbers wohnten im dritten Stock.

Die Eingangstür hing so schief in den Angeln, dass sie sich nicht komplett schließen ließ, so betraten die beiden den Flur und drückten sich an zwei rostigen Fahrrädern und einem Kinderwagen der Marke Sperrmüll vorbei zum Treppenhaus. Es herrschte ein unangenehmer Geruch, dessen Ursprung man sich lieber nicht vorstellte, und an den Wänden prangten die Spuren zahlreicher Sprühaktionen.

Schließlich kamen die beiden Kommissare in der dritten Etage an und fanden auch bald die gesuchte Wohnung. Da sie kein Vertrauen in die Tauglichkeit des Klingelknopfes setzten, klopfte Hinrichs mehrfach kräftig gegen die Tür. Diese wurde schließlich geöffnet und eine verlebt aussehende Frau unbestimmbaren Alters trat hervor. Sie war von kleiner, molliger Statur, die mittellangen dunkelblonden Haare umrahmten ein nahezu ausdrucksloses Gesicht. Ihr üppiger Busen wogte unter einem knappen pinkfarbenen Pullöverchen. Sie trug eine Jeans, die ihre nicht gerade schlanken Oberschenkel und die Gesäßpartie so unvorteilhaft eng nachzeichnete, dass sich Hinrichs unwillkürlich die Frage stellte, wie sie wohl in die Hose hineingekommen war. Heise hingegen beschäftigte der Gedanke, ob es in der Wohnung keine Spiegel gebe.

»Was soll...?«, begann Frau Färber mit lauter, etwas schriller Stimme, wurde jedoch sofort von Hinrichs unterbrochen, der sich und seinen Kollegen vorstellte und die beiden Dienstausweise präsentierete. Dann bat er darum, kurz hereinkommen zu dürfen, es würde auch nicht lange dauern.

Frau Färber rief erregt aus: »Watt hatt dä Enrico jezz widda anjestellt?«

Im gleichen Augenblick ertönte aus einem der Räume eine tiefe unfreundliche Stimme: »Watt wollen die Bullen von uns?«

»Es handelt sich nicht um Enrico, wir möchten Herrn Färber sprechen«, erklärte Heise, ohne der aggressiv klingenden Frage auch nur die geringste Aufmerksamkeit zu schenken.

»Datt könnense sich sparen!« Zu der unfreundlichen Stimme gehörte ein ungepflegt wirkender Mann mittleren Alters mit langen dunkelblonden Haaren und einer Bierflasche in der Hand, der inzwischen im Flur erschienen war. »Färber wohnt hier nich!«

»Mein Ex wohnt jezz in der Merowingerstraße, Nummer 93«, ergänzte die Frau.

»Herr Färber hatte gestern Nachmittag einen Termin in der Schule wegen Enrico«, stellte Heise fest. »Deshalb würden wir ihn gern sprechen.«

»Da jeht dä immer hin, wenn watt mit Enrico is.«

»Wie gesagt, es geht nicht um Ihren Sohn, sondern um Ihren Ex-Gatten. Von ihm benötigen wir eine Auskunft. Deswegen wollen wir Sie auch nicht länger stören«, führte Heise aus.

Bald darauf hatten die Kommissare den Wohnblock verlassen und saßen wieder in ihrem Wagen, den die uniformierten Kollegen bewacht hatten.

»Bildungsferne Schichten sagt man wohl dazu«, stellte Heise fest. »Die Mutter weiß nicht, was ihr Sohn so alles anstellt, der Vater wohnt gar nicht mit seinem Sohn zusammen, ist nur noch für das Schulische zuständig. Wie soll unter diesen Bedingungen Enrico vernünftig aufwachsen?«

»Bildungsfern!« Hinrichs regte sich auf. »Wenn ich das schon höre, wozu dieser unnötige Euphemismus? Früher durfte man solche Leute als ›Asoziale‹ bezeichnen, heutzutage ist dieser Begriff verpönt, weil angeblich diskriminierend! Dabei diskriminieren die sich doch selbst!«

»Tatsache ist, da Herr Färber hier nicht anzutreffen ist, sollten wir uns direkt zur Merowingerstraße begeben«, bemerkte Heise ruhig, ohne die Äußerung seines Kollegen zu kommentieren.

»Na klar, es sind ja nur ein paar Minuten. Außerdem dürfte er jetzt nach Feierabend eher zu Hause anzutreffen sein als am Vormittag.«

»Falls er denn überhaupt eine Arbeit hat«, merkte Heise an.

An der Merowingerstraße, unweit des Städtischen Friedhofs, befanden sich zwar ebenfalls einige mehrgeschossige Wohnhäuser, diese zeigten sich jedoch in einem ungleich besseren Zustand als diejenigen in der Gotenstraße, auch die ganze Umgebung wirkte viel freundlicher.

Aber sie hatten wieder keinen Erfolg. Auch nachdem Heise bei der Hausnummer 93 mehrfach den Klingelknopf neben dem sauber bedruckten Namensschildchen ›Färber‹ gedrückt hatte, tat sich nichts. Schließlich klingelten sie bei der gegenüberliegenden Wohnung im selben Stock, soweit sich dies aus dem Tableau der Namensschildchen ablesen ließ, bei Lehnkauf.

In der Sprechanlage ertönte eine Frauenstimme. Hinrichs erklärte Frau Lehnkauf, dass sie von der Polizei seien und Herrn Färber zu sprechen wünschten. Ob sie vielleicht wüsste, wo er zu finden sei oder wann er zurückkäme. Der Türöffner wurde betätigt und sie stiegen zur zweiten Etage hinauf.

Frau Lehnkauf, eine schlanke Frau um die Sechzig mit dunklem, kurz geschnittenem Haar, stand in ihrer Eingangstür und deutete auf die gegenüberliegende Wohung. Von der Frau erfuhren die Beamten, Herr Färber sei freundlich, aber sehr zurückhaltend, rede nur das Nötigste mit den Mitbewohnern. Sie wisse nicht, wo und was er arbeite. Abends sei er oft nicht zu Hause.

Auf Heises Frage nach Besuch von einem ungefähr 17 Jahre alten Jungen antwortete sie, ein solcher käme oft an den Wochenenden. Es handele sich um einen eher unfreundlichen Schnösel, der noch nicht einmal ein ›Guten Tag‹ über die Lippen brächte.

Heise und Hinrichs bedankten sich bei Frau Lehnkauf für die Auskünfte und verließen das Haus.

»Wir können ja nicht hier warten, bis Herr Färber heimkommt«, erklärte Hinrichs.

»Dann müssen wir die Befragung auf morgen verschieben. Das wird den Alten Fritz zwar nicht freuen, aber es geht ja nicht anders«, stimmte Heise zu.

Zu Hause wurde Klaas Hinrichs von seiner Frau Petra ungeduldig empfangen. Sie arbeitete als Bibliothekarin bei der Klever Stadtbücherei. Da sie bereits seit 15 Jahren mit einem Kriminalbeamten verheiratet war, wusste sie, dass man selten vorhersagen konnte, wann ihr Mann vom Dienst nach Hause kam. Hinzu gesellte sich natürlich eine latente Angst, die der Beruf als Kriminalkommissar nun einmal mit sich brachte.

Klaas Hinrichs berichtete zu Hause normalerweise wenig bis gar nicht über seine Fälle, Beruf und Privatleben sollten möglichst voneinander getrennt bleiben, das hatten Petra und er schon vor vielen Jahren beschlossen. So erwähnte er auch nur kurz die verschwundene, dann jedoch wiedergefundene Schulleiterin.

VIER

Der Winter schien sich doch nicht so einfach geschlagen zu geben. Die Temperaturen waren im Vergleich zu den Vortagen deutlich zurückgegangen, der auf östliche Richtungen umgeschlagene Wind ließ sie noch kälter empfinden. Das störte den Hahn keineswegs, er krähte laut und fröhlich drauf los, während seine Konkurrenz schwieg. Die Lerchen hockten nämlich in Sträuchern und Büschen geschützt vor Wind und Kälte und hofften auf mehr Wärme für ihre Singflüge.

In der Wohnküche ihres Einfamilienhauses in der Klever Oberstadt frühstückte Fritz Alt mit seiner Frau Gabi, die in der Innenstadt zusammen mit einer Freundin ein Fotostudio betrieb, und der 23-jährigen Tochter Doris. Diese hatte ihren Eltern in den vergangenen Wochen und Monaten eine Menge Sorgen bereitet. Von einem auf den anderen Tag hatte sie ihr Medizinstudium in Tübingen aufgegeben, alle Zelte dort abgebrochen und war zu ihren Eltern nach Kleve zurückgekehrt, weil sie schwanger war und der zukünftige Vater, ihr Freund Joachim, die Beziehung für beendet erklärt und sich in eine Kommilitonin von Doris verliebt hatte.

Die Entscheidung darüber, was mit dem Baby geschehen solle, ob Freigabe zur Adoption oder Großziehen mit Hilfe der Eltern, – Abtreibung kam niemals in Frage – war Doris vor einigen Wochen auf traurige Weise abgenommen worden, als sie eine Fehlgeburt erlitt. Dies zu akzeptieren war Doris ebenso schwergefallen wie die Neugestaltung ihrer Lebensumstände, sowohl im privaten als auch im beruflichen Bereich.

Auch ihre Eltern litten natürlich mit der Tochter, Fritz Alt hatte ein paar Tage gebraucht, bis er seinen Kollegen von der Fehlgeburt seiner Tochter erzählte. Im Kommissariat war seinerzeit niemandem entgangen, wie düster und gedrückt der Chef wirkte.

Inzwischen sah alles freundlicher aus. Doris Alt arbeitete als Praktikantin wieder im Antonius-Hospital, wo sie bereits nach dem Abitur ein Freiwilliges Soziales Jahr absolviert hatte. Im April würde sie dann ihr Medizinstudium an der Uni in Bochum wieder aufnehmen.

Fritz Alt musste spontan an seinen Vater denken, der im Dortmund der 60er und 70er Jahre kein Verständnis für die erste Universität im Ruhrgebiet aufgebracht hatte. »Unsere jungen Leute sollen malochen, dafür brauchen die keine Uni!« war einer seiner Standardsprüche.

»Fritz, hast du nicht gehört, was Doris gefragt hat?«, riss ihn seine Frau aus den Gedanken.

»Eh, ja, wie? Ich war wohl irgendwie abwesend«, erklärte er und sah seine Tochter an. »Wie war deine Frage?«

»Ich hatte gefragt, ob du mich heute bei der Arbeit besuchen kommst«, begann Doris. »Ihr wollt doch bestimmt die entführte Schulleiterin befragen.«

»Das stimmt, aber wieso...?«

»Das ganze Krankenhaus redet davon, solche Dinge passieren ja nicht jeden Tag. Nach allem, was ich gestern mitbekommen habe, geht es der Frau gar nicht so schlecht.«

»Na denn, bis später!«

Man hatte sich zur morgendlichen Teamsitzung im Büro des Alten Fritz getroffen. Dieser Raum war zwar nicht allzu groß und auch nicht ausreichend möbliert, um mehr als drei Personen aufzunehmen, dennoch trafen sich die Mitarbeiter des K1 lieber hier in der gemütlichen Enge als in der unpersönlichen Atmosphäre des K1-Bereiches im neuen Großraumbüro.

»Cuypers braucht noch ein paar Minuten«, ergriff Fritz Alt das Wort. »Daher können wir in der Zwischenzeit eine andere Sache klären.«

Er blickte Klaas Hinrichs an und ein leichtes Grinsen umspannte seine Mundwinkel.

»Klaas, wenn du und Holmes mit dem Dienstwagen zu einem Einsatz unterwegs seid, dann fährst in der Regel du. Sehe ich das richtig?« Alt wirkte nun ganz ernst.

»Ja, aber was....?«, erwiderte Hinrichs erstaunt, bevor Alt ihn unterbrach: »Das war auch so am Montag?«

Hinrichs nickte.

»Tja«, erklärte Alt nun wieder in ernstem Ton, »dann liegt eine Anzeige gegen dich vor. Fahrerflucht, offizielle Bezeichnung ›unerlaubtes Entfernen vom Unfallort‹.«

»Soll das ein Witz sein? Für die Witze hier bin ich zuständig!«, brauste Hinrichs auf.

»Nein, im Ernst, am dritten März, gegen elf Uhr, soll der Fahrer des Wagens mit dem amtlichen Kennzeichen KLE-XK-74 vorsätzlich eine Katze überfahren haben, etwa in der Höhe von Till Moyland auf der Sommerlandstraße. Der Fahrzeuglenker habe seine Fahrt fortgesetzt, ohne sich um das Tier zu kümmern.«

»Das ist lächerlich!«, meldete sich jetzt Heise zu Wort. »Die Katze kam plötzlich von rechts angerannt, quer über die Straße. Das Überfahren wäre auf keinen Fall zu vermeiden gewesen.«

»Fahrerflucht! Das ist ja wohl das Bescheuertste, das ich seit langem gehört habe. Der Depp, der diese Anzeige erstattet hat, kann nicht mehr richtig ticken!« Selten hatten seine Kollegen Klaas Hinrichs so wütend erlebt.

»Eher eine Deppin«, erklärte Alt. »Frau Helga Dornbusch, so heißt die Dame. Der Kollege Fervoort nahm die Anzeige entgegen und konnte wohl nur mit äußerster Mühe ein Losprusten verhindern. Graf Maunz habe keine Chance gehabt.«

»Graf Maunz?«

»So hieß die Katze. Jedenfalls sei Graf Maunz ein wirklich adliger Kater gewesen. Frau Dornbusch habe das Tier immer nur gesiezt und mit ›Herr Graf‹ angeredet.«

»Also ein echter Aristokater. Die Dame hat ja wirklich einen Totalschaden!« Inzwischen war Hinrichs eher amüsiert als verärgert.

»Warum die ganze Aufregung?«, meldete sich jetzt Heise in seiner ruhigen Art wieder zu Wort. »Rechtlich ist die Sachlage eindeutig. Bei einem Zusammenstoß

64

mit einem Haustier im Straßenverkehr handelt es sich um eine Pflichtverletzung des Halters. Fahrerflucht kommt dabei keinesfalls in Frage!«

»Die Anzeige ist ja auch direkt im Papierkorb gelandet, nachdem Frau Dornbusch das Zimmer verlassen hatte. Fervoort hat sich nur nicht getraut, das der Frau zu sagen«, bestätigte der Alte Fritz.

»Wahrscheinlich hat Graf Maunz inzwischen im familieneigenen Maunzoleum seine letzte Ruhe gefunden«, beendete Hinrichs das Thema in für ihn typischer Weise.

In das folgende Gelächter hinein klopfte es an der Tür und Klaus Cuypers betrat den Raum. Der hochgewachsene, drahtige Endvierziger mit leicht gewelltem bräunlichen Haar und einem stets sehr ernsten Gesichtsausdruck musste seine Ergebnisse im Stehen vortragen, denn die Stühle in dem kleinen Raum waren längst besetzt, auch Siegfried Heise wohnte der Besprechung stehend bei.

»Also«, begann der Leiter der Spurensicherung, nachdem er die Anwesenden begrüßt hatte, »um es in einem Satz auszudrücken, an den drei untersuchten Örtlichkeiten Chefzimmer, Aufzug und Bücherraum konnten wir leider nichts Auffälliges feststellen, keinerlei Spuren eines Kampfes oder dergleichen.«

»Ich habe auch nicht viel anderes erwartet«, fasste Alt die Enttäuschung der Kollegen in Worte.

»Und was ist mit Fingerabdrücken und DNA-verwertbarem Material?«, fragte Hinrichs nach.

»An der Tür zum Gang haben wir ein rotes Haar gefunden«, sagte Cuypers.

»Na bitte!« Hinrichs wirkte erleichtert.

»Aber ohne DNA-Bezug, denn es handelte sich

um kein natürliches Haar«, dämpfte Cuypers alle Hoffnung.

»Also ein Haar einer roten Perücke«, überlegte Alt laut. »Immerhin ein Anhaltspunkt!«

»Kommen wir zu den Fingerabdrücken«, fuhr Cuypers fort. »Wir konnten etliche feststellen, an allen drei Örtlichkeiten, aber da wird die Auswertung noch dauern, und vor allem der Abgleich mit Schulleiterin, Konrektor, Sekretärin und anderen Personen, die sich in den besagten Räumen regelmäßig aufgehalten haben.«

»Was erzählt uns das RAF-Schild?«, fragte Hinrichs.

»Weniger als erwartet«, antwortete der KTU-Mann frustriert. »Es handelt sich eindeutig um einen Ausdruck des bekannten Symbols, fünfzackiger roter Stern, davor schwarze Maschinenpistole und ganz vorn mittig die drei großen Buchstaben. Das Blatt in DIN-A-4-Format wurde auf ein gleichgroßes Stück Pappe geklebt und diese mit zwei kleinen Löchern jeweils links und rechts oben versehen. Durch die Öffnungen wurde die Kordel gezogen und der Frau um den Hals gehängt.«

»Wenn es ein Ausdruck von einem Drucker ist, können wir doch mit Hilfe des MIC-Codes das Gerät herausbekommen!« Alt zeigte sich hoffnungsvoll. »Das hatten wir vor ein paar Monaten mit diesen Albifrons-Briefen. Ihr erinnert euch.«

Der wenig Zuversicht ausstrahlende Ausdruck auf Cuypers' Gesicht änderte sich jedoch überhaupt nicht.

»Fehlanzeige!«, erklärte er kurz und knapp.

»Wie das?«, rief Hinrichs aus. »Du hast doch gesagt, das Blatt sei auf einem Farblaser ausgedruckt, also muss es auch diese normalerweise nicht sichtbaren gelben Pünktchen aufweisen!«

»Leider nein, denn das gilt nicht für alle Geräte, auf Farblasern der Marke Samsung existiert die MIC-Codierung nicht.«

»Na super!« Hinrichs übte sich in Galgenhumor.

»Und verwertbare Fingerabdrücke waren auf dem Schild auch nicht festzustellen.« Ob es eine Frage oder eine Feststellung sein sollte, lies sich an Alts Aussage nicht ablesen, aber auf jeden Fall traf sie zu.

»Die haben vermutlich Handschuhe getragen«, murrte Cuypers. »Und falls ihr keine Fragen mehr habt, würde ich mich gern wieder an die Arbeit machen.«

»Etwas hätte ich doch noch gerne gewusst«, meldete sich Heise. »Die Pappe, auf die das Blatt geklebt wurde, könnte es sich dabei um die letzte Lage eines Schulzeichenblocks handeln?«

»Durchaus möglich.«

»Tja, dann machen wir uns ebenfalls ans Werk«, sagte der Alte Fritz. »Das Allerwichtigste ist natürlich, endlich die Frau selbst zu befragen. Gesundheitliche Schäden scheint sie glücklicherweise nicht davongetragen zu haben, wie mir aus zuverlässiger Quelle streng vertraulich zugetragen wurde.«

Ein leichtes Grinsen zeigte sich auf den Gesichtern der anderen, die über die Tätigkeit seiner Tochter im Antonius-Hospital informiert waren.

»Um es kurz zu machen«, fuhr Alt fort, »Klaas und ich fahren ins Krankenhaus, Holmes nimmt Herrn Marquardt mit, um endlich von Vater Färber die Uhrzeit seines Besuches bei Frau Hichler zu erfahren und Heike versucht, ein paar weitere Informationen über die Schulleiterin zu bekommen, möglicherwiese irgendeinen Bezug zur RAF herauszufinden.«

»Falls es diesen tatsächlich geben sollte«, meinte Heise skeptisch.

»Und die Metalldiebe? Ich habe da eine Idee«, merkte Marquardt an.

Alt schüttelte den Kopf. »Ich fürchte, die werden warten müssen«, entgegnete er.

»Wusstest ihr übrigens...« Weiter kam Heike nicht, denn in diesem Moment klingelte das Telefon.

Die Kriminalassistentin nahm das Gespräch an, hörte aufmerksam zu, runzelte die Stirn.

»Wann?«, fragte sie dann. »Hörmannshof bei Uedem, alles klar.«

Nachdem sie aufgelegt hatte, blickte sie in das verwirrte Gesicht des Alten Fritz.

»Die Fahrt zum Krankenhaus könnt ihr euch sparen. Frau Hichler hat soeben das Antonius nach der Visite verlassen, gegen den ausdrücklichen Rat der Ärzte und auf eigene Verantwortung«, erklärte Heike.

»Na toll«, lautete Heises sarkastischer Kommentar.

»Frau Hichler und Herr Baselitz leben auf dem Hörmannshof bei Uedem«, erklärte Heike und bekam prompt die erwartete Reaktion.

»Wieso Baselitz? Ihr Mann heißt Dautzenberg oder haben wir es etwa mit einer Bigamistin zu tun?«, fragte Hinrichs.

»Nicht doch! Unter dem Künstlernamen Balthasar Baselitz gilt Herr Dautzenberg schon seit etlichen Jahren als einer der erfolgreichsten Kinderbuchautoren des Landes. Kennt ihr etwa nicht ›Die unglaublichen Abenteuer des Doktor Muh, Geschichten von der Kuh‹?«

»Soll das ein Witz sein?« Hinrichs blickte immer noch ganz ungläubig drein.

»Nein, nein, ich selbst habe eines der Bücher sogar vor Jahren gekauft, für meinen Neffen Tim, mein Patenkind.«

»Andy Warhol«, bemerkte Hinrichs.

»Was hat der damit zu tun?«, rief Heise aus. »Jetzt verstehe ich überhaupt nichts mehr!«

Alt erklärte es ihm, indem er die Kuhkopf-Poster im Chefzimmer der Realschule beschrieb.

»Warum hast du uns darüber nichts erzählt, Heike?«, fragte Heise.

»Ja, ich war dabei es zu tun, aber dann kamst du mit dieser Graf Maunz-Geschichte, Fritz. Anschließend berichtete Cuypers von seinen Ergebnissen und genau in dem Moment, als ich euch endlich davon erzählen wollte, klingelte das Telefon.«

»Dann also auf nach Uedem«, beschloss der Alte Fritz die Besprechung.

Bei der Fahrt durch das niederrheinische Tiefland fiel den Kommissaren immer wieder auf, welch guten Eindruck das vielfach vorherrschende Grünland am Ende des Winters machte. Saftig wirkte es und keineswegs so niedrig abgefressen, wie von den Landwirten ständig als Folge der arktischen Wildgänse dargestellt. Auch das Wintergetreide schien gut entwickelt, eine langanhaltende Vegetationsruhe hatte es aufgrund der zumeist wenig winterlichen Temperaturen kaum gegeben.

In den vergangenen ein, zwei Tagen allerdings hatte sich der Winter durchaus noch einmal zurückgemeldet. Trocken-kaltes Wetter mit eisigem Nordostwind und Nachtfrösten stemmte sich dem nahenden Frühling mit Macht entgegen. Der Himmel zeigte sich bedeckt.

Die Gegend zwischen Bedburg-Hau und Uedem, die sogenannte Gocher Heide, wies eine für den Niederrhein ungewöhnlich geringe Besiedlungsdichte auf. Beiderseits der Uedemer Straße sah man keinerlei Ortschaften, nur die meist stattlichen bäuerlichen Anwesen, manchmal auch Gärtnereien, verstreut in der weitgehend baumlosen, von einigen Trockentälern durchsetzten Ebene. Die in der Eiszeit durch Gletscherbäche abgelagerten Gesteinsmaterialien werden von fruchtbarem Lössboden überlagert, der hohe Ernteerträge sicherstellt.

Verwundert nahmen Alt und Hinrichs die zahlreichen Wildgänse wahr, die besonders nördlich von Uedem in mehreren größeren Trupps auftauchten.

»Wieso sind die immer noch da? Wir haben fast schon Mitte März!«, erklärte Alt, während Hinrichs darauf achtete, die schmale Stichstraße nicht zu verpassen, welche zum Hörmannshof führte.

»Genau weiß ich das auch nicht«, erwiderte Hinrichs, nachdem er den Abzweig erreicht hatte. »Aber bis zu diesem Albifrons-Fall vor ein paar Monaten hatte ich mich ehrlich gesagt noch nie mit den arktischen Wildgänsen näher befasst!«

Wenig später erreichten sie ihr Ziel.

Der Hörmannshof zeigte sich wie erwartet als früheres landwirtschaftliches Anwesen. Eine Reihe kleinerer Nebengebäude, offensichtlich ehemalige Stallungen und Schuppen, umgab das große, herrschaftlich wirkende Wohnhaus, das beinahe schon schloßähnlichen Charakter aufwies, mit Türmchen und Zinnen.

Das Eingangsportal wurde dominiert von zwei imposanten Skulpturen auf beiden Seiten. Auf den Sockeln befanden sich jedoch keine grimmig dreinblickenden

Löwen oder Tiger, sondern freundlich lächelnde Kühe.

»Das hat was!«, bemerkte Hinrichs fröhlich.

Während Alt und er die eindrucksvollen Skulpturen noch mit einer Mischung aus Verwunderung und Belustigung betrachteten, hatte Herr Dautzenberg bereits die Tür geöffnet, die Kommissare begrüßt und hineingebeten. Er hatte sie erwartet.

»Wissen Sie«, erklärte er, »ich bin auf einem Bauernhof ganz hier in der Nähe aufgewachsen, mein besonderes Interesse galt immer schon Kühen und Rindern. Die Tiere faszinieren mich einfach!«

»Der Hof befindet sich nicht zufällig in Rindern?«, fragte Hinrichs, den der Name dieses Örtchens ganz nah bei Kleve immer schon belustigt hatte.

Dautzenberg durchschaute das Wortspiel sofort und lachte.

»Nein, nein«, erklärte er dann, »nicht Rindern, obwohl das natürlich herrlich gepasst hätte, sondern Kervenheim!«

Inzwischen hatte er die Kommissare in das großzügig geschnittene Wohnzimmer geführt, wo er sie auf dem bräunlichen Ledersofa Platz zu nehmen bat.

»Ich werde meine Frau holen, sie wollte sich etwas frisch machen«, erklärte der Hausherr und stieg die breite Treppe hinauf.

Ehe sich Alt und Hinrichs im Wohnzimmer etwas umschauen konnten, fiel ihr Blick durch die halb offenstehende Tür in einen Raum, der offensichtlich das Arbeitszimmer des Kinderbuchautors darstellte. Darin wimmelte es nur so von Kühen. Große und kleine, bunte und schwarz-weiße, sitzende, liegende und stehende, in den verschiedensten Materialien. Die Schreibtischlampe stellte einen lächelnden Kuhkopf dar, mehrere der Buchstützen in der riesigen, nur zur Hälfte einsehbaren Regalwand ebenso.

Alt und Hinrichs blickten sich grinsend an.

Das Ganze hätte in höchstem Maße skurril gewirkt, aber beide wussten ja, womit Herr Dautzenberg alias Baselitz sein Geld verdiente.

»Für seine Inspirationen muss das die ideale Umgebung sein«, bemerkte Fritz Alt beeindruckt.

Bald darauf kam der Autor in Begleitung seiner Frau die Treppe hinunter. Die Endfünfzigerin war von mittlerer Größe und Gestalt. Ihr offensichtlich dunkelbraun gefärbtes Haar war am Hinterkopf zu einem wirr anmutenden Knäuel zusammengesteckt, nur zu beiden Seiten des streng geschnittenen Gesichtes mit den schmalen Lippen baumelte jeweils eine Strähne herab.

Mit freundlicher Miene begrüßte sie die Beamten und bat sie Platz zu behalten. Ihre Stimme klang leicht blechern.

»Ich freue mich, Sie wieder so fit zu sehen«, begann Alt das Gespräch, nachdem er sich und Hinrichs vorgestellt hatte. »Aber war es nicht ziemlich riskant, das Krankenhaus auf eigenes Risiko schon zu verlassen?«

»Keineswegs!«, erwiderte die Frau. »Ich habe keinerlei Schäden davongetragen, da kann ich mich heute hier besser erholen als in der Klinik, um morgen wieder in der Schule zu sein.«

Fritz Alt ging darauf nicht näher ein.

»Dann lassen Sie uns direkt zur Sache kommen!« schlug er stattdessen vor. »Frau Hichler, würden Sie uns bitte möglichst detailgenau schildern, was am Montagnachmittag geschehen ist.«

»Natürlich! Um 16 Uhr erschien Herr Färber zum verabredeten Gespräch über Enricos Zukunft. Ich konnte ihn davon überzeugen, dass diese nicht mehr an unserer Schule zu sehen ist. Er hat seinen Sohn daraufhin direkt abgemeldet. Etwa zwanzig Minuten, nachdem Herr Färber gegangen war, es muss gegen 16.45 Uhr gewesen sein, hörte ich ein Klopfen an der Tür zum Flur. Diese wird so gut wie nie benutzt, deshalb rief ich, dass die Tür zum Sekretariat offen sei, um von dort aus zu mir zu gelangen. Als Reaktion erfolgte jedoch ein erneutes heftiges Klopfen an der Tür zum Flur. Daraufhin stand ich vom Schreibtisch auf, öffnete die Tür und rief sofort ›Was soll das?‹. Ich war total verblüfft, denn ich blickte in eine Clownsmaske. Die Person unter der Maske gab ein Geräusch von sich, das ich als Heulen oder Jaulen bezeichnen würde. Entsetzlich!«

»Zu der Maske gehörte eine rote Perücke, nicht wahr?«, unterbrach Fritz Alt, der die Frau damit sichtlich überraschte.

»Woher wissen Sie denn das?«, fragte sie.

Dann berichtete Alt, was die Spurensicherung entdeckt hatte und bat Frau Hichler, die Maske näher zu beschreiben.

»Ich sehe die Maske so klar vor mir, als ob Sie sie tragen würden. Weißes längliches Gesicht, rotgelockte Perücke, die Nase wie ein verformter roter Tischtennisball, tief zerfurchte Stirn, rote Pupillen, spitze, scharfe lange Zähne zwischen knallrot geschminkten Lippen.«

»Was geschah dann?«, fragte Hinrichs.

»Während ich noch die Maske betrachtete, wurde mir von hinten ein Lappen mit einer übelriechenden Substanz ins Gesicht gedrückt. Ich muss auf der Stelle besinnungslos geworden sein, denn das Nächste, an das ich mich erinnere, ist, dass ich gefesselt und geknebelt unten im Bücherraum sitze. Den Rest kennen Sie: Ich musste dort die Nacht zubringen und wurde erst am folgenden späten Vormittag gefunden.«

»Das ist alles?«, wollte Alt wissen.

»Ja.«

»Wie war der Träger der Clownsmaske bekleidet, können Sie sich erinnern?«

»Jeans und dunkler Pullover, aber ich bin mir nicht sicher. Es ging alles so schnell und ich starrte wie gebannt auf die Maske. Ich glaube, die Person war nicht allzu groß.«

»Haben Sie irgendeine Idee, wer die Täter gewesen sein könnten?«, meldete sich jetzt Hinrichs wieder zu Wort.

»Darüber habe ich die ganze Zeit nachgedacht. Es könnte sich vielleicht um einen dummen Schülerstreich handeln, wobei der Begriff ›Streich‹ natürlich viel zu verharmlosend klingt.«

»Irgendein spezieller Verdacht?«

»Schüler, die zu allem möglichen Unsinn fähig sind, haben wir leider etliche an der Schule.«

»Mit Enrico Färber soll es in letzter Zeit häufig Probleme gegeben haben«, meinte Alt.

»Mit dem hat es eigentlich immer Schwierigkeiten gegeben, aber wie ich bereits erwähnte, konnte ich diese Angelegenheit im Interesse der Schule regeln. Nein, ich hege keinen speziellen Verdacht, ich könnte Ihnen direkt 10 bis 15 Schüler nennen, denen ich so etwas zutrauen würde. Dazu dürften noch etliche kommen, die unsere Schule in den letzten Jahren verlassen mussten.«

»Die Person mit der Maske, war sie männlich oder weiblich, können Sie das sagen?«, war die nächste Frage des Hauptkommissars.

»Leider nein!«

»In den vergangenen Tagen, ist Ihnen da vielleicht irgendetwas aufgefallen, war etwas anders, wurden Sie möglicherweise bedroht?« Alt sah Frau Hichler an, doch diese schüttelte nur den Kopf.

»Nein, da war eigentlich nichts«, sagte sie auffallend langsam.

»Eigentlich?«, hakte Alt nach.

»Ich bin mir da nicht vollkommen sicher, aber ich hatte in letzter Zeit mehrfach den Eindruck verfolgt zu werden.«

Alt und Hinrichs wirkten überrascht.

»Verfolgt von einem Fahrzeug, meinen Sie?«, fragte Hinrichs nach.

»Ja. In der vergangenen Woche und auch am Montag, wenn ich mich recht erinnere. Aber wie gesagt, ich bin mir nicht 100prozentig sicher.«

»War es immer ein und derselbe Wagen, konnten Sie Farbe, Marke oder gar Fahrer erkennen?«

»Nein, leider nichts. Es war ja auch noch stockdunkel zu der Zeit, als ich zur Schule unterwegs war. Es gab da nur diesen unangenehmen Eindruck des Verfolgtwerdens.«

Bald darauf verließen Alt und Hinrichs den Hörmannshof wieder und machten sich auf den Rückweg nach Kleve.

»Sag mal«, wandte sich Alt an seinen Kollegen, »ist dir an der Frau auch etwas aufgefallen, so wie mir?«

Klaas Hinrichs brauchte nicht zu überlegen.

»Ich denke, ja. Du meinst ihre Augen, nicht wahr. Selten habe ich jemand gesehen, dessen Augen eine derartige Kälte ausstrahlen, sogar während sie uns freundlich begrüßte.«

»Stimmt, und die grau-blaue Farbe verstärkt diesen Eindruck zusätzlich«, ergänzte Alt.

»Und was hat uns die Befragung konkret gebracht?«

»Wir kennen die Tatzeit und wissen, wie die Tat abgelaufen ist. Aber jeglicher Hinweis auf Täter und Motiv fehlt nach wie vor«, erklärte Alt.

»Immerhin könnte die Maske uns weiterhelfen«, gab sich Hinrichs positiv gestimmt.

Aber Alt dämpfte den Optimismus schnell.

»Da würde ich mir keine allzu großen Hoffnungen machen. Weißt du, manchmal könnte ich das Internet verfluchen. Früher hätten wir mit der Beschreibung der Maske die drei oder vier Geschäfte abgeklappert, die solche Sachen verkaufen und wären wahrscheinlich erfolgreich gewesen. Heute kann jeder Dreijährige im Netz bei unzähligen Anbietern diese Clownsmaske bekommen. Keine Chance für uns!«

»Aber diese Maske stellt im Augenblick unseren einzigen Anhaltspunkt dar«, erwiderte Hinrichs.

»Ja, zusammen mit diesem RAF-Schild.«

Nach mühsamer Recherche-Arbeit, vorwiegend am Telefon, hatte Heike Buschkamp den Arbeitsplatz des Herrn Färber in Erfahrung gebracht, sodass Heise und Marquardt den Mann endlich befragen konnten. Frau Färber wusste noch, dass ihr Ex Gärtner war, ›irgendwas Städtisches‹. Über das Grünflächenamt und die Friedhofsverwaltung wurde schließlich herausgefunden, wo Herr Färber an diesem Morgen im Einsatz war, auf dem Klever Friedhof an der Merowingerstraße.

»Da hat er nur wenige Meter von zu Hause zu seinem Arbeitsplatz«, bemerkte Heise, als sie von der Merowingerstraße in die Welbershöhe einbogen und dort ihren Wagen abstellten.

Als sie noch das schöne schmiedeeiserne Tor am Eingang bewunderten, wurden sie beinahe umgerannt. Zwei junge Männer verließen fluchtartig den Friedhof, liefen ein Stück die Straße entlang und verschwanden dann in den gegenüberliegenden Sportanlagen.

»Was war das denn?«, staunte Marquardt.

»Personenbeschreibung?«, fragte Heise und wollte seinen jungen Kollegen testen.

»Beide Anfang zwanzig, ca 175 bis 180 cm groß, einer sehr schlank, der andere etwas fülliger. Bekleidet waren beide mit Turnschuhen, aber keine drei Streifen, Jeans und dicken Kapuzenjacken. Deshalb blieben die Gesichter, vor allem die Haare, größtenteils verdeckt. Sie trugen beide relativ kurz geschnittene Bärte, die Gesichter wirkten südländisch, auf keinen Fall Deutsche.«

»Sehr gut beobachtet«, lobte Heise, »aber wer sagt, dass es sich um keine Deutschen handelt. Es soll durchaus südeuropäisch anmutende Personen mit deutscher Staatsangehörigkeit geben!«

Dem Kommissarsanwärter wurde wieder einmal klar, warum der Kollege den Spitznamen ›Holmes‹ vollkommen zu Recht trug. Absolute Genauigkeit der Beobachtung, keine voreiligen Schlüsse.

»Hätten wir den beiden nicht nachsetzen sollen? Irgendetwas scheint mir da faul zu sein«, sagte Marquardt vorsichtig.

»Grundsätzlich hast du recht, wenn sie auch ziemlich athletisch und durchtrainiert wirkten. Andererseits hatten wir keinerlei konkrete Veranlassung, das Rennen an sich ist ja nicht strafbar.«

Wenig später wurde klar, dass Heise dieses Mal falsch gelegen hatte. Als sie den südlichen Teil des Friedhofs unweit des großen Rondells erreicht hatten, wo Färber nach Auskunft der Friedhofsverwaltung arbeitete, sahen sie weit und breit niemanden. Es befand sich dort nur ein kleines Gefährt, auf dessen Ladefläche diverse Gartengeräte, Erde und Pflanzen zu sehen waren.

»Herr Färber!«, rief Heise mit ungewohnt lauter Stimme. »Herr Färber, sind Sie hier?«

Plötzlich nahmen die Beamten ein leises Wimmern wahr.

»Es muss von dort drüben bei den Büschen kommen«, rief Marquardt und rannte sofort los, Heise stürzte hinterher.

»Hallo, wo sind Sie?«, rief Marquardt.

Als Antwort hörten sie ein schwaches ›Hier‹. Auf der Rückseite einer Gruppe von Büschen entdeckten sie einen in stark gekrümmter Haltung am Boden liegenden Mann in grüner Arbeitskleidung. Sein Gesicht war blutüberströmt, die Lippen aufgeplatzt, die Augen blau unterlaufen.

Während Marquardt sofort den Krankenwagen rief, wandte sich Heise dem Mann zu.

»Herr Färber, Sie sind doch Herr Färber?«, fragte er.

Ein leise gemurmeltes ›Ja‹ war die Antwort.

»Wir sind von der Polizei, der Krankenwagen ist bereits unterwegs. Waren es die beiden jungen Männer in den Kapuzenjacken?«

Das Reden bereitete Färber offensichtlich enorme Schmerzen, er sprach äußerst leise und langsam, sodass Heise und Marquardt ihn kaum verstehen konnten.

»Ja........zwei Kapuzen...........haben Gräber fotografiert.«

Dann verstummte er, das Sprechen hatte ihn spürbar viel Kraft gekostet. Plötzlich hörte man das Signalhorn des Krankenwagens, der bald darauf eintraf und Färber ins St. Antonius-Hospital brachte. Heise wünschte dem Verletzten alles Gute und fügte hinzu, dass man ihn später noch genauer befragen würde.

Nachdem der Krankenwagen fort war, fragte Marquardt seinen Kollegen: »Denkst du das Gleiche wie ich?«

»Ja, Metalldiebe!«, erwiderte Heise.

»Diese Ganoven treiben immer häufiger auch auf Friedhöfen ihr Unwesen, brechen sogar kupferne Buchstaben und Ziffern aus Grabsteinen heraus. Wie kann man nur so pietätlos sein?« Marquardt schüttelte den Kopf.

»Wie wir wissen, spähen die organisierten Banden tagsüber auf Friedhöfen aus, welche Objekte lohnenswert für einen Diebstahl erscheinen und fotografieren diese ab«, lenkte Heise wieder auf das aktuelle Geschehen zurück. »Nachts erscheinen dann die Diebestrupps und stehlen genau die vorher ausgespähten Dinge.«

»Dann brauchen wir uns nur heute Nacht hier auf die Lauer zu legen und die Typen auf frischer Tat zu schnappen.« Marquardt war ganz aufgeregt. »Das müsste ja zu organisieren sein!«

Doch Heise bremste die aufkommende Euphorie seines jungen Kollegen.

»Glaubst du wirklich, dass sie das Risiko eingehen? Die werden sich denken können, was Färber der Polizei berichtet und den nächtlichen Besuch auf diesem Friedhof auf unbestimmte Zeit verschieben!«

Fritz Alt und Klaas Hinrichs saßen bereits in der Kantine des Präsidiums beim Mittagessen, als Siegfried Heise und Jens Marquardt sich dazusetzten.

»Was ist heute empfehlenswert?«, fragte Heise mit einem Blick auf die bereits größtenteils geleerten Teller.

»Das Rindergulasch mit Nudeln ist ok«, anwortete Hinrichs. »Die Fleischstücke sind sogar richtig weich!«

»Der Nudelauflauf schmeckt ebenfalls«, ergänzte Alt.

Bald darauf saßen alle vier am Tisch und tauschten in Kurzform ihre Erlebnisse des Vormittags aus.

»Dass wir den Färber immer noch nicht über Montagnachmittag befragen konnten, ist ja wirklich unglaublich!«, eiferte sich der Alte Fritz.

»Heute im Krankenhaus wird sich das bestimmt ändern«, erwiderte Heise gewohnt ruhig und setzte hinzu: »Aber allzu viel sollten wir uns von seiner Aussage nicht erwarten. Der Nudelauflauf war tatsächlich sehr gut!«

Bei der nachfolgenden Besprechung im Büro des Alten Fritz sollte die Kriminalassistentin zunächst über die Ergebnisse ihrer Recherche berichten.

»Dann lass mal hören!«, forderte Hinrichs Heike Buschkamp auf.

»Ich habe nicht nur keinerlei Bezug zu einer möglichen RAF-Vergangenheit entdecken können, ich habe so gut wie gar nichts über Beate Hichler ausfindig gemacht.«

Das ungläubige Staunen in den Gesichtern der Kommissare hatte Heike erwartet.

»Was soll das heißen?«, fragte Alt als Erster.

»Nun, Frau Hichler ist in Uedem gemeldet, aber nicht als Einzelperson, sondern nur als Ehefrau von Diethelm Dautzenberg. Aber über ihre Vergangenheit konnte ich rein gar nichts in Erfahrung bringen. Sie ist polizeilich nicht erfasst, taucht im Bundeszentralregister nicht auf.«

»Es muss dennoch Unterlagen über diese Frau geben!«, wandte Hinrichs ein.

»In den bekannten uns zugänglichen Suchportalen erscheint der Name Beate Hichler als Direktorin der MLK-Realschule, das wissen wir ja, und vorher in gleicher Funktion an der Michael-Ende-Realschule in Moers.«

»Dann benötigen wir unbedingt Einblick in ihre Personalakte bei der Bezirksregierung, sie ist ja schließlich Landesbeamtin in leitender Funktion!«, rief Hinrichs.

»Nichts zu machen«, entgegnete Heise langsam. »Ihr wisst ja, wie der größte Feind konkreter polizeilicher Ermittlungsarbeit heißt, hochgeschätzt und sehr beliebt bei allen Verbrechern!«

Da sie diesen Spruch ihres Kollegen bereits mehrfach gehört hatten, antworteten alle nahezu gleichzeitig: »Datenschutz!«

»Genau«, fuhr Heise fort, »für eine 20-stündige Freiheitsberaubung, die sich möglicherweise als aus der Bahn geratener Streich von durchgeknallten Jugendlichen erweist, wird uns kein Richter die Erlaubnis zur Einsichtnahme in ihre Personalakte gewähren!«

»Dazu hätte Frau Hichler schon ermordet werden müssen«, murmelte Hinrichs und erhielt prompt einen strafenden Blick seines Chefs.

»Nun hör mal auf damit!«, stellte Alt klar.

»Außerdem glaube ich nicht, dass die Lösung in diesem Fall mit der Person Hichler zusammenhängt«, erklärte Marquardt.

»Das sehe ich genauso. Wie in nahezu jedem Fall ist die genaue Kenntnis des Motivs von entscheidender Bedeutung für die Aufklärung«, dozierte Heise, »und da tappen wir nach wie vor völlig im Dunkeln!«

Niemand konnte ihm widersprechen.

»Bei Dautzenberg / Baselitz existiert bestimmt eine Homepage. Lässt sich da nichts über seine Gattin finden?« Marquardt blickte Heike erwartungsvoll an.

»Leider nein!« Sie schüttelte den Kopf. »Dort stehen fast nur Informationen über den Autor selbst und über seine Werke, Lesungen und andere Veranstaltungen!«

Den weiteren Nachmittag verbrachte Fritz Alt nach einem kurzen Besuch bei der Fliege, der er keinerlei erwähnenswerte Fortschritte mitteilen konnte, in seinem Büro. Er hatte etliche Dinge aufzuarbeiten, Unterlagen durchzuforsten, eben Schriftkram zu erledigen.

Klaas Hinrichs war unterwegs zu einigen älteren Damen, die an den vergangenen Tagen mit dem sogenannten ›Enkeltrick‹ ihrer Ersparnisse entledigt werden sollten, aber zum Glück rechtzeitig Verdacht geschöpft und die Polizei eingeschaltet hatten. Außerdem gab es da noch den Fall in Uedem, bei dem drei angebliche Polizeibeamte bei einem 82 Jahre alten Mann klingelten und vorgaben, es gebe einen Durchsuchungsbeschluss für sein Haus. Der Mann war völlig überrascht und ließ sie herein. Nachher fehlten Geld und Wertgegenstände.

Siegfried Heise und Jens Marquardt starteten einen erneuten Versuch, Herrn Färber über den Montagnachmittag zu befragen, diesmal mit Erfolg.

Der behandelnde Arzt im St.-Antonius-Hospital erklärte den beiden, welche gesundheitliche Folgen der Zusammenstoß mit den Kapuzenträgern für Färber gehabt hatte, nämlich eine gebrochene Rippe, ein angebrochenes Nasenbein, eine Kieferprellung, mehrere Platzwunden im Gesicht. Grundsätzlich habe der Mann sogar noch Glück gehabt, es hätte für ihn auch schlimmer ausgehen können, so Doktor Felders.

Im Zimmer selbst stellten sich Heise und Marquardt zunächst vor.

»Dazu sind wir heute Vormittag gar nicht gekommen«, erklärte Heise. »Am besten, Sie erzählen uns, was passiert ist!«

»Ja, das war so«, begann der Mann mit leiser Stimme. Das Sprechen schien ihm immer noch Schmerzen zu bereiten. »Ich arbeitete da an den Büschen, wo Sie mich gefunden haben. Durch das Astwerk hindurch sah ich plötzlich, wie jemand in Richtung Holtzmann-Gruft fotografierte. Dort steht 'ne besonders schöne, große Engelsfigur. Ich fragte laut, was das sollte. Doch kaum hatte ich zu Ende gesprochen, da wurde ich von dem zweiten Typ, den ich vorher nicht bemerkt hatte, von hinten niedergeschlagen. Sofort kam auch der Fotograf auf mich zu und beide schlugen auf mich ein und traten auch noch zu, als ich schon am Boden lag. Dann rannten sie schnell davon.«

»Ist Ihnen an den beiden etwas aufgefallen, Kleidung oder Sprache vielleicht?«, fragte Heise.

»Nee, geredet haben die nix. Die wirkten irgendwie südländisch, mit dunklen Bärten. An was Auffälliges kann ich mich nich erinnern, es ging alles viel zu schnell, nur...«. Er schien zu überlegen.

»Ja?«

»Ich meine, die Kapuzenjacke kam mir bei dem einen, dem kleineren Mann, viel zu weit vor, falsche Größe oder so.«

»Tja, Herr Färber, da sind Sie wohl Metalldieben in die Quere gekommen«, erklärte Heise. »Uns ist bekannt, diese Leute spionieren tagsüber die Friedhöfe nach für sie lohnenswerten Objekten ab, fotografieren diese und kommen nachts wieder, um diese Dinge zu stehlen.«

»Und deshalb waren Sie auf dem Friedhof?«, wunderte sich Färber. »Woher wussten Sie überhaupt....?«

»Nein, nein«, unterbrach Heise, »wir wollten Sie aus einem ganz anderen Grund sprechen.«

»Ja?«

»Es handelt sich um den Überfall auf Frau Hichler, die Schulleiterin. Sie haben die Frau relativ kurz vor dem Anschlag gesprochen. Ist Ihnen dabei irgendetwas aufgefallen, vor dem Gespräch, während der Unterhaltung oder danach? Vielleicht erinnern Sie sich an Personen im Schulgebäude, auch im Bereich der Verwaltung?«

»Nein, da war niemand, weder vorher noch nachher!«

»Kam Ihnen Frau Hichler irgendwie aufgeregt oder nervös vor?«

»Die war kalt wie Hundeschnauze, die Alte!« Seine vorher eher brüchige Stimme schien plötzlich wieder deutlich an Kraft gewonnen zu haben. »Hat mich regelrecht gezwungen, den Enrico abzumelden, damit er nich von der Schule fliegt. Da war sons´ nix Besonderes, außer...«

»Ja?«

»Da war so´n komischer Geruch in der Bude.«

»Im Schulleitungszimmer meinen Sie?«, fragte Heise nach.

»Ja, genau. Wie ´ne Mischung aus Schweiß und Parfüm. Ekelig!«

»Wann haben Sie Ihren Sohn von der Abmeldung unterrichtet?«, schaltete sich nun Marquardt ein.

»Der Enrico stand mit´n paar Kumpels auf´m Schulhof, bei den Tischtennisplatten. Da habe ich ihn zur Seite genommen und das erzählt.«

»Wie reagierte er?«

»Na stocksauer, ist doch klar, aber nich so sehr überrascht, hatte wohl schon damit gerechnet!«

»Was geschah dann?«, fragte Marquardt.

»Na, ich fuhr heim und Enrico ging zurück zu seinen Kumpels.«

Nun sah Heise Herrn Färber ganz intensiv an, bevor er ihn langsam fragte: »Können Sie sich vorstellen, dass Enrico etwas mit dem Überfall auf Frau Hichler zu tun hat?«

»Auf keinen Fall, das können´se mir glauben. Der Enrico baut schon ´ne Menge Scheiß, das weiß ich, aber sowas, nein, bestimmt nich! Wissen´se, und das habe ich ihm auch so erklärt, vielleicht ist der Schulwechsel gar nich so übel für ihn. An der MLK hatte er ja seinen Ruf weg, als böser Bube. Mehrfach haben Mitschüler was angestellt und sofort war Enrico der Schuldige. Viele Lehrer haben das gar nich geschnallt.«

»Verstehe«, warf Marquardt ein.

»Ich hab´ ihn dann direkt an der Hauptschule angemeldet!«

»In Kleve existiert aber gar keine Hauptschule mehr, soviel mir bekannt ist«, wandte Heise ein.

»Da habense recht! Ich versteh´ das auch nich, aber in Goch haben die ´ne große Hauptschule, mit gutem Ruf, die Gustav-Adolf-Schule. Da hab´ ich den Enrico sofort angemeldet. Is ja sowieso nur bis zum Sommer.«

»Weil er dann die Schulpflicht erfüllt hat,« ergänzte Marquardt.

»Genau! Wissense, der Enrico is eigentlich ´n guter Junge, nur leider lebt er seit´n paar Jahren im falschen Umfeld mit den falschen Leuten!«

»Sie meinen die Gotenstraße?«, fragte Heise.

»Genau!«

»Dann wissen wir, was Sie meinen!«

Zurück im Präsidium zeigte sich, dass Marquardt gedanklich immer noch sehr mit den Metalldieben beschäftigt war.

»Unternehmen wir da gar nichts? Auf dem Friedhof, meine ich.«

»Ich glaube, der Alte Fritz hat die Kollegen beauftragt, in der Nacht immer wieder mal am Friedhof entlang Patrouille zu fahren, Präsenz zu demonstrieren.«

»Das soll reichen?«, fragte Marquardt unzufrieden.

»Was stellst du dir vor?«

»Wir könnten die große Engelsfigur der Holtzmann-Gruft und ein paar andere ähnlich große und auffällige Skulpturen mit Minisendern bestücken und auf diese Weise herausfinden, wo die gestohlenen Dinge hingebracht werden!«

Er blickte den erfahrenen Kollegen erwartungsvoll an, doch dieser zeigte sich eher skeptisch.

»Erstens wäre es sehr schwer, den Sender so versteckt anzubringen, dass er nicht auffällt...«

»Und zweitens?«, unterbrach Marquardt.

»Tja, ich bin mir nicht sicher, ob wir bei der Verfolgung des Senders schnell genug wären, um die Kerle zu schnappen, bevor die Figur eingeschmolzen würde.

»Dann müssen wir anscheinend auf die Hilfe von Kommissar Zufall hoffen«, meinte Marquardt missmutig.

»Eure Ganoven bringen uns ja fast täglich neue Arbeit!«, begrüßte Doris Alt ihren Vater, als dieser endlich zu Hause eintraf. »Gestern die entführte Schulleiterin, heute der zusammengeschlagene Friedhofsgärtner. Wie soll das nur weitergehen?«

»Zum Glück sind beide offenbar einigermaßen glimpflich davongekommen«, erwiderte Alt.

»Wie man´s nimmt, Nasenbein- und Rippenbruch, drohender Kreislaufkollaps. Seid ihr den Tätern wenigstens auf der Spur?«

»Nicht wirklich, das muss ich leider zugeben. Bei den Friedhofsschlägern dürfte es sich um Mitglieder der Metalldiebesbande handeln, die uns in den letzten Monaten immer neuen Ärger bereitet.«

Plötzlich fiel ihm wieder ein, was er seine Familie unbedingt fragen wollte. »Eine andere Sache«, begann er und blickte Frau und Tochter an. »Sagt euch ›Doktor Muh‹ etwas, ein Kinderbuch?«

»Mehrere Bücher, wolltest du sagen«, antwortete Doris sofort. »Die Geschichten von der Kuh zählten zu meinen ersten Lieblingsbüchern. Erinnerst du dich nicht mehr?«

»Offengestanden nein!«, musste Alt zugeben.

»Meine ersten jemals auswendiggelernten Sätze stammen aus den Büchern, ich kann sie heute noch aufsagen:

»Der weltberühmte Doktor Muh
war eigentlich gar keine Kuh.
Denn das männliche Tier
nennt man bekanntlich Stier.
Nun lasst uns Neues von ihm hören
und niemand soll uns dabei stören.«

»Bravo!«, applaudierte Alt.

»Aber wie kommst du auf Doktor Muh?«, schaltete sich Gabi Alt ein. »Hat der etwas verbrochen?«

Vater und Tochter konnten das Lachen nicht unterdrücken.

»Nein, natürlich nicht«, meinte Alt dann. »Wir haben beruflich mit dem Autor zu tun.«

»Mit Balthasar Baselitz? Wie spannend!«, rief Doris ganz aufgeregt. »Was ist denn mit ihm?«

»Ich wiederhole meine Frage: Hat der etwas verbrochen?«, meinte Gabi Alt lächelnd.

»Bisher eher nicht. Er ist nämlich der Ehemann der entführten Schulleiterin«, erklärte Alt und erntete erstaunte Blicke seiner Tochter.

»Euer Informationsdienst im Krankenhaus befindet sich anscheinend noch im Aufbau«, fügte er grinsend hinzu.

»Aber sie heißt Hichler!«, wandte Doris ein.

»Und er in Wirklichkeit Dautzenberg, da wollte sie eben den eigenen Namen behalten.«

FÜNF

Klaas Hinrichs verabschiedete sich von seiner Frau und stieg in seinen nicht mehr ganz neuen BMW 3er. Da er schon seit einiger Zeit nicht mehr dazu gekommen war, die Garage zu entrümpeln, stand der Wagen auch nachts draußen vor dem Garagentor. Hinrichs startete den Motor, nichts geschah. Ein eneuter Versuch scheiterte ebenso. Leichtes Fluchen. Dann öffnete er die Motorhaube und sah die Bescherung. Lautes Fluchen. Das zerbissene Elektrokabel war nicht zu übersehen. Er wusste sofort Bescheid: wieder ein Automarder! Bereits vor ein paar Monaten hatte es einen solchen Vorfall gegeben.

»Was haben diese Viecher mit unserem Wagen im Sinn?« Klaas Hinrichs kehrte laut fluchend ins Haus zurück und informierte seine Frau. Die beiden hatten immer auf einen Zweitwagen verzichtet und hielten nur ein Fahrzeug auch für völlig ausreichend, nicht nur aus Umweltgesichtspunkten. Petra Hinrichs wurde meistens von einer Kollegin mitgenommen und falls das einmal nicht klappte, fuhr man eben mit dem Bus die Viertelstunde von Kranenburg nach Kleve.

»Ich habe eine Idee«, erwiderte sie die Fluchtiraden ihres Mannes. »Ich rufe mal schnell die Helga an, vielleicht kann sie heute früher kommen und wir nehmen dich mit in die Stadt.«

So fuhr bald darauf ein immer noch sichtlich wütender Klaas Hinrichs zusammen mit seiner Frau und ihrer Kollegin nach Kleve. Die beiden Frauen erlaubten sich sogar Witzchen über seinen Ärger.

Als Hinrichs schließlich mit gewisser Verspätung im Präsidium eintraf, bemerkte er sogleich die angespannte Stimmung. Kommissar Heise und Kriminalassistentin Buschkamp beantworteten seinen Guten-Morgen-Gruß eher mürrisch.

»Das hat hoffentlich nicht mit meiner Verspätung zu tun«, erklärte er und sah die beiden fragend an.

»Offensichtlich hast du heute noch keinen Blick in die Zeitung geworfen«, sprach ihn Heise an und reichte ihm den Niederrhein Kurier. Schon bei der Überschrift war ihm die miese Stimmung klar. Er las ungläubig:

Schulleiterin von RAF verschleppt?

Im Fall der am Montagnachmittag aus ihrem Dienstzimmer in den Bücherraum der Martin-Luther-King-Realschule verschleppten Schulleiterin gibt es brisante neue Informationen. In einem unserer Zeitung zugesandten Foto ist die Entführte in dem Bücherraum der Schule zu sehen, gefesselt und geknebelt und mit einem Schild um den Hals, auf dem das RAF-Symbol, roter Stern mit Maschinenpistole und den 3 Buchstaben, zu erkennen ist. Dies wirft natürlich etliche Fragen auf: Warum hat die Polizei diese Information bisher der Öffentlichkeit vorenthalten? Waren tatsächlich Linksterroristen einer neuen Generation am Werk? Existiert eine Beziehung zwischen der Schulleiterin und dem RAF-Umfeld? Aus Gründen des Persönlichkeitsschutzes veröffentlichen wir das Foto natürlich nicht, warten aber gespannt auf die Darstellung der Kripo Kleve.

»Das ist wirklich ein dicker Hund!« Hinrichs war völlig verblüfft.

»Der Alte Fritz durfte sofort bei der Fliege antanzen«, erklärte Heike. «Da wird wohl total dicke Luft herrschen.«

Andererseits tut sich damit vielleicht die entscheidende Spur auf«, erklärte Heise. »Den Absender des Fotos sollte man zurückverfolgen können.«

»Hinrichs gab sich skeptisch: »Ob das so einfach ist?«

»Jedenfalls ist Cuypers schon zur Redaktion des Niederrhein Kurier unterwegs. Marquardt hat er mitgenommen, der kennt sich ja mit Computern besonders gut aus.«

»Haben nicht noch andere Blätter das Foto erhalten?«, fragte Hinrichs.

»Anscheinend nicht«, erwiderte Heike, »beim Grenzlandboten, Kleve Heute, der Niederrheinzeitung und den Klever Nachrichten wusste man von nichts.«

»Herr Alt, die Presse und demzufolge die Öffentlichkeit wissen mehr über den Fall als wir. Wie konnte das geschehen?«

Alt saß im Büro des Kriminaldirektors und spürte dessen Verärgerung deutlich. Dennoch blieb er ganz ruhig, atmete tief durch, bevor er antwortete.

»Herr Fricke, es tut mir leid, aber wir sind keine Hellseher. Die Existenz dieses Fotos war uns absolut nicht bekannt! Warum die Täter es dem Niederrhein Kurier zukommen ließen, ist mir schleierhaft. Was jedoch keinesfalls hätte passieren dürfen, ist die eigenmächtige Aktion der Zeitung. Ich finde, die hätten vor einer Information über das Bild unbedingt zuerst Kontakt mit uns aufnehmen müssen.«

»Das sehe ich genauso und werde dies auch dem Chefredakteur in der gebotenen Deutlichkeit darlegen!«

»Es wäre schön, wenn die Sachlage in der morgigen Ausgabe richtiggestellt wird«, ergänzte Alt.

»Darum werde ich mich selbstverständlich kümmern!«

»Jedenfalls sind die Kollegen unterwegs, um den Ursprung des Fotos zu ermitteln.«

Der Kriminaldirektor räusperte sich.

»Ihnen dürfte bekannt sein«, begann er dann, »dass ich durch den Vorfall in eine missliche Lage geraten bin. Das LKA dürfte sehr bald von dem Bild erfahren und von mir Rechenschaft darüber verlangen, warum es nicht direkt in Kenntnis gesetzt wurde.«

»Ich kann Sie beruhigen«, erwiderte Alt. »Wir haben alles abgecheckt. Es existiert absolut keine Verbindung zwischen Frau Hichler und der RAF.«

»Und wie ist dann Ihrer Ansicht nach das Foto zu erklären?« Fricke wirkte immer noch ziemlich nervös.

»Das können wir leider im Augenblick noch nicht sagen, hoffen jedoch heute in der Schule die entscheidenden Hinweise zu bekommen.«

»Das kann ich ebenfalls nur hoffen!«, erklärte Fricke und damit war das Gespräch beendet.

Alt bat sein Team zur Lagebesprechung in sein Büro. Jens Marquardt und Klaus Cuypers waren noch nicht vom Besuch beim Niederrhein Kurier zurückgekehrt.

»Also, die Fliege war mächtig angefressen«, begann Alt. »Das ist ja auch kein Wunder, denn das LKA wird sich bald mit unangenehmen Fragen an ihn wenden.«

Plötzlich klingelte das Telefon. Heike nahm wie üblich den Anruf entgegen.

»Guten Tag, Herr Dautzenberg«, hörte man sie sagen.

»Ach, ja? Das klingt ja interessant. …Ja, es wird jemand vorbeikommen!«

In die erstaunten Gesichter der drei Männer erklärte die Kriminalassistentin: »Das war ein seltsamer Anruf unseres Kinderbuchautors. Ob noch einmal jemand zu ihm kommen könne, er habe etwas gefunden.«

»Ich fahre hin!«, erwiderte Alt ganz spontan. »Bei der Gelegenheit kann ich ihn direkt über die Vergangenheit seiner Frau befragen.«

An Heise und Hinrichs gewandt fuhr er fort: »Ihr beide sucht noch einmal die Schule auf. Wir sind uns ja einig, im Moment deutet alles darauf hin, dass wir dort die Lösung finden. Bei den Spuren Clownsmaske und RAF-Schild sollten wir ansetzen! Außerdem müssen wir unbedingt Enrico Färber befragen.«

Noch bevor er den Satz vollendete, war Jens Marquardt eingetreten. Alle blickten ihn erwartungsvoll an, doch an seinem Gesichtsausdruck erkannten sie rasch seine Unzufriedenheit.

»Nichts zu machen!«, rief er aus. »Die IP-Adresse ist so perfekt verschlüsselt, wir kommen erst gar nicht an den Provider heran. Da müssen echte Kenner am Werk gewesen sein.«

»Was heißt das?«, fragte Alt und gab sich die Antwort selbst: »Wir wissen nicht , von wo oder wem der Zeitung das Foto zugesandt wurde. Das darf nicht wahr sein!«

»Leider ist es so«, gab Marquardt betrübt von sich. »Immerhin verfügen wir jetzt auch über das Bild, hier auf meinem Smartphone.«

Er zeigte es den anderen.

»Das muss ganz kurz nach dem Eintreffen im Bücherraum gemacht worden sein«, erklärte Heise. »Seht ihr, die Frau ist noch nicht wieder bei Bewusstsein, hängt völlig weggetreten in dem Stuhl, der Kopf ist seitwärts abgekippt.«

»Ist ja auch logisch«, meinte Hinrichs. »Bei einem Foto zu einem späteren Zeitpunkt, mit wiedererlangtem Bewusstsein, hätte sie ja den Fotografen erkannt!«

»Bleibt die Frage, warum man dieses Foto aufgenommen hat«, überlegte Alt.

»Vielleicht, um eine Erinnerung an diese ›geile‹ Aktion zu besitzen«, schlug Heise vor.

»Und, warum man dem Niederrhein Kurier dieses Bild zuschickte.«

Achselzucken bei allen.

»Was geschieht jetzt bezüglich der Öffentlichkeit? Das Foto, meine ich.« Hinrichs sah den Alten Fritz an.

»Die Fliege stellt eine Pressemitteilung ins Netz, aus der hervorgeht, dass wir von dem Bild erst heute aus dem NK erfahren haben. Eine Info möchte ich euch allerdings nicht vorenthalten, bevor wir alle losstarten: Aufgrund der detaillierten Beschreibung durch Frau Hichler ist es Heike gelungen, diese Maske ausfindig zu machen!«

»Wir haben die Maske, die Clownsmaske?«, rief Marquardt aufgeregt. »Das ist ja super! Da finden wir ganz bestimmt wichtige Spuren.«

»Komm wieder runter!«, erwiderte Heike ganz ruhig.

»Ich habe herausgefunden, welche Art Maske es ist. Sie stellt den bösen Clown ›Pennywise‹ dar, eine Figur aus einem Horrorroman von Stephen King. Das Ding wird in der Karnevalszeit tausendfach verkauft.«

»Schade!«, murmelte Marquardt enttäuscht.

»Ich gebe euch ein ausgedrucktes Foto von dem Ding für Frau Hichler mit, um ganz sicher zu gehen«, sagte Heike.

»Ich habe eine solche Maske noch nie gesehen«, stellte Heise fest, als er das Blatt mit dem Bild intensiv betrachtete.

»Du nimmst ja auch an keiner Karnevalsveranstaltung teil«, antwortete Hinrichs.

»Eben!«

»Dann machen wir uns auf den Weg«, erklärte der Alte Fritz. »Und Herr Marquardt, Sie kommen mit mir, der Kinderbuchautor will uns etwas zeigen. Außerdem sollten Sie unbedingt das Anwesen des Doktor Muh kennenlernen!«

Während der angehende Kommissar etwas ratlos dreinblickte, grinsten Hinrichs und Heise.

Bei der Fahrt durch die Gocher Heide fiel Alt etwas auf, das er am Vortag offenbar gar nicht richtig wahrgenommen hatte, die zahlreichen Windenergieanlagen. Die riesigen kahlen Stangen mit den drei sich drehenden schmalen Flügeln an der Spitze wirkten irgendwie gespenstisch, absolut nicht in diese Landschaft passend, so empfand es Alt. Gestern bei dem bedeckten Himmel sind die Dinger wohl nicht so aufgefallen wie heute mit dem stahlblauen Hintergrund und der Helligkeit, dachte er bei sich.

»Was halten Sie von diesen Stangen?«, fragte er den Kommissarsanwärter.

»Nun ja«, begann dieser und zog sich mit einer diplomatischen Antwort aus der Affäre: »Einerseits wird Strom aus regenerativen Energieträgern zunehmend wichtiger für unsere Umwelt, andererseits verschandeln die Anlagen natürlich die Landschaft.«

Bald hatten sie den Hörmannshof erreicht. Die lächelnden Kuhskulpturen am Eingangsportal blickten etwas sorgenvoller als am Vortag, so jedenfalls war Alts erster Gedanke, den er mit einem ›Unsinn!‹ schnell wieder verwarf. Marquardt nahm die riesigen Figuren mit Verwunderung, aber kommentarlos zur Kenntnis.

Nachdem man vom Hausherren begrüßt worden war, stellte Alt seinen jungen Kollegen vor und der Autor führte die beiden in das große, hohe Wohnzimmer. Die Tür zum mit den Kuhdarstellungen überfrachteten Arbeitszimmer war diesmal geschlossen, sodass sich Alt mehr auf den Raum konzentrierte, in dem man sich gerade befand.

Mit professionellem Blick sah er sich rasch um. Es handelte sich um ein altes Gemäuer, die Deckenhöhe betrug an die vier Meter. Die Möblierung erschien ihm eher spärlich und wurde von einem schönen alten Bauernschrank dominiert.

Was Alt sofort auffiel, war das Fehlen jeglicher Kuhskulpturen oder -darstellungen in dem Raum. Der Autor bat Alt und Marquardt in dem Ledersofa Platz zu nehmen. Der angehende Kommissar blickte durch das große Fenster in die weite niederrheinische Landschaft. Er sah sehr viel Grünland, einige Buschreihen und etliche Windkraftanlagen. Im Hintergrund bewegte sich ein Traktor mit einem tankwagenähnlichen Anhänger langsam vorwärts.

Alt bemerkte, dass der Autor, wie bereits an den beiden vorausgegangenen Tagen, ein weißes Hemd trug, wobei die Ärmel bis knapp unterhalb der Ellbogen salopp hochgekrempelt waren.

»Sie klangen einigermaßen geheimnisvoll am Telefon, sagte man mir«, begann der Kriminalhauptkommissar in seiner gewohnt direkten Art. »Was haben Sie gefunden?«

»Meine Frau ist heute wieder in die Schule gefahren. Sie bat mich, ein paar Sachen in die Reinigung zu bringen, dabei auch die Jacke, die sie am Montag trug. In der Jackentasche fand ich dies.« Damit reichte er Alt einen kleinen Zettel.

Beim nächsten Mal machen wir Ernst

Nachdem Alt das gelesen hatte, fragte er langsam: »Ihre Frau weiß nichts von diesem Schrieb?«

»Ich gehe natürlich davon aus, denn sonst hätte sie ihn mir bestimmt gezeigt!«

»Hm«, meinte Alt nachdenklich, »das könnte uns tatsächlich weiterhelfen. Sie haben heute bestimmt schon Zeitung gelesen, den Niederrhein Kurier?«

»Ja, der Bericht über das Foto!«

»Ich muss Sie das fragen«, begann Alt und blickte den Autor an, »besteht Ihres Wissens irgendein Zusammenhang zwischen Ihrer Frau und der RAF?«

Leichte Verwunderung huschte über Dautzenbergs Gesicht.

»Nein, davon weiß ich absolut nichts!«, erklärte er dann mit Nachdruck.

»Können Sie sich irgendeinen Grund für den Überfall vorstellen? Wurde Ihre Frau wirklich nicht bedroht?«

»Nein, von einer Bedrohung weiß ich nichts und was das Motiv betrifft, wir haben gestern Abend noch sehr lange darüber nachgedacht, aber außer einem völlig missratenen Schülerstreich fiel uns nichts ein.«

Er wirkte nachdenklich.

»Allerdings«, setzte er dann an und machte direkt wieder eine Pause.

»Ich bin mir gar nicht sicher, ob es überhaupt erwähnenswert ist.«

»Erzählen Sie bitte!«, erklärte Alt.

»Nun ja, ich hatte den Eindruck, als sei Beate in letzter Zeit irgendwie anders.«

»Können Sie dieses Gefühl näher beschreiben?«

»Sie wirkte auf mich nervöser als sonst, leichter reizbar, irgendwie dünnhäutiger.«

»Hm«, überlegte Alt. Dann blickte er den Autor direkt an und fragte: »Heißt das, Sie hatten häufiger Streit?«

»So würde ich es nicht bezeichnen, eher Meinungsverschiedenheiten.«

»Verstehe. Und seit wann war das so?«

»Ich kann es nicht an einem bestimmten Ereignis festmachen, aber seit circa drei bis vier Wochen.«

»Haben Sie sie darauf angesprochen?«

»Klar, aber sie meinte nur, es sei alles in Ordnung, ich würde mich täuschen!«

»Etwas anderes möchte ich Sie noch fragen«, setzte Alt an. »Wir haben wenig bis gar nichts über die Vergangenheit Ihrer Frau in Erfahrung bringen können. Möglicherweise würde uns dies weiterhelfen.«

»Ja, das ist so eine Sache mit ihrer Vergangenheit.«

Dautzenberg machte eine Pause, bevor er fortfuhr.

»Anfangs habe ich sie natürlich häufig danach gefragt, aber ich merkte sehr bald, wie unangenehm ihr das war. Sie blockte ab, sprach nur von einer schweren Kindheit. Sie hat keinerlei Verwandtschaft mehr, weder Eltern noch Geschwister.«

»Hat Sie Ihnen gesagt, wo sie geboren wurde?«, fragte Marquardt.

»Ja, in Hamburg, aber erstaunlicherweise wollte sie nie mit mir dorthin. Ich habe mehrfach eine Hamburgreise vorgeschlagen, ich mag die Stadt sehr, aber auch da blockte sie nur ab. Sie wolle nicht mehr dorthin zurück. Vielleicht mochte sie nur nicht an unliebsame Kindheitsereignisse erinnert werden, dachte ich mir und habe dann nicht weiter nachgefragt.«

Alt hatte den Zettel mit der Drohung in einen Plastikbeutel verpackt und bald darauf verabschiedete man sich und Alt und Marquardt gingen zum Wagen.

Fritz Alt drehte sich noch einmal um, sah die Kuhskulpturen am Eingangsportal an. Und tatsächlich, wieder meinte er einen sorgenvollen Ausdruck in den wie immer freundlich lächelnden Gesichtern der Tierfiguren wahrzunehmen.

Abrupt wandte er sich um, denn Marquardt hatte etwas zu ihm gesagt.

»Wie bitte?«, fragte Alt. »Ich war mit meinen Gedanken etwas entfernt!«

»Wechseljahre, meinte ich.«

»Habe ich richtig verstanden, Wechseljahre?«

»Frau Hichlers veränderter Zustand in letzter Zeit, typische Symptome einer Frau in den Wechseljahren. Ich hätte den Mann gern noch gefragt, ob da auch Hitze-

wallungen und Schlafstörungen bei seiner Frau aufgetreten sind. Dann wüssten wir es genau!«

Der Alte Fritz schüttelte verwundert den Kopf.

»Haben Sie etwa auch Medizin studiert oder wie
kommen Sie darauf?«

»Ganz einfach, meine Mutter dürfte ungefähr im Alter
der Hichler sein und bei ihr bemerke ich seit einigen
Monaten genau die Verhaltensänderungen, die wir
vorhin hörten. Meine Mutter hat es mir erklärt.«

»Na ja!« Alt wirkte offenbar immer noch skeptisch.

Sie waren inzwischen ein paar Kilometer durch die
Gocher Heide gefahren, als Marquardt die Nase rümpf-
te.

»Was stinkt hier so eklig? Diesen Geruch nehme ich
schon den ganzen Morgen wahr.«

»Da hinten, rechts«, antwortete Alt und Marquardt
sah den Traktor mit dem Tankwagen-Anhänger.

»Gülle?«, fragte er unsicher.

»Ja! Die überschwemmen wieder einmal den gesamten Niederrhein«, bestätigte Alt indigniert. »In früheren
Jahrhunderten lebten die Menschen in dieser Region in
ständiger Angst vor dem Hochwasser des Rheins, der
immer wieder über die Ufer trat. Durch den Bau stabiler
und moderner Deiche ist diese Gefahr inzwischen gebannt. Heutzutage wird der Niederrhein sogar mehrfach
im Jahr überschwemmt, und zwar von Unmengen an
Gülle, die die Bauern auf die Felder bringen. Dagegen
helfen keine Deiche, es scheint überhaupt keine Gegen-
wehr möglich.«

Marquardt hörte staunend zu, konnte nur den Kopf
schütteln. Als typisches Stadtkind, aufgewachsen in
Düsseldorf, waren ihm derartige Dinge fremd.

»Wobei«, fuhr Alt nun fort, »so habe ich kürzlich gelesen, ein Großteil der Fäkalbrühe durch mehr oder weniger legale Tanklastertransporte aus den Niederlanden herbeigeschafft wird.«

»Wieso das?«, konnte ein staunender Kommissarsanwärter nur fragen.

»Ganz einfach: In den Niederlanden stehen zu viele Rinder, Schafe und Schweine auf zu wenig landwirtschaftlicher Fläche, es entsteht also ein Gülle-Überschuss. Etliche Betriebe auf deutscher Seite, die Getreide-, Mais- und Gemüseanbau betreiben, haben einen Bedarf an natürlichem Dünger.«

»Und die versorgen sich also aus dem Nachbarland. Was soll daran schlimm sein, abgesehen vom Gestank?«

»Nun ja, ein französisches Duftwässerchen riecht sicherlich anders. Als meine Frau gestern ins Schlafzimmer trat, um nach stundenlangem Lüften die Fenster wieder zu schließen, konnte sie es kaum fassen. Sie hatte wirklich den spontanen Eindruck, jemand hätte in den Raum gesch... So eklig stank das!«

»Oh je!«

»Aber der Affront gegen unsere Nasen ist nur eine Kleinigkeit. Was buchstäblich zum Himmel stinkt, ist die durch die Güllemassen verursachte Nitratbelastung unseres Grundwassers.«

»Und dagegen kann man nichts unternehmen? Es muss doch gesetzliche Regelungen geben!«, rief Marquardt empört.

»So genau kenne ich mich da auch nicht aus. Aber ich glaube, es existieren Höchstwerte, die jedoch mit allerlei Tricks umgangen werden.«

»Das Ganze stinkt wirklich zum Himmel!«

Auf der kurzen Strecke vom Präsidium zur Realschule besprachen Heise und Hinrichs das weitere Vorgehen. Sie hatten sich für kurz nach zehn mit dem Konrektor verabredet, dann war die erste große Pause vorbei.

»Wir sollten mit der Spur ›RAF-Zettel‹ beginnen, da kommen wir vielleicht schneller zum Erfolg«, begann Heise.

»Wieso, Holmes?«, gab nun Hinrichs wieder einmal Dr. Watson.

»Wenn wir von einem Schülerstreich ausgehen, woher wissen Jugendliche von heute etwas von der RAF und kennen sogar deren Symbol?«

»Aus Erzählungen der Eltern vielleicht?«

»Oder?«

»Aus der Schule?«

»Genau, aus dem Unterricht! Wir sollten also den Konrektor dringend danach fragen, in welchen Klassen das Thema Terrorismus im Allgemeinen und RAF im Besonderen kürzlich behandelt wurde. Vielleicht war im Lehrbuch sogar das Foto des entführten Arbeitgeberpräsidenten Schleyer mit dem RAF-Schild zu sehen.«

»Klingt plausibel.«

Bald darauf trafen die beiden auf dem Lehrerparkplatz der Martin-Luther-King-Realschule ein. Sie hatten Glück, denn sie ergatterten den letzten freien Platz. Der Schulhof, den sie auf dem Weg hin zum Haupteingang durchquerten, lag verwaist. Alle Schüler befinden sich jetzt im Unterricht, dachte Hinrichs bei sich, als er von seinem Kollegen abrupt aus den Gedanken gerissen wurde.

»Was geht denn da vor?«, rief Heise und zeigte in Richtung der Fahrradständer an der anderen Ecke des

Gebäudes. Dort sahen sie einen Notarztwagen mit Blaulicht.

»Die Pause ist erst vor wenigen Minuten zu Ende gegangen, da haben vielleicht ein paar Kids zu heftig herumgetobt«, versuchte Hinrichs eine Erklärung.

Die richtige erhielten sie wenig später, als sie vom Konrektor begrüßt worden waren und in seinem Büro Platz genommen hatten.

»Das war ganz eigenartig«, begann Flecken. »Unsere Kollegin Krapf hat donnerstags zur dritten Stunde Unterricht. Als sie während der Pause das Lehrerzimmer betrat, verdrehte sie plötzlich die Augen und sackte zu Boden, besinnungslos. Die Panik im Raum können Sie sich vorstellen. Alle redeten durcheinander, der Notarzt wurde gerufen. Endlich vermochte Frau Hemmersbach sich Gehör zu verschaffen. Sie kennt Frau Krapf, die erst seit wenigen Monaten bei uns unterrichtet, etwas näher und erklärte den Vorfall. Frau Krapf leidet unter einer dermaßen extremen Abneigung, vielleicht auch Allergie, gegen Knoblauch, dass dies zu solchen Anfällen führt. Das Lehrerzimmer wurde heute tatsächlich von einem heftigen Knofiduft durchzogen, das war allen aufgefallen. Inzwischen geht es Frau Krapf schon wieder ganz gut, im Lehrerzimmer sind alle Fenster sperrangelweit geöffnet.«

»Dann sollte man der Frau eine Urlaubsreise ins Inneranatolische Hochland vorschlagen. Dort wird sie lernen, sich an viel Koblauch zu gewöhnen!«, bemerkte Hinrichs in seiner typischen Art.

»Nun, meine Herren, wie kann ich Ihnen helfen?«, führte der Konrektor die Beamten wieder zum Fall Hichler.

»Wir haben eine Reihe von Fragen, bei denen Sie uns hoffentlich weiterhelfen können«, sagte Heise. Dann erklärte er Flecken seine Idee zum RAF-Schild.

»Das klingt durchaus plausibel«, stimmte der Konrektor zu. »Ich kann Ihnen die Lehrpläne für die Fächer Politik, Geschichte und Sozialwissenschaften nicht aus dem Kopf nennen. Es dürfte sich beim Thema Terrorismus jedoch bestimmt um die Jahrgangsstufe 9 oder 10 handeln. Die Pläne befinden sich natürlich in meinem Rechner, aber für eine genaue Aussage muss ich die Klassen- und Kursbücher der betreffenden Lerngruppen überprüfen.«

»Eine andere Frage, Herr Flecken«, übernahm jetzt Hinrichs. »Können Sie uns aus dem Stegreif sagen, von welcher Marke die Drucker hier im PC-Raum der Schule sind oder müssen Sie zuerst nachschauen?«

»Die Anschaffung der Geräte liegt gar nicht weit zurück, deshalb weiß ich es genau. In unseren beiden PC-Räumen steht jeweils ein Drucker der Marke Samsung!«

»Danke sehr!«, bemerkte Hinrichs zufrieden.

»Die nächste Sache. Uns ist bekannt, dass Kleve nicht unbedingt zu den Karnevalshochburgen zählt«, setzte jetzt wieder Heise das Gespräch fort und der Konrektor blickte leicht irritiert. »Aber wurde in der Schule vielleicht dennoch eine Karnevalsfeier oder Ähnliches veranstaltet, wobei die Kids verkleidet kommen durften?«

»Wir erlauben den Schülern und Schülerinnen, am Freitag verkleidet zum Unterricht zu erscheinen. Davon machen allerdings fast nur die Kids der Jahrgangsstufe 5 bis 7 Gebrauch. Außerdem findet an dem Tag in den beiden letzten Unterrichtsstunden für die Kinder der Klassen 5 und 6 eine Karnevalsfeier in der Aula statt.«

»Ach, ja? Existieren von dieser Feier Fotos oder von verkleideten Kindern der einzelnen Klassen?«

»Die Kollegen dürften wohl Fotos in der Aula gemacht haben«, erklärte Flecken und machte eine kurze Pause, bevor er die Frage nicht länger zurückhalten konnte: »Was hat das mit Frau Hichler zu tun?«

Heise erklärte es ihm und fragte den Mann, ob er sich an eine derartige Clownsmaske erinnern könne. Flecken verneinte.

»Bestimmt haben die Kids sich mit ihren Smartphones pausenlos gegenseitig abgelichtet, aber auf einem anderen Weg gelangen wir schneller ans Ziel«, erklärte Heise und übergab dem Konrektor ein Blatt mit dem Foto der Clownsmaske. »Wenn Sie jedem der in Frage kommenden Klassenlehrer dieses Bild zeigen und fragen, ob eines der Kinder seiner oder ihrer Klasse an Karneval eine solche Maske getragen hat, wird man sich garantiert erinnern.«

»Wird gemacht!«

»Dann zum nächsten Punkt«, führte jetzt Hinrichs das Gespräch weiter. »Gab es in den letzten Wochen oder Monaten weitere Schüler und Schülerinnen, die die Schule auf Druck von Frau Hichler verlassen mussten und Grund zum Groll auf sie entwickelt haben könnten?«

»Ganz sicher, da waren schon einige. Aber das liegt etliche Wochen oder gar Monate zurück. Warum sollte einer von diesen Schülern ausgerechnet jetzt Rache üben?«

»Keine Ahnung«, antwortete Hinrichs. »Aber es kann nichts schaden, wenn Sie uns eine Liste derjenigen Schülerinnen und Schüler erstellen.«

»Kein Problem, wird gemacht!«

»Danke!«

»Eine letzte Frage, Herr Flecken«, erklärte Heise. »Gibt es unter Ihren Schülern und Schülerinnen jemand, der sich richtig gut mit Computern auskennt? Ich meine nicht nächtelanges Betreiben irgendwelcher Doofmanns-Ballerspiele, sondern einen echten Nerd oder wie man diese Leute nennt.«

»Ich verstehe genau, was Sie meinen, Herr Kommissar und ich brauche auch nicht lange zu überlegen. Wir haben den Sven Wulf in der Klasse 10, der weiß alles über Computer, Internet und dergleichen. Unsere Informatiklehrkräfte mussten sehr bald erkennen, wie überlegen er ihnen ist. Bei ganz kniffligen Dingen fragen sie ihn sogar um Rat.«

»Also, diesen Chefinformatiker würden wir gerne einmal sprechen.«

»Ich werde ihn ins Sprechzimmer kommen lassen.«

Hinrichs blickte kurz seinen Kollegen an, dann meinte er: »Das war es dann auch, Herr Flecken, wir werden morgen Vormittag wieder vorbeikommen und ihre gesammelten Ergebnisse entgegennehmen.«

So verabschiedeten sich die Beamten, überquerten den Flur und betraten das Sekretariat, wo sie Frau Mommers direkt ins Chefzimmer durchwinkte. Die Schulleiterin saß am Schreibtisch und blätterte in irgendwelchen Papieren. Beide Kommissare nahmen sofort den eigenartigen, unangenehmen Geruch in dem Raum wahr. Heise erinnerte sich, was Färber ausgesagt hatte: »Wie eine Mischung aus Schweiss und teurem Parfüm!«

»Wie geht es Ihnen?«, fragte Hinrichs vosichtig.

»Alles gut. Haben Sie etwas herausgefunden?«

Hinrichs nahm das Blatt mit dem Foto der Clownsmaske heraus und zeigte es der Frau.

»War es diese Maske?«

Sie warf lediglich einen kurzen Blick darauf, schien einen Sekundenbruchteil lang leicht zu zittern, bevor sie antwortete: »Ja, genau so sah sie aus!«

Sie hatte sich sofort wieder vollständig gefasst und fragte dann in einem leicht unfreundlichen Ton: »Würden Sie mir bitte erklären, warum Sie die Erkundigungen hier an der Schule bei meinem Stellvertreter einziehen und nicht bei mir?«

»Nun«, erwiderte Heise. Er zog das Wort in die Länge, schien zu überlegen. »Genau aus diesem Grunde«, fuhr er dann fort, »weil wir Sie als Opfer dieses Überfalls nicht erneut zu sehr damit belasten wollen.«

Während Hinrichs sich über die geschickte Antwort seines Kollegen freute, bemerkte er in den blaugrauen Augen der Frau alles andere als Freude.

»Wir haben aber doch ein paar Fragen an Sie«, wandte sich Heise an Frau Hichler. »Man kann davon ausgehen, dass die Täter Ihren Generalschlüssel verwendet haben, um den Aufzug zu benutzen und um den Bücherraum auf- und zuzuschließen. Ist Ihr Schlüssel inzwischen wieder aufgetaucht?«

»Nein! Ich habe über die Stadt Kleve als Schulträgerin bereits den absolut zeitnahen Austausch aller Schlösser in Auftrag gegeben.«

»Ah, ja. Können Sie sich noch erinnern, wo Ihr Schlüssel sich am Montagnachmittag befand, bevor es an der Tür klopfte?«, fragte Hinrichs.

»Wie immer ganz rechts auf meinem Schreibtisch!«

»Und der Reinigungsdienst? Ich vermute, die waren vor dem Überfall da«, meinte Heise.

»Ja, das war gegen 15.30 Uhr.«

»Eine weitere Sache noch, Frau Hichler. Da war ein etwas eigenartig anmutender Besucher, möglicherweise für Sie, am Dienstagvormittag. Ende 50, lange graue Haare, eher schlampig als lässig gekleidet.«

»Ah, das dürfte Dr. Reinoldi von der Bezirksregierung Düsseldorf gewesen sein. Den Termin mit ihm um 11 Uhr konnte ich ja leider nicht wahrnehmen. Wir haben ihn um eine Woche verschoben«, erklärte Frau Hichler.

»Noch eine letzte Frage!« Heise blickte die Frau direkt an. »Warum sind Sie eigentlich nicht im Melderegister der Gemeinde verzeichnet? Sie leben doch schon ein paar Jahre hier!«

Heise und Hinrichs bemerkten ein kurzes Zucken im Gesicht der Frau, bevor sie sichtbar verärgert antwortete: »Haben Sie etwa in meinen Daten herumspioniert? Wie kommen Sie dazu?«

»Kein Grund zur Aufregung, reine Routine!«, versuchte Hinrichs die Schulleiterin zu beruhigen. »In Fällen wie dem Ihren forschen wir bei der Suche nach möglichen Tatmotiven immer auch in der Vergangenheit des Opfers.«

»Das hätten Sie sich sparen können! Was soll ein Schülerstreich mit meiner Vergangenheit zu tun haben?«, fragte sie, immer noch erregt. »Außerdem bin ich hier ja über meinen Mann gemeldet!«

Heise verzichtete darauf, ihr zu erklären, dass man nach einem Umzug innerhalb einer Frist von wenigen Wochen verpflichtet ist, sich am neuen Wohnort anzumelden. Das zu wissen sollte ja von einer Landesbeamtin in leitender Funktion erwartet werden dürfen.

»Gut, dann möchten wir auch nicht länger stören«, erklärte Hinrichs und man verabschiedete sich.

Die beiden Kommissare verließen das Chefzimmer und das Sekretariat und gingen vorbei am Lehrerzimmer zum Besprechungsraum.

»Warum haben wir sie eigentlich nicht über das RAF-Schild befragt?«, schien Hinrichs laut nachzudenken.

»Ob sie vielleicht eine terroristische Vergangenheit besitzt, meinst du? Da hätte sie uns statt einer Antwort eher die Augen ausgekratzt, sie wirkte ohnehin recht nervös«, erklärte Heise.

Bald darauf saßen die beiden Kommissare im Elternsprechzimmer dem Computerspezialisten aus der zehnten Klasse, Sven Wulf, gegenüber. Dieser überraschte Heise und Hinrichs auf den ersten Blick: Man hatte einen schmächtigen, etwas linkischen Jungen mit kurzen Haaren, einer dicken Brille und einem pickeligen Gesicht sowie fahler Hautfarbe erwartet, die auf stundenlanges Sitzen vor dem PC und das Fehlen von frischer Luft hindeutete. Stattdessen saß ihnen nun ein ganz normaler Teenager gegenüber, mit frischer Gesichtsfarbe, langen, leicht gewellten dunklen Haaren und ohne Brille.

Siegfried Heise begann das Gespräch. »Herr Wulf, ich nehme an, die Mitschüler wissen alle Bescheid über Ihre hervorragenden Informatikkenntnisse.«

»Na klar!«

»Und Sie werden vermutlich oft um Rat und Hilfe angesprochen, nicht nur von Schülern.«

»Ja, das kommt vor.«

Dann ging Heise zum direkten Angriff über: »Herr Wulf, welcher Mitschüler hat in den letzten Wochen bei Ihnen um Rat gefragt, wie man verhindern kann, den Weg eines gemailten oder sonstwie gesendeten Fotos zurückzuverfolgen?«

Heise und Hinrichs blickten den Jungen ganz direkt an und nahmen ein leichtes Flackern in dessen Augen wahr. Außerdem rutschte er auf dem Stuhl umher, wirkte zunehmend nervös. Er schien zu überlegen.

»Ich kann mich an eine solche Frage nicht erinnern«, brachte er schließlich hervor und man sah ihm deutlich an, wie unwohl er sich dabei fühlte.

»Überlegen Sie bitte noch einmal ganz genau«, sprach nun Hinrichs den Jungen an, aber der blieb bei seiner Antwort.

So hatten die beiden keine Wahl, sie mussten ihn gehen lassen, obwohl er offensichtlich gelogen hatte.

»Den sollten wir im Auge behalten«, meinte Hinrichs, als sie sich wieder allein in dem Raum befanden.

Nach einer kurzen Stärkung in der Kantine des Präsidiums und dem unvermeidlichen Abfassen der Protokolle traf man sich später am Nachmittag, natürlich wieder im Büro des Alten Fritz, zu einer weiteren Teamsitzung. Zuvor hatte der Kriminalhauptkommissar seine Kollegen bereits über den in Frau Hichlers Jackentasche gefundenen Zettel mit der Drohung in Kenntnis gesetzt. Das Papier befand sich bereits bei der KTU und würde dann von einem Schriftsachverständigen näher untersucht werden.

»Damit eröffnet sich uns endlich eine neue Spur«, hatte sich Hinrichs hoffnungsvoll gegeben und Heise hatte ergänzt: »Immerhin bereits Spur Nummer vier nach der Maske, dem RAF-Schild und dem Foto!«

»Es ist ja wirklich nicht so, dass wir vor lauter Unterbeschäftigung einen Fall Hichler herbeigesehnt hätten«, begann Fritz Alt die Besprechung. »Im Gegenteil, ich hätte liebend gerne darauf verzichten können, an Arbeit mangelt es uns keinesfalls, wie ihr ja wisst! Aber alle, sowohl die Öffentlichkeit als auch die Fliege, nicht zu vergessen das Opfer selbst, erwarten von uns, dass wir die Täter möglichst bald ermitteln. Allerdings harren da noch einige andere Fälle der Aufklärung, unsere Personaldecke ist bekanntermaßen nicht allzu üppig gestrickt. Wir müssen also unser weiteres Vorgehen, auch im Hinblick auf das zuletzt Gesagte, sinnvoll koordinieren.«

Alt las Zustimmung in den Gesichtern der anderen.

»Wie ihr wisst, werde ich mich morgen den ganzen Tag in Düsseldorf befinden, bei der Koordinationsgruppe Geldautomatensprengung.«

»Deine absolute Lieblingsveranstaltung, nicht wahr?«, unterbrach Hinrichs mit einem Grinsen.

»Mehr Zusammenarbeit unter den einzelnen Polizeidirektionen, konzertierte Aktionen gegen diese Art von Verbrechen sind natürlich eminent wichtig und notwendig«, fuhr Alt fort. »Nur vonseiten der Banken würde ich mehr Bereitschaft zur Mitarbeit erwarten. Ich halte es nach wie vor für ein Unding, dass die Ausstattung mit Farbkartuschen, die bei einer Explosion die Beute unbrauchbar machen, noch nicht vorangekommen ist. In den Niederlanden klappt das jedenfalls seit Jahren recht gut, wie uns immer erzählt wird. Warum also nicht bei uns?«

Alt erwartete nicht wirklich eine Antwort und er bekam auch keine.

»Nun zu morgen!«, fuhr er dann fort. »Ich denke, unser Holmes schafft es alleine, in die Schule zu fahren und die vom Konrektor zusammengetragenen Informationen entgegenzunehmen.«

Siegfried Heise hatte die Sitzung bislang mit sehr nachdenklichem, ja beinahe abwesendem Gesichtsausdruck verfolgt, den rechten Ellbogen auf den Oberschenkel gestützt, das Kinn von Daumen und Zeigefinger der rechten Hand eingerahmt.

»Klar«, stimmte er nach kurzer Pause zu. »Diese Infos sollten uns ein ganzes Stück voranbringen. Ich bin da ganz hoffnungsvoll, möglicherweise ist der Fall viel schneller geklärt als wir es uns momentan vorstellen können.«

»Hat unser Holmes wieder einmal eine tolle Idee?«, fragte der Alte Fritz, erntete beim Angesprochenen jedoch nur Kopfschütteln. »Noch nichts Spruchreifes!«

»Also weiter! Klaas darf sich endlich wieder intensiv den Betrügern widmen, die mit dem Enkel- und Polizeitrick ältere Mitbürger abzuzocken versuchen. Und unser Kommissarsanwärter wird sich – bildlich gesprochen – auf die Metalldiebe stürzen. Ach ja, und von Cuypers und seinem Team erhoffe ich mir noch einen Weg, den Absender des Tatortfotos herauszufinden. Außerdem warten wir ja auf die Ergebnisse der Untersuchung dieses Drohzettels.

»Und was ist mit Enrico Färber? Den sollten wir unbedingt befragen!«, meldete sich Heise zu Wort.

»An den heranzukommen ist gar nicht so einfach«, schaltete sich jetzt Heike ein. »Die Mutter weiß nicht, wo sich ihr Sohn aufhält. Sie hat uns immerhin seine Handynummer mitgeteilt, aber da geht keiner ran. Ich habe schließlich mit dem Vater Kontakt aufgenommen.«

»Liegt der nicht noch im Krankenhaus«, frage Heise.

»Ja, aber er soll morgen Vormittag entlassen werden. Er will sich darum kümmern, seinen Sohn für unsere Befragung pünktlich herbeizuschaffen, wie er es ausdrückte.«

»Dieses Gespräch solltet ihr allerdings zu zweit durchführen!« Alt blickte Jens Marquardt an, der zustimmend nickte, dann fragte: »Wo soll die Befragung überhaupt stattfinden?«

»Wie ich Herrn Färber verstanden habe, bei ihm zu Hause«, erklärte Heike. »Aber er hat mir versprochen, sich morgen noch einmal zu melden.«

»Hoffen wir´s!«

Klaas Hinrichs hatte es tatsächlich nach längerer Zeit endlich wieder einmal geschafft, zum Tischtennis-Training zu kommen. Diesen Sport liebte er, seit Schülerzeiten hatte er ihn betrieben, zunächst in seiner nordfriesischen Heimat beim TTC Garding, später nach seinem Umzug an den Niederrhein beim TTC Kranenburg. Dort pendelte man bereits seit Jahren zwischen Kreisliga und Bezirksklasse auf und ab. Aufgrund seiner unregelmäßigen und oft auch ganz und gar unvorhersehbaren Dienstzeiten hatte Hinrichs in den vergangenen Jahren nur höchst selten trainiert, auch etliche Meisterschaftsspiele seines Teams verpasst, sodass sein Leistungsniveau sich stetig verschlechtert hatte. Am vergangenen Samstag im Heimspiel gegen BW Dingden war er in besonders schwacher Form aufgetreten, was seinen Mannschaftskameraden Beckmann veranlasst hatte, den uralten Tankwartwitz wieder einmal aufleben zu lassen.

»Du weißt ja, Klaas«, hatte Beckmann losgelegt. »Unsere Gegner aus Dingden waren nur zu Fünft losgefahren, der sechste Mann war plötzlich krankheitsbedingt ausgefallen und ein Ersatz konnte so kurzfristig nicht besorgt werden. Also hielten die Dingdener unterwegs an einer Tankstelle, drückten dem Tankwart, der noch nie in seinem Leben Tischtennis gespielt hatte, einen Schläger und 50 Euro in die Hand und verfrachteten ihn ins Auto als sechsten Mann. Und gegen den hast du verloren, Klaas!«

Hinrichs' Anwesenheit beim donnerstäglichen Training wurde von seinen Mannschaftskameraden freudig aufgenommen. Er selbst jedoch war immer noch sauer auf seine Leistung vom Wochenende.

»Die Nummer 6 von Dingden war wirklich grausam schwach, gegen den durfte ich nie und nimmer verlieren. Vielleicht sollte ich in die zweite Mannschaft zurückgehen, zu verstärktem Training werde ich ja wohl nie mehr kommen.«

»Ach was«, versuchte Beckmann ihn aufzumuntern. »Wir wissen ja, welchen Beruf du ausübst und welch großer Stress damit verbunden sein muss.«

»Stimmt! Aber gerade der Sport hat mir immer sehr geholfen, einmal vom Beruf abzuschalten und mich auf etwas ganz anderes zu konzentrieren.«

»Außerdem hat ja auch nicht jede gegnerische Mannschaft einen Tankwart dabei!«, erklärte Beckmann grinsend.

In das allgemeine Gelächter hinein fragte Jens Leupold, der Teamkapitän: »Übrigens, Klaas, warum habt ihr die Hichler so schnell wiedergefunden? Die hätte ruhig viel länger verschwunden bleiben können!«

»Wie meinst du das?« Hinrichs wirkte verwirrt.

»Der Tim geht doch zur Realschule. Daher weiß ich, dass die Hichler aber so was von unbeliebt ist.«

»Das soll ja bei Lehrern schon mal vorkommen.«

»Nein, es geht weit darüber hinaus. Nicht nur die Schüler, auch die Lehrer finden sie entsetzlich, würden sie am liebsten so schnell wie möglich loswerden.«

»Loswerden? Das klingt ja interessant!«

»Aber nicht so, wie du denkst, Commissario!«, meinte Leupold. »Angeblich hat das Lehrerkollegium in der Sache bereits die Bezirksregierung eingeschaltet.«

»Hm«, meinte Hinrichs nachdenklich. »Von alledem hat uns bei der Befragung in der Schule niemand etwas gesagt! Kannst du mir auch erzählen, warum die Dame dermaßen unbeliebt ist?«

»Sie ist wohl eine typische Paragraphenfickerin!«

»Wie bitte?« Nicht nur Hinrichs staunte.

»Das ist natürlich nicht meine Wortwahl. In Schülerkreisen wird sie so bezeichnet, sagt Tim. Auf unserem Sprachniveau würde es ›äußerst pedantische Person‹ heißen. Tim selbst hat zum Glück keinen Unterricht bei ihr, aber von seinem Kumpel Benjamin aus der Parallelklasse hört er so Manches. Da streicht die Hichler es wohl als Fehler an, wenn ein i-Punkt mehr als drei Millimeter rechts oder links vom Unterteil des Buchstabens versetzt ist.«

Hinrichs kam das mit Ausnahme des Schreibtisches peinlich sauber geordnete Chefzimmer der Schule in Erinnerung. »Verstehe!«, erklärte er. »Und sonst?«

»Es soll eine total miese Stimmung im Lehrerkollegium herrschen. Wenn das sogar den Schülern auffällt!«

Später im Umkleideraum fiel Hinrichs plötzlich wieder ein, was er Thomas Schraven fragen wollte: »Sag mal, auch wenn die Viecher bei euch in der Station nicht unbedingt im Vordergrund stehen, was bringt diesen blöden Marder dazu, in meinem Auto schon wieder Leitungen durchzubeißen?«

»Aber Klaas!«, antwortete Schraven in gewohnter Ruhe. »Die sind nicht blöd, die verhalten sich – aus ihrer Sicht natürlich – vollkommen richtig.«

»Wie das?«

»Hör zu! Hat der Wagen vor ein paar Tagen abends oder nachts eine Strecke entfernt vom üblichen Platz gestanden?«

»Ja, Petra hat gestern eine Freundin in Weeze besucht.

»Das passt ja hervorrragend«, freute sich Schraven und erklärte Hinrichs, was er meinte.

Seine Frau empfing Klaas Hinrichs ungeduldig, als dieser eine halbe Stunde später zu Hause eintraf.

»Und? Was hat Thomas gesagt?«

Hinrichs' Gedanken allerdings kreisten immer noch um die Informationen über die MLK-Realschule.

»Thomas? Ach ja, er sagte, es sei alles deine Schuld!«

»Ich höre ja wohl nicht richtig!«

»Doch! Du hast den Wagen gestern Abend in Weeze im Revier eines Steinmarders geparkt, der wohl über unser Auto spaziert ist und dabei Gerüche hinterlassen hat. Den Marder in ›unserem‹ Revier haben diese Spuren eines vermeintlichen Rivalen so sehr verärgert, dass er sich in eine regelrechte Beißwut hineingesteigert hat, der die Schläuche im Motorraum zum Opfer gefallen sind!«

»Ist das dein Ernst?«

»Ja, absolut!«

SECHS

Das erste März-Wochenende schien die Menschen am Niederrhein bereits auf den folgenden Monat einzustimmen. Ein ständiger Wechsel von Sonne und teils starker Bewölkung, aus der immer wieder Regen- und auch Hagelschauern niederprasselten, ein typisches Aprilwetter eben. Die Temperaturen bewegten sich im knapp zweistelligen Bereich, wurden in den Phasen böig auffrischenden Windes aus wechselnden Richtungen allerdings kälter empfunden. Der Frühling würde noch auf sich warten lassen.

Die immer noch zu Tausenden am Niederrhein rastenden arktischen Wildgänse hofften täglich auf stabile Westwinde, die ihnen bei den ersten Etappen ihres gefährlichen Heimfluges in die nordrussischen Brutgebiete den notwendigen ›Anschub‹ verschaffen würden. Auf diese Weise könnten die Gänse ein paar Kräfte sparen, die sie für die anstrengende Brutsaison im kurzen sibirischen Sommer dringend benötigten.

Fritz Alt war bereits auf dem Weg nach Düsseldorf, so traf man sich an diesem Morgen nicht in dessen Büro, sondern im Arbeitsbereich des K1 im Großraumbüro. Klaas Hinrichs überraschte die anderen mit den Informationen, die er am Abend zuvor über die Situation an der MLK-Realschule erhalten hatte. Man stimmte ihm zu, dass man über diese Dinge viel früher hätte Bescheid wissen müssen.

»Aber wie?«, merkte Heise an. »Hätte die Schulleiterin uns mitteilen sollen, wie unbeliebt sie ist?«

»Oder hätte man vom Konrektor erwarten dürfen, dass er uns das steckt?«, ergänzte Marquardt.

»Die Frage stellt sich, wie wir mit diesen Informationen jetzt umgehen, immer unter der Voraussetzung, sie stimmen auch tatsächlich«, schaltete sich die Kriminalassistentin ein.

»Davon würde ich schon ausgehen«, erklärte Hinrichs.

»Frau Hichler direkt darauf anzusprechen, halte ich jedenfalls für keine gute Idee!«, stellte Heise klar. »Möglicherweise ergibt sich nachher bei meinem Gespräch in der Schule eine Gelegenheit zur Nachfrage.«

»Aber wenn das alles stimmt, was Klaas gestern Abend erfahren hat, könnte sich der Fall auch in eine ganz andere Richtung entwickeln.« Marquardt blickte die Kollegen an.

»Wie meinst du das?«, wollte Hinrichs wissen.

»Etwa so: Lehrerkollegium will verhasste Schulleiterin loswerden, führt die Fesselaktion durch, streut mit Absicht falsche Spuren, die auf einen aus dem Ruder gelaufenen Schülerstreich hindeuten sollen. Dann kommt der nicht in den Plan eingeweihte Konrektor zufällig dazwischen und rettet die Frau! Was meint ihr? Wie klingt das?«

»Absolut bescheuert, wenn du mich fragst«, erwiderte Hinrichs spontan.

»Oder anders formuliert, sehr weit hergeholt und konstruiert!«, ergänze Heise. »Wisst ihr was? Ich mache mich jetzt auf den Weg in die Schule, der Konrektor erwartet mich kurz nach zehn!«

Mit diesen Worten verließ Heise das Präsidium und traf bald darauf beim Lehrerparkplatz der MLK-Realschule ein. Der Gong zum Pausenende musste gerade erst verklungen sein, denn die Schülerinnen und Schüler bewegten sich auf dem Schulhof aus allen Richtungen auf das Eingangsportal zu. Die jüngeren rannten, wollten offenbar möglichst schnell wieder in ihre Klassen, die älteren schlenderten eher gelangweilt dem Unterricht entgegen. Einige Jungen, 9. oder 10. Klasse, so schätzte Heise, hatten den Gong anscheinend völlig ignoriert und tobten weiter um die steinernen Tischtennisplatten herum. Als auch diese Schüler ein paar Minuten später ins Gebäude getrottet waren, machte sich Heise ebenfalls auf den Weg.

»Ich habe meine Hausaufgaben gemacht«, begrüßte Konrektor Flecken den Kommissar in seinem Büro, »wie man das von einem Lehrer ja auch erwarten darf!«

»Dann wollen wir loslegen!«

»Zunächst einmal zum Thema RAF. Innerhalb einer Unterrichtsreihe über Gefahren der Demokratie wurde das Thema Terrorismus behandelt. Der Kollege wählte nicht das aktuelle Problem islamistischer Terror, sondern eben den Linksterrorismus der 70er und 80er Jahre des vorigen Jahrhunderts als Beispiel.«

»Und in welcher Klassse?«

»Ach ja, das war der SW-Kurs der Jahrgangsstufe 9.«

»SW steht für Sozialwissenschaften?«

»Richtig!«

»Herr Flecken«, begann Heise und blickte den Konrektor ganz direkt an. »Befindet sich Enrico Färber in diesem 9SW-Kurs?«

»Ja und nein. Ja, denn während der Behandlung des Themas Terrorismus war er noch da. Nein, denn inzwischen ist er ja kein Schüler unserer Schule mehr.«

»Interessant!«

»Punkt zwei. Hier sehen Sie eine Liste mit Schülern und Schülerinnen, die seit Beginn des Schuljahres im August die MLK-Realschule verlassen mussten.«

»Vorwiegend auf Druck von Frau Hichler, vermute ich?«

»Genau. Sie verfügt offenbar über das bestimmte Talent, den betreffenden Eltern klarzumachen, dass eine freiwillige Abmeldung besser aussieht als ein höchst offizieller Verweis von der Schule als aktenrelevanter Verwaltungsakt.«

»Verstehe! Gibt es bei denjenigen Schülerinnen und Schülern auf der Liste jemanden, der einen besonderen Groll auf Frau Hichler haben könnte?«

»Hm, da würde ich ganz spontan den Rachid nennen, Rachid Ben Habib.«

»Das klingt nordafrikanisch!«

»Ja, zweite Generation Marokko. Aber...« Flecken schüttelte den Kopf. »Der ist bereits seit Jahresbeginn nicht mehr hier. Warum sollte er gerade jetzt seiner Rache auf Frau Hichler Ausdruck verleihen? Bei den anderen auf der Liste ist es noch länger her.«

»Hm«, meinte Heise nachdenklich. »Erzählen Sie mir bitte etwas über diesen Rachid.«

»Marokkanische Wurzeln, wie gesagt. Der Bursche hat uns immer wieder Riesenärger bereitet, war sozusagen der Anführer der Schüler mit Migrationshintergrund, ein Junge ohne jedwede Einsicht in Regeln, dafür mit durchaus kriminellem Potential. Als er kurz vor Weihnachten einen Mitschüler krankenhausreif schlug, war das Maß voll. Frau Hichler hat alles daran gesetzt, ihn zum Halbjahresende loszuwerden, was ja auch funktionierte.«

»Dann muss er also auf Frau Hichler nicht gut zu sprechen sein«, stellte Heise fest.

»Das würde ich sogar wesentlich deutlicher formulieren! Der Junge wuchs unter den typischen Bedingungen auf: Vater bestimmte alles, Mutter hatte nichts zu sagen. Vater prügelte auch, wenn er es für nötig hielt. Dann verschwand der Vater urplötzlich von der Bildfläche, man munkelte, um einer drohenden Verhaftung zu entgehen. Darüber müssten Sie ja Informationen erhalten können!«

»Wann war das?«

»Vor etwa zwei Jahren. Danach lief Rachid völlig aus dem Ruder. Seine Mutter bekam überhaupt keinen Zugriff mehr auf ihn. Von Frauen lässt er sich ohnehin rein gar nichts sagen, auf Ermahnungen unserer Kolleginnen reagierte er, falls überhaupt, nur mit einem boshaften Grinsen.«

»Eine Frau hat letztlich dafür gesorgt, dass er von der Schule flog. Das muss ihn aber sehr getroffen haben!«

»Das können Sie laut sagen! Eigentlich ein ganz cleverer Bursche, aber wir waren alle froh, als er weg war!«

Flecken machte eine kurze Pause, bevor er fortfuhr.

»Es gibt da übrigens noch einen jüngeren Bruder, Brahim. Er geht in die 6. Klasse und ist im Begriff, in Rachids unerfreuliche Fußstapfen zu treten, rotzfrech, undiszipliniert, faul, ein fieser kleiner Machotyp!«

Heise hatte die wichtigsten Fakten mitprotokolliert.

»Sehr interessant!«, meinte er wieder.

»Bezüglich der Clownsmaske war ich ebenfalls erfolgreich«, erklärte Flecken. »In einer der 6. Klassen tauchte am Karnevalsfreitag eine derartige Maske auf. Die betreffende Klassenlehrerin, Frau Göhlich, wird Ihnen die Einzelheiten berichten. Sie wartet bereits im Sprechzimmer auf Sie.«

Daraufhin bedankte sich Heise hocherfreut beim Konrektor, verabschiedete sich von ihm und ging zur Tür, als er sich plötzlich umwandte und noch einmal auf Flecken zubewegte.

»Eine Frage noch, Herr Flecken, die ich Frau Hichler nicht so direkt stellen möchte: Wie groß sind die Spannngen zwischen der Schulleiterin und dem Kollegium wirklich?«

Die Frage zeigte Wirkung, Flecken blickte den Kommissar ziemlich überrascht an. Er benötigte anscheinend eine gewisse Zeit, ehe er antwortete: »Nun ja, es gibt schon ein paar Differenzen.«

»Können Sie das bitte etwas klarer formulieren?«

»Frau Hichler bekleidet ja erst seit etwa anderthalb Jahren hier den Chefposten und einem Großteil des Kollegiums ist es noch nicht gelungen, sich an ihre Art zu gewöhnen.«

»Sie meinen die Pedanterie?«

Wieder schien Flecken verblüfft.

»Ja!«, antwortete er schließlich.

»Und warum haben Sie uns über diese Probleme nicht unterrichtet?«

»Weil ich keinerlei Zusammenhang zu dem Überfall sah!«, erwiderte Flecken etwas trotzig.

Daraufhin bedankte sich Heise nochmals, verabschiedete sich endgültig und ging die paar Schritte vorbei am Lehrerzimmer zum Besprechungsraum.

Als er diesen betrat, kam Frau Göhlich auf ihn zu und man begrüßte sich. Heise empfand die etwa Vierzigjährige als äußerst attraktiv, langbeinige schlanke Figur, ein ausgesprochen hübsches Gesicht, umrahmt von bis auf die Schultern reichenden, leicht lockigen schwarzen Haaren.

Sehr attraktive Person, die würde ich gerne näher kennenlernen, dachte Heise bei sich, versuchte diesen Gedanken jedoch schnell zu verwerfen. Seit mehr als zwei Jahren war er wieder einmal solo, hatte sich mit diesem Zustand sogar in gewisser Weise arrangiert, denn als Kriminalkommissar mit Dienstzeiten, die zu jeder Tages- und Nachtstunde liegen konnten und ständigen Gefahren ausgesetzt, stellte er bestimmt nicht den idealen Partner oder gar Familienvater dar.

Nachdem man sich in den bequemen Sesselchen der Sitzgruppe niedergelassen hatte, konnte Heise seinen ersten Gedanken keine Sekunde länger zurückdrängen. Beim Hinsetzen rutschte der ohnehin schon recht kurze Rock von Frau Göhlichs taubenblauem Wollkostüm noch ein beträchtliches Stück weiter hoch und gab die Sicht auf ihre perfekt geformten Oberschenkel unter der dünnen zartblauen Strumpfhose frei. Heises Augen vermochten sich nur mit Mühe von dem aufreizenden Anblick zu lösen, da die Frau keinerlei Anstalten machte, den Rock wieder nach unten zu zupfen. Stattdessen fuhr sie sich mit der Hand durch die Haare und bedachte ihn mit einem herausfordernden Lächeln.

»Sie können uns bei der Suche nach einer bestimmten Karnevalsmaske weiterhelfen?«, gelang es Heise schließlich zu fragen.

»Das hoffe ich«, erwiderte sie, immer noch lächelnd. »Ich bin gespannt!«

»Eine Schülerin meiner Klasse, der 6c, Minerva Schmitz, kam am Karnevalsfreitag mit exakt einer solchen Clownsmaske zur Schule, wie sie auf dem Foto zu sehen ist.«

»Minerva Schmitz, habe ich richtig gehört?«

»Ja«, lachte Frau Göhlich, »das haben Sie.«

»Die Eltern müssen nicht ganz dicht sein, wie kann man seinem Kind das nur antun ?«

»Frau Schmitz erklärte mir, da der Familienname derart alltäglich sei, wolle man durch den speziellen Vornamen ihre Tochter als etwas ganz Besonderes herausstellen.«

»Na ja!«

»Jedenfalls sorgte Mina, wie sie in der Schule nur genannt wird, mit dieser Maske für Aufsehen. Ständig wollte sie ihre Mitschüler damit erschrecken. Ich hatte in der zweiten Stunde Unterricht in der 6c, da ging es bereits ganz schön turbulent zu.«

»Das kann ich mir vorstellen!«

»Und dann war auf einmal die Maske verschwunden!«

»Wie das?«

»Mina muss sie wohl kurz abgelegt haben und als sie sie wenig später erneut aufsetzen wollte, war sie weg! Spurlos verschwunden. Sie können sich nicht vorstellen, wie traurig das Mädchen war.«

»Diese Maske ist danach nicht wieder aufgetaucht?«

«Nein! Ich war richtig wütend, denn es konnte sich ja keinesfalls um einen Zufall handeln. Irgendjemand aus meiner Klasse musste das Stück entwendet haben. Es ist auch danach an diesem Tag, einschließlich der späteren Feier in der Aula, niemand mit einer solchen Clownsmaske herumgelaufen. Das wäre uns ja aufgefallen.«

»Sie wissen, warum wir hinter dieser Maske her sind?«

»Ja, Lothar hat es mir erzählt.«

»Lothar?«

»Ach ja, Lothar Flecken meine ich.«

»Eine letzte Frage, Frau Göhlich: Haben Sie irgendeine Idee, wie diese Maske in die Hände der Täter gelangte, die Frau Hichler überfielen?«

»Leider nein, absolut nicht!«

»Schade!«

»Kann ich sonst noch etwas für Sie tun?«, fragte Eva Göhlich lächelnd.

»Leider nein!«

Damit verabschiedete sich Heise von der Frau, die sich Richtung Tür bewegte.

Plötzlich fiel ihm ein Satz wieder ein, den der Konrektor vor einer halben Stunde gesagt hatte.

»Einen Moment, bitte!«, rief er der Frau hinterher, die sich daraufhin überrascht umdrehte und langsam mit leicht wippenden Schritten wieder auf ihn zukam.

»Ja?«

»Befindet sich unter den Kindern Ihrer Klasse ein gewisser Brahim Ban Habib?«

»Leider ja!«

»Leider?«, wiederholte Heise, obwohl er sich die Antwort denken konnte.

»Ich weiß, als Pädagogin sollte ich so etwas nicht sagen. Aber der Bursche bringt meine ganze Klasse durcheinander, faul, rotzfrech, undiszipliniert. Und es gibt tatsächlich einige Deppen, die diesen Typen auch noch bewundern. Na ja, am Schuljahresende wird sich dieses Problem höchstwahrscheinlich von allein lösen!«

»Wie das?«

»Brahims Leistungen sind dermaßen schlecht, dass er am Ende der Erprobungsstufe, also nach Klasse 6, die Realschule in Richtung Hauptschule verlassen muss, falls nicht noch ein Wunder geschieht.«

»Danke für die Auskünfte!«

Damit verabschiedete sich Kommissar Heise ein zweites Mal von Eva Göhlich, der er mit Gedanken hinterherblickte, die in absolut keinem Zusammenhang zum Fall Hichler standen.

Heise überlegte kurz, ob er auch die Schulleiterin nochmals aufsuchen sollte, entschied sich jedoch dagegen. Er konnte sie nun wirklich nicht nach ihrem offenbar problematischen Verhältnis zum Kollegium befragen. Außerdem musste er dem Konrektor zustimmen, mit dem Überfall auf Frau Hichler hatte dies wohl nichts zu tun. Aber immerhin stand jetzt ein neuer Verdächtiger auf der Liste: Rachid Ben Habib.

Zurück im Präsidium erwartete ihn Heike Buschkamp mit der Nachricht, die Befragung des Enrico Färber könne ab 15.30 Uhr in der Wohnung des inzwischen aus dem Krankenhaus entlassenen Vaters in der Merowingerstraße stattfinden.

»Was gibt es sonst Neues?«, fragte Heise mechanisch, ohne viel Hoffnung auf eine positive Antwort.

»Ach, ja. Cuypers hat uns von der Analyse des Drohzettels berichtet. Fingerabdrücke Fehlanzeige. Das Blatt ist herkömmliches Druckerpapier, auf diese Größe zurechtgeschnitten, teilweise mit schiefen Rändern. Der Text wurde mit normalem Fineliner geschrieben, schwarzer Edding 1300. Die Schrift besteht aus Druckbuchstaben, vermutlich, um die Handschrift zu vertuschen. Das Urteil des Graphologen steht noch aus.«

»Das bringt uns kaum weiter«, kommentierte Heise. »Dann gehe ich in die Kantine!« Ein deutliches Hungergefühl konnte nicht länger ignoriert werden.

Als er sich zu seinen Kollegen an den Tisch setzte, bemerkte er sofort deren missmutigen Gesichtsausdruck. Weder Hinrichs noch Marquardt waren bei ihren Ermittlungen vorangekommen.

»Ich kann eure Laune hoffentlich etwas aufbessern«, erklärte Heise und berichtete in Kurzform von seinen im Laufe des Vormittags gewonnenen Erkenntnissen.

»Das klingt ja echt gut!«, rief Marquardt. »Dann haben wir einen neuen Verdächtigen.«

»Aber auch auf die Befragung von Enrico Färber bin ich gespannt«, ergänzte Hinrichs. »Immerhin war der bei der Behandlung des RAF-Themas im Unterricht dabei!«

»15.30 Uhr in der Wohnung des Vaters, Jens«, sagte Heise und der Angesprochene nickte kurz. »Hat mir Heike schon mitgeteilt.«

»Dann werde ich in der Zwischenzeit die Protokolle meiner Befragungen des Vormittags fertigstellen«, stellte Heise fest. »Da ist zum Glück der eine oder andere ganz interessante Aspekt dabei!«

Auf ihr Klingeln hin wurde Heise und Marquardt die Tür von Enrico Färber geöffnet. Der Junge war groß und kräftig, wirkte älter als 17 Jahre. Sein längliches Gesicht sah irgendwie nichtssagend aus, die langen, strähnigen dunkelblonden Haare vermittelten einen ungepflegten Eindruck. Er trug ›Einheitsuniform‹, wie Klaas Hinrichs es ausgedrückt hätte: Kapuzenpullover und Jeans. Diese hing so weit herunter, dass ihr Gesäß sich eher in Höhe der Oberschenkel befand, was bei Heise den spontanen Eindruck hervorrief, der Junge habe im wahrsten Sinne des Wortes die Hose voll.

Enrico Färber führte die Beamten in das spärlich möblierte Wohnzimmer, Sofa mit Tisch, kleiner Vitrinenschrank, großer Flachbildschirm. Mit Nasenverband und mehreren Pflastern im Gesicht sah Vater Färber noch ganz schön lädiert aus. Heise fragte den Mann, ob es ihm besser gehe.

»Geht so!«, antwortete Färber. »Hauptsache, Sie können den Enrico hier befragen un´ nich bei seiner Mutter! Sie wissen ja, was ich meine.«

Heise nickte.

Da weder Marquardt noch er selbst Kinder hatten, erst recht keine im schwierigen ›Pubertier-Alter‹, fühlten sie sich unsicher, den rechten Zugang zu dem Jungen zu bekommen.

»Herr Färber«, begann Heise daher betont vorsichtig, »Sie dürften sich vermutlich denken können, warum wir hier sind.«

»Sie wollen mir die Sache mit der Hichler anhängen!«, erwiderte er patzig.

»Keineswegs!«, entgegnete Heise. »Aber Sie müssen zugeben, ein Motiv ließe sich bei Ihnen erkennen. Frau

Hichler hat enormen Druck auf Ihren Vater ausgeübt, damit er Sie von der Schule abmeldet, besonders nach dem Vorfall letzte Woche.«

»Pah!«, rief Enrico wütend. »Das mit der Sabine meinen Sie? Die blöde Schlampe hat mich total genatzt. Beugt sich mit ihrem ausgeschnittenen Pulli so weit zu mir hin, dass ich alles sehen konnte. Dann haucht sie »komm« und ich Idiot greif ihr an die Titten. Den geilen Lustschrei, den die losgelassen hat, hätten Sie mal hören sollen! Und dann kommt die Hichler von wegen sexuellem Übergriff und so, das sei an ihrer Schule ausgeschlossen.«

Der Junge war ganz rot im Gesicht geworden, hatte sich vollkommen in Rage geredet. Unterstützung erhielt er von seinem Vater: »Dass diese Sabine mit Schuld dran war, hat keinen interessiert. In den sozialen Medien wird mein Sohn seitdem als ›Enrico Grapsch‹ verarscht. Halten´se das für gerecht?«

»Nun ja, das können wir nicht so einfach beurteilen«, drückte sich Heise diplomatisch aus. »Wir brauchen von Ihnen einfach nur eine Antwort auf die Frage, wo Sie sich am Montag zwischen 16.30 Uhr und 17.30 Uhr aufgehalten haben und wer das bezeugen kann.«

Das Gesicht des Jungen schien sich plötzlich aufzuhellen. »Kein Problem, ich war den ganzen Nachmittag zusammen mit den Kumpels, erst auf dem Schulhof, dann im Park, bis kurz vor sieben!«, verkündete er erleichtert.

»Die Kumpels haben bestimmt auch Namen«, stellte Heise fest und blickte Enrico Färber fragend an.

»Na klar, der Kai Fölting und der Udo Bolten waren die ganze Zeit dabei, der Thilo Frantzen, der Sven Graubach und der Michael Katz sind noch mit in den Park, aber früher nach Hause.«

Marquardt hatte die Namen notiert, als Heise fragte: »Ist Ihnen sonst etwas aufgefallen am Montagnachmittag? War etwas anders als sonst? Auf dem Schulhof meine ich, denn das Gebäude haben Sie ja nicht mehr betreten.«

»Nee, drinne war ich nich. Ich habe auf Vater bei den Tischtennisplatten gewartet. Da war sonst nix Besonderes, wirklich nich!«

»Wie ich Ihnen schon sagte, mein Sohn macht sowas nich!«, schaltete sich Vater Färber ein. »Das werden seine Freunde bestätigen.«

Davon ist wohl auszugehen, dachte Heise bei sich, Marquardt klappte sein Notizbuch zu und man verabschiedete sich von Vater und Sohn.

»Enrico Grapsch«, schmunzelte Marquardt im Treppenhaus. »Der Junge kann einem ja fast leid tun!«

»Oder auch nicht«, erwiderte Heise. »Falls seine Kumpels das Alibi bestätigen, und daran zweifle ich nicht, müssen wir Enrico Färber von der Liste der Verdächtigen streichen!«

»Stimmt, aber wer war es dann, dieser marokkanische Junge?«

»Möglich, aber vielleicht sind wir auch zu sehr auf ›dummer Schülerstreich‹ festgelegt.«

»Wie meinst du das?«, fragte Marquardt verblüfft.

»Möglicherweise wollte jemand nur den Anschein erwecken, es handele sich um eine Aktion von Schülern. Die Maske, der komische Ton des Maskenträgers, und vor allem der Rechtschreibfehler auf dem Drohzettel sollen uns in die Irre leiten.«

»Sehr gut, Holmes, aber wo verbirgt sich das Motiv und wer war es?«

»Das müssen wir herausfinden, zuallererst das Motiv!«

»Was ich dich schon seit Tagen fragen wollte«, begann Klaas Hinrichs beim Abendessen und sah seine Frau an. »Kennst du eigentlich den Kinderbuchautor Dautzenberg?«

»Balthasar Baselitz meinst du? Natürlich! Wir haben sämtliche seiner Werke. Er war übrigens schon mehrfach bei uns in der Bücherei zu Lesungen aus seinen Büchern. Habe ich dir nicht davon erzählt?«

»Ich weiß nicht.«

»Ein äußerst attraktiver Mann, einer, auf den die Frauen fliegen!«, sagte Petra Hinrichs.

»Wie bitte?«

»Natürlich nicht halb so attraktiv wie du!«

»Da bin ich ja beruhigt.«

SIEBEN

Mit dem sich immer wieder ändernden Wetter wusste der Hahn wenig anzufangen, es war ihm allerdings auch egal. Jeden Tag wurde es wenige Minuten früher hell, also krähte er auch täglich etwas früher los. Im Kampf gegen die Lerche fühlte er sich wieder eindeutig als Sieger. Es kam ihm so vor, als höre er seinen Gegner gar nicht so oft wie in den Vorjahren. Wie hätte der Hahn auch vom dramatischen Bestandsrückgang der Feldlerche wissen sollen, was zu einer Aufnahme dieses Vogels in die Rote Liste der vom Aussterben bedrohten Arten geführt hatte? Die Lebensraumzerstörung vieler Tiere, nicht nur als Folge der heutigen ›Gift-und Gülle-Landwirtschaft‹ schien unaufhaltsam voranzuschreiten.

Klaas Hinrichs hatte Bereitschaftsdienst im K1, allgemein nur ›Stallwache‹ genannt. Auch der Kommissarsanwärter Jens Marquardt war anwesend, immer noch mit den Metalldieben beschäftigt.

»Was hat die Befragung von Enrico Färber gestern ergeben?«, erkundigte sich Marquardt.

»Eigentlich nichts. Der Junge weist jeden Verdacht von sich, wie sein Vater natürlich auch. Angeblich war Enrico den ganzen Nachmittag mit irgendwelchen Kumpels zusammen. Die müssen wir am Montag sofort befragen!«

»Sonst nichts?«

»Leider nein!«

»Und jetzt?«

»Jetzt erzählst du mir endlich von deiner Idee für das Vorgehen gegen die Metalldiebe. Gestern hast du so etwas kurz erwähnt.«

»Ja, genau! Mein Plan ist, dass wir bei einem sehr auffälligen gestohlenen Stück, wie zum Beispiel der Schiffsschraube in Grieth ansetzen.«

»Aussichtslos!«, unterbrach Hinrichs. »Das geschah schon vor fünf Tagen.«

»Schon klar, ich meine ja nur als Beispiel. Was wir benötigen, ist eine vollständige Liste aller Schrotthändler der Kreise Kleve und Wesel sowie des grenznahen niederländischen Raumes, sagen wir 50km ins Land hinein.«

Plötzlich klingelte das Telefon. Die Zentrale meldete sich und teilte mit, ein Herr Färber sei in der Leitung und möchte das K1 sprechen.

»Bitte durchstellen«, antwortete Hinrichs sofort. Der Anrufer stellte sich nicht, wie erwartet, als Vater Färber heraus, sondern als dessen Sohn Enrico. Dieser berichtete, er habe bei der Befragung am Tag zuvor eine Beobachtung vergessen. Er wisse zwar nicht, ob das von irgendwelcher Bedeutung sei, aber er habe an der entgegengesetzten Ecke des Schulhofes, bei den

Fahrradständern, ganz kurz den Rachid gesehen, Rachid Ben Habib. Er habe sich noch gewundert, was der da zu suchen hatte, denn Rachid sei ja schon seit einiger Zeit nicht mehr auf der MLK. Seine Kumpels hatten Rachid wohl nicht gesehen, weil sie im Gegensatz zu ihm mit dem Rücken zu dieser Schulhofseite standen. An eine genaue Zeit könne er sich nicht mehr erinnern, aber es sei auf jeden Fall nach der Rückkehr seines Vaters vom Gespräch in der Schule gewesen.

Hinrichs bedankte sich bei Enrico Färber für die Info, beendete das Telefonat und fertigte ein kurzes Protokoll des Gespächs an. Dann wandte er sich wieder seinem Kollegen zu.

»Das war Enrico Färber, unser ehemals Hauptverdächtiger im Fall Hichler. Er glaubt, er habe einen frü--heren Mitschüler am Montag auf dem Schulhof gesehen, irgendeinen Rachid. Das sei ihm plötzlich wieder eingefallen. Naja!«

Er blickte Marquardt an. »Nun erzähl mal weiter, wir waren unterbrochen worden.«

»Moment mal!«, rief der Angesprochene plötzlich mit so lauter Stimme, dass Hinrichs erschrak.

»Was ist los?«

»Der Name!«, rief der Kommissarsanwärter ganz aufgeregt. »Irgendein Rachid!«

Jetzt fiel auch bei Hinrichs der Groschen. »Na klar! Holmes berichtete uns gestern von dem von der Schule geflogenen Marokkaner, Rachid Ben Habib!«

Wieder mussten die Metalldiebe warten, denn natürlich redeten Hinsichs und Marquardt nur noch über den neuen Hauptverdächtigen im Fall Hichler, fühlten sich der Aufklärung ganz nah.

Am Samstagnachmittag machte sich Fritz Alt wieder einmal auf den Weg nach Griethausen. In dem immer etwas verschlafen wirkenden ehemaligen Fischerdörfchen besuchte er Jörg Schafhauser. Der pensionierte und der aktive Kriminalhauptkommissar trafen sich alle paar Wochen zu einem Kaffee- und Plauderstündchen, nicht nur über alte und aktuelle Fälle. Kennengelernt hatten sich die beiden im vergangenen Herbst, als Fritz Alt den alten Herrn um Hilfe in einem 15 Jahre zurückliegenden Fall gebeten hatte, der dann tatsächlich unter anderem als Folge der Zusammenarbeit der beiden aufgeklärt werden konnte.

Der inzwischen 78jährige Schafhauser wirkte immer noch sehr vital und geistig voll auf der Höhe. Er sprach mit fester, allerdings recht lauter Stimme, denn er litt unter Schwerhörigkeit. Auf Fritz Alts Besuche freute er sich immer sehr, lebte er doch recht zurückgezogen und alleine.

Den Fall der kurzzeitig entführten Schulleiterin hatte der alte Herr natürlich in der Presse verfolgt, wusste, dass weder ein Motiv noch ein Tatverdächtiger bekannt waren. Über die Idee eines Schülerstreiches konnte er jedoch zunächst nur den Kopf schütteln.

»Der Direx, wie man den Schulleiter ja früher nannte, stellte eine absolute Autoritätsperson dar. Wenn man wegen irgendeines Vergehens zum Direx bestellt wurde, schlotterten einem die Knie. Niemand wäre auch nur im Entferntesten auf die Idee gekommen, dem Direx zu widersprechen, geschweige denn, ihn persönlich anzugreifen!«

»Tja, die Zeiten haben sich geändert«, entgegnete Alt. »In einer Gesellschaft, in der die moralischen Grundwerte von vielen Bürgern nicht mehr anerkannt werden, in der von tätlichen Angriffen auf Feuerwehrleute, Lehrer, ja sogar Polizisten nicht zurückgeschreckt wird, ist ein solcher Schülerstreich durchaus denkbar.«

»Wobei ich das Wort ›Streich‹ nicht verwenden möchte, es klingt zu verharmlosend. Aber falls es sich wirklich um eine Aktion von Schülern gehandelt haben sollte, spricht daraus eine Menge Dummheit!«

»Sie meinen, weil man die Folgen bis hin zum möglichen Tod der Entführten nicht bedacht hat?«, fragte Alt.

»Ganz genau!«

»Und das Foto?«

»Übermut würde ich meinen«, erklärte Schafhauser. »Das Foto müsste man doch bei den heutigen technischen Möglichkeiten zurückverfolgen können.«

Alt berichtete dem alten Herren, dass dies bislang nicht gelungen war.

»Hm, eine Tat von Schülern?«, überlegte Schafhauser. »Denkbar wäre es schon. Denn falls jemand diese Frau tatsächlich umbringen wollte, wäre man ganz sicher anders vorgegangen. Das hier sieht mir eher nach ›Denkzettel‹ aus!«

»Apropos Zettel!«, rief Alt aus. »Da ist noch eine Sache, die wir bisher der Öffentlichkeit nicht mitgeteilt haben.«

Er erzählte dem ehemaligen Kriminalhauptkommissar von dem Drohzettel in Frau Hichlers Jackentasche, wohl wissend, dass er sich auf die Verschwiegenheit des früheren Kriminalbeamten hundertprozentig verlassen konnte.

ACHT

Die Woche begann am Niederrhein mit leicht ansteigenden Temperaturen, ein ›Märzwinter‹, wie man ihn in mehreren der vergangenen Jahre erlebt hatte, schien nicht in Sicht. Atlantische Tiefausläufer sorgten allerdings immer wieder einmal für Regenschauern.

Klaas Hinrichs befand sich auf der B9, auf dem Weg ins Präsidium. Er blickte aus dem Fenster nach links in das weite Grünlandgebiet der Düffel, die nach wenigen Kilometern jenseits der Grenze in die Niederlande herüberreichte. Tiefdunkle Wolken deuteten einen kurz bevorstehenden kräftigen Regenguss an.

Kurz vor Nütterden konnte er in etwa 200m Entfernung einen Gänsetrupp ausmachen. Immer noch arktische Wildgänse?, fragte er sich. Denen muss es ja bei uns am Niederrhein wirklich gut gefallen, sonst würden sie nicht so lange bleiben. Bald kehrten seine Gedanken jedoch zum Fall Hichler zurück, dessen Aufklärung er in Kürze erwartete.

Fritz Alt war an diesem Montag früher als sonst ins Präsidium gekommen. Er hatte sich die Berichte seiner Kollegen über die Befragungen am Freitag angesehen. Nun saß er im Büro des Chefs.

»Heute vor einer Woche fand der Überfall auf diese Schulleiterin statt und wir sehen uns von der endgültigen Aufklärung immer noch weit entfernt. Trifft das zu?« Kriminaldirektor Benjamin Fricke, heute mit dunkelblauer Fliege, war die Unzufriedenheit deutlich anzumerken.

»Das scheint zwar so«, räumte Alt widerwillig ein. »Aber wir sind einem neuen Hauptverdächtigen auf der Spur!«

Dann berichtete er kurz über Rachid Ben Habib.

»Die Befragung dieses Jungen sowie die Überprüfung seines Alibis genießen absolute Priorität!«, erklärte Fricke.

»Selbstverständlich!«

»Wir dürfen uns glücklich schätzen, dass vonseiten der Presse nicht mehr Druck ausgeübt wird. Ich vermag das kaum zu verstehen. Der Fall scheint in der medialen Berichterstattung nicht mehr vorzukommen, keinerlei Spekulationen, keine Kritik an unserer Arbeit, nichts!«

»Nun ja«, versuchte Alt eine Erklärung. »Die Frau hat den Überfall offenbar ohne irgendwelche Schäden überstanden und die Angelegenheit wird wohl als ›dummer Jungenstreich‹ abgetan.

»Dabei liegt sehr wohl ein Verbrechen vor!«, erwiderte Fricke. »Und dessen Aufklärung hoffe ich in den nächsten Tagen von Ihnen geliefert zu bekommen!«

Bald darauf war man im Büro des Alten Fritz zur Teamsitzung zusammengekommen. Das graphologische

Gutachten des Drohzettels aus Frau Hichlers Jacken-tasche lag inzwischen vor und wurde von Klaas Hin-richs kommentiert: »Man staunt ja immer wieder, was die Schriftgelehrten aus ein paar aufgeschriebenen Worten alles herausfinden, und vor allem, auf welche Weise ihnen das gelingt. Jedenfalls kommen sie zu dem Ergebnis, der Drohzettel stamme von einem jungen Mann im Alter von etwa 17 bis 25 Jahren, der nicht oft oder viel mit der Hand schreibt.«

»Was unsere ›Schülerstreich-Theorie‹ bestätigen wür-de«, ergänzte Alt.

»Unser neuer Hauptverdächtiger heißt also Rachid Ben Habib«, stellte Heise fest.

»Wetten, dass der sich zur Tatzeit überhaupt nicht in der Nähe der Schule aufgehalten hat, was mehrere seiner Kumpels bestätigen werden!«, meinte Hinrichs mit sar-kastischem Unterton.

»Zu dumm, dass nur Enrico Färber ihn dort gesehen haben will«, murmelte Alt. Dann wandte er sich an die Kriminalassistentin: »Heike, du findest bitte als Erstes heraus, wo dieser Bursche inzwischen zur Schule geht. Wir müssen ihn umgehend befragen!«

»Außerdem benötigen wir die Aussagen der Kumpels von Enrico Färber«, ergänzte Heise.

»Da bin mir ganz sicher, die werden sein Alibi hun-dertprozentig bestätigen. Dann stünde Aussage gegen Aussage und wir wären keinen Schritt weiter«, bemerkte Hinrichs voller Skepsis.

Rachid Ben Habib war nicht zur Hauptschule nach Goch gewechselt, sondern, wie Heike schnell herausbe-kommen hatte, nach Emmerich zur Europa-Haupt-schule. Dort allerdings hatte man ihn seit letzten

Dienstag nicht mehr gesehen. Er fehlte unentschuldigt und das keineswegs zum ersten Mal.

»Tja, dann müssen wir versuchen, ob wir ihn zu Hause erwischen«, stellte Heise fest.

»Und wenn nicht?« Marquardt zeigte sich pessimistisch.

»Vielleicht kann Flecken den jüngeren Bruder nach Rachids Aufenthaltsort befragen. Außerdem soll der uns etwas zum Verbleib der Clownsmaske erzählen«, sagte Hinrichs.

»Welches Motiv sollte dieser Rachid überhaupt haben?«, fragte Heise. »Der Hass auf die Hichler dürfte schon länger bestehen.«

»Hm, vielleicht, weil der jüngere Bruder ebenfalls kurz davor steht, die Realschule verlassen zu müssen«, schlug Marquardt vor.

»Das klingt mir alles zu vage«, erwiderte Heise. »Was wir brauchen, sind Fakten!«

»Ganz genau! Deshalb machen wir uns jetzt an die Arbeit!«, entschied der Alte Fritz.

Klaas Hinrichs und Jens Marquardt fuhren zur Querallee, wo Frau Ben Habib mit ihren beiden Söhnen lebte. Die Befragung in ihrer Wohnung in einem Mehrfamilienkomplex am Rande der Stadt wies nahezu groteske Züge auf, denn die rundliche, bekopftuchte Frau undefinierbaren Alters schien über einen äußerst beschränkten Wortschatz in der deutschen Sprache zu verfügen, der nur aus drei Worten bestand. Diese gab sie immer wieder von sich, als Hinrichs sie befragte.

»Wissen Sie, wo sich Ihr Mann aufhält?«

»Ich wisse nix.«

»Können Sie uns sagen, wo sich Ihr Sohn Rachid befindet?«

»Ich wisse nix.«

»Warum ist Rachid schon seit fünf Tagen nicht mehr in der Schule gewesen?«

»Ich wisse nix.«

»Wo hält sich Rachid nach der Schule am liebsten auf?«

»Ich wisse nix.«

»Können Sie uns Rachids Handynummer sagen?«

»Ich wisse nix.«

Daraufhin beendete Hinrichs das unerquickliche Gespräch und man verabschiedete sich von der Frau. Als sie von der 2.Etage wieder durch das offenbar vor nicht allzu langer Zeit renovierte Treppenhaus herabstiegen, konnte sich Marquardt kaum beruhigen.

»Die hat uns doch total verarscht!«, fauchte er. »Als ob die nicht wüsste, wo sich ihr Mann oder Sohn befinden. Absolut lächerlich!«

»Stimmt wohl, aber uns sind die Hände gebunden, wenn sie nichts anderes sagt«, erklärte Hinrichs seinem sichtlich verärgerten jungen Kollegen.

Siegfried Heise begab sich einmal mehr zur Martin-Luther-King-Realschule. Im Zimmer des Konrektors wurde Brahim Ben Habib befragt, auch Herr Flecken war anwesend. Der Junge war bereits 13 Jahre alt, wirkte eher noch etwas älter, schien keinesfalls in eine 6.Klasse zu gehören. Vermutlich hat er bereits die eine oder andere ›Ehrenrunde‹ gedreht, dachte Heise bei sich. Brahims längliches Gesicht, umrahmt von welligen schwarzen Haaren, wirkte irgendwie desinteressiert, abweisend. Mechanisch, äußerlich ohne jede Regung beantwortete er Heises Fragen. Ja, an die Aufregung, als diese Clownsmaske von Mina verschwunden war, könne er sich erinnern. Nein, er selbst habe damit nichts zu tun, wisse nicht, wo die Maske sei. Sein Bruder Rachid befinde sich in Düsseldorf zu Besuch bei Onkel Aziz. Nein, die Adresse kenne er nicht, ebenso wenig Rachids Handy-Nummer. Wo er am vorigen Montagnachmittag gewesen sei, könne er nicht mehr genau sagen. Nach der Schule hänge er meist mit ein paar Kumpels rum, erst noch auf dem Schulhof, später dann in der Stadt. Zum Überfall auf Frau Hichler wisse er nichts.

»Merkwürdiger Typ«, erklärte Heise, nachdem der Junge den Raum verlassen hatte. »Ist der immer so?«

»Sie haben recht, er wirkte irgendwie apathisch, fast ein wenig so, als sei er ruhiggestellt worden«, stimmte Flecken zu.

Vom Konrektor erfuhr er die Namen von zwei Schülern, die mit Rachid Ben Habib offenbar befreundet waren. Die beiden besuchten die MLK-Realschule, daher konnten sie direkt befragt werden. Beide wussten natürlich nicht, wo sich ihr Kumpel zurzeit aufielt. Düsseldorf, das könne schon möglich sein, da habe Rachid etliche Verwandte. Jedenfalls sei er am vergangenen Montag noch da gewesen, denn sie hatten den gesamten Nachmittag zusammen mit Computerspielen verbracht. Auf dem Schulhof der MLK-Realschule könne Rachid daher auf keinen Fall gewesen sein.

Man hatte sich wieder im Büro des Alten Fritz versammelt, um die Ergebnisse der Nachforschungen auszutauschen. Heike Buschkamp hatte in der Zwischenzeit Akten gewälzt, Kollegen aus anderen Dezernaten befragt, im Netz recherchiert. Die Ergebnisse fasste die Kriminalassistentin zusammen: »Familie Ben Habib ist unseren Kollegen wohlbekannt. Der Vater, offenbar tief in Drogengeschäfte verwickelt, entzog sich vor etwa 2 Jahren seiner unmittelbar bevorstehenden Verhaftung durch Flucht und Abtauchen. Wohin, kann man nur spekulieren, die Kollegen vermuten in den Beneluxraum. Jedenfalls sind die Banden, oder soll man neudeutsch ›Clans‹ sagen, straff organisiert, von außen kaum zu packen. Das Zentrum der Aktivitäten befindet sich in Düsseldorf-Oberbilk, dem größten marokkanischen Viertel in ganz NRW.«

»Onkel Aziz!«, bemerkte Heise und beantwortete die fragenden Blicke der anderen sogleich mit der von Brahim gemachten Aussage über den Aufenthaltsort seines Bruders.

»Rachid Ben Habib darf auch keineswegs als unbeschriebenes Blatt angesehen werden«, fuhr Heike fort. »Körperverletzung, Diebstahl, ebenfalls Drogen, er hat schon diverse Arbeitsstunden und Jugendarreste hinter sich.«

Dann berichtete Heise von seinen Befragungen des Vormittags.

»Dass seine Kumpels dem Rachid ein Alibi verschaffen, war doch schon vorher klar!«, fauchte Hinrichs.

»Apropos Alibi«, redete Heise weiter. »Ich habe zwei der von Enrico Färber genannten Kumpels gesprochen, Udo Bolten und Michael Katz. Am besten lese ich euch die von mir protokollierte Aussage Boltens vor, die von Katz voll und ganz bestätigt wurde:

Wir waren ab 15 Uhr die ganze Zeit zusammen, der Enrico, der Michael, der Thilo und ich. Irgendwann kam Enricos Vater und ging ins Gebäude. So ungefähr 20 Minuten später kam er wieder raus und hat etwas mit Enrico besprochen. Dann ging er wieder. Danach kam Enrico zu uns und erzählte uns, dass sein Vater ihn von der Schule nehmen musste, auf Druck von der Hichler. Enrico war total cool, hat sich gar nicht so aufgeregt, wie wir dachten. Ich glaube, er war nur mal kurz zur Toilette, höchstens 2 Minuten. Die Toilette ist direkt hinter dem Haupteingang, nur die paar Stufen rauf und dann rechts. Später sind wir noch in den Moritz-Park. Sonst war nichts Besonderes. Den Rachid habe ich nicht gesehen, Enrico sprach davon. Als ich mich umdrehte, war der wohl schon um die Ecke. Enrico und Rachid mochten sich überhaupt nicht, sind häufiger aneinandergeraten. Rachid und seine Marokfuzzis haben ständig provoziert, es gab oft Zoff.«

»Na super«, kommentierte Hinrichs ironisch. »Beide dürfen sich über ein Alibi freuen, wie erwartet!«

Dann berichtete er von der Befragung in der Querallee, über die sich Jens Marquardt offensichtlich immer noch höchst verärgert zeigte.

»Ich finde, wir sollten Rachids Mutter mit aufs Präsidium nehmen!«, schlug er vor. »Natürlich muss ein Dolmetscher dabei sein, der ihr klarmacht, dass sie unsere Fragen wahrheitsgemäß zu beantworten hat!«

Die Begeisterung der anderen über diesen Vorschlag schien sich in Grenzen zu halten.

»Wenn die weiterhin auf stur schaltet, können wir nichts ausrichten, egal ob mit oder ohne Dolmetscher«, führte Alt aus.

»Dann schreiben wir Rachid Ben Habib eben zur Fahndung aus«, erwiderte Marquardt unwirsch.

Diesmal verwarf Heise den Gedanken des jungen Kollegen: »Kein Staatsanwalt würde einen Haftbefehl auf den Weg bringen, solange der Verdächtige ein Alibi vorweist und keinerlei konkrete Beweise gegen ihn vorliegen.«

Aber Jens Marquardt schien nicht gewillt nachzugeben. Nach kurzer Überlegung folgte sein nächster Vorschlag: »Diese beiden Kumpels, die angeblich den gesamten Montagnachmittag mit Rachid zusammen verbracht haben, sollten wir einmal richtig in die Mangel nehmen!«

Wieder wurde Marquardt gebremst, diesmal antwortete der Alte Fritz: »Das können wir machen, aber versprechen Sie sich bitte nicht allzu viel davon. Einen Kumpel zu verpfeifen kommt für diese Jungs einem Schwerverbrechen gleich.«

»Wir könnten aber unsere Düsseldorfer Kollegen nach Onkel Aziz befragen«, schlug nun Hinrichs vor. »Ich meine, vielleicht kennen die jemand in Oberbilk mit dem Vornamen Aziz, vielleicht heißt er sogar Aziz Ben Habib!«

»Schaden kann das natürlich nicht«, erwiderte Alt. »Aber erstens ist dieser Vorname wohl gar nicht selten und zweitens dürfen wir auf keinen Fall glauben, jedes Mitglied der marokkanischen Community in Düsseldorf sei polizeilich aktenkundig!«

»Ich habe da noch eine Idee«, begann Marquardt zögernd. »Wie wäre es mit Schriftproben unserer beiden Verdächtigen, um sie mit dem Text des Drohzettels vergleichen zu lassen? Die beiden sollen jeweils den Satz

›Beim nächsten Mal machen wir Ernst‹ aufschreiben. Dann werden unsere Spezalisten schnell herausfinden, wer der Verfasser war.«

»Guter Gedanke!«, stellte Alt fest. »Aber dann würde derjenige, welcher den Drohbrief verfasst hat, natürlich mit Absicht seine Handschrift verändern, weil er ja Bescheid weiß, warum er gerade diese Worte aufschreiben soll.«

»Also?«

»Also benötigen wir eine normale Schriftprobe, ohne Verstellung!«

»Und woher bekommen wir die?«

»Ganz einfach«, schaltete sich jetzt Heise ein. »Über die Schule, genauer gesagt Schulen. Da müssten wir bestimmt irgendein Heft der betreffenden Schüler auftreiben können mit authentischer Schrift, sodass unsere Schriftgelehrten loslegen können.«

»Gute Idee, Holmes!«, lobte Alt. »Heike, nimmst du bitte gleich morgen früh mit den Schulen in Emmerich und Goch Kontakt auf, heute dürfte es dafür zu spät sein.«

»Fassen wir einmal zusammen«, begann der Alte Fritz. »Wir haben zwei Verdächtige. Beide weisen ein und dasselbe Motiv auf, Hass auf Frau Hichler. Aber sowohl Enrico Färber als auch Rachid Ben Habib erhalten von ihren Kumpels ein Alibi. Färber hielt sich zur Tatzeit auf dem Schulhof auf, also ganz nah beim Tatort, das steht fest. Er hat sogar das Gebäude kurz betreten, um zur Toilette zu gehen.«

»Aber zu kurz, um die Tat ausführen zu können«, unterbrach Heise. »Und wer hätte ihm dabei geholfen?«

»El Habibs Anwesenheit zur Tatzeit auf dem Schulhof

wird einzig und allein von Färber bemerkt«, fuhr Alt fort. »Verdächtiger erscheint mir dennoch Ben Habib, die Sache mit der verschwundenen Maske in der Klasse seines Bruders möchte ich nicht als Zufall abtun. Beide Jungen mögen sich nicht, da könnte ich mir durchaus vorstellen, dass der eine dem anderen etwas anhängen, ihn verdächtig erscheinen lassen will.«

»Die Frage ist schlicht und einfach: Wer von den beiden lügt und wer sagt die Wahrheit?«, meldete sich nun wieder Marquardt zu Wort.

»Oder aber: Lügen beide oder sagen beide die Wahrheit?«, ergänzte Heise in seiner typischen Art und fuhr dann fort: »Die Aussage von Enrico, er habe Rachid in der Ecke des Schulhofs gesehen, macht mich stutzig.«

»Wieso?«, fragte Hinrichs.

»Nur er allein hat ihn gesehen, keiner der Kumpels.«

»So sagt er. Ja und?«

»Warum erzählt er uns überhaupt davon?«

»Worauf willst du hinaus?«

»Ich meine, es wäre doch für den Chef der Clique ein Leichtes gewesen, einen seiner Kumpels zu der Aussage zu bringen, er habe diesen Rachid ebenfalls gesehen.«

Heise blickte die anderen an, aber die schienen seinem Gedankengang nicht folgen zu können.

»Ja und? Ich verstehe nicht!«, rief Alt.

»Enrico hat keinem der Kumpels eine derartige Aussage aufgezwungen.«

»Und?« Man spürte die Ungeduld bei Alt.

»Daraus ergibt sich für mich: Er hat Rachid gesehen, nur er!«

Während die anderen noch damit beschäftigt waren, Heises Gedankengang nachzuvollziehen, fuhr dieser fort: »Enrico Färber soll uns noch einmal ganz genau sagen, wann und wo er seinen früheren Mitschüler am letzten Montag gesehen hat.«

Heise las Zustimmung in den Gesichtern der anderen. Dann sagte er: »Ich finde, einem Aspekt wurde bisher viel zu wenig Beachtung geschenkt!«

»Und der wäre, Holmes?«, fragte Hinrichs.

»Nun, der zweite Mann natürlich, besser: der zweite Täter.«

»Wieso?«

»Wir reden dauernd nur von einer Person, war es Enrico oder Rachid? Aber es handelte sich ja definitiv um zwei Täter, den mit der Maske und den mit dem Betäubungslappen!«

»Ja klar!«

»Spielen wir das doch einmal durch«, schlug Heise vor. Im Falle Enrico, wer käme als zweite Person in Frage?«

»Einer seiner Kumpels natürlich«, erwiderte Alt sogleich.

»Dann müssten also an jenem Nachmittag zwei Jungen eine Zeitlang nicht mit den anderen zusammen gewesen sein. Und das würde heißen...«

»Die übrigen wussten Bescheid. Alle!«, führte Hinrichs den Satz weiter.

»Genau das scheint mir eher unwahrscheinlich zu sein«, merkte Alt an.

»Und im Falle Rachid?«, fragte Marquardt.

»Da käme zum Beispiel sein Bruder in Frage«, stellte Alt fest.

»Oder einer der Kumpels, die angeblich die ganze Zeit mit ihm zusammen waren«, fügte Hinrichs hinzu.

»Vielleicht waren die tatsächlich zusammen, und zwar in der Schule!«, meinte Alt. »Und wenn, dann hat Enrico vielleicht einen der beiden gesehen.«

»Oder beide!«

»Das müssen wir unbedingt herausfinden!«

Später am Nachmittag überraschte Heike Buschkamp mit der Mitteilung, die Düsseldorfer Kollegen hätten bereits geantwortet. Die Auskunft, die sie an das Team weitergab, sorgte allerdings keineswegs für gute Laune: »Es besteht eine schwierige Situation im Marokka-nerviertel in Düsseldorf. Man bekommt keinen genauen Überblick, wer dort wohnt und wo. Längst nicht alle sind auch gemeldet, manche bleiben nur, ziehen dann weiter, andere tauchen dort unter, natürlich, ohne im Melderegister zu erscheinen. Wie oft der Vorname Aziz in Oberbilk vorkomme, könne daher niemand sagen, selten sei er allerdings nicht. Ein Aziz Ben Habib sei unbekannt!«

»Na super!«, konnte sich Klaas Hinrichs einen sarkastischen Kommentar wieder einmal nicht verkneifen.

»Und jetzt?«, fragte Jens Marquardt.

»Jetzt machen wir erst einmal Feierabend!«, entschied der Alte Fritz.

NEUN

Klaas und Petra Hinrichs hatten nach dem späten Abendessen auf dem Sofa Platz genommen, um den Tag gemütlich bei einem Glas Wein ausklingen zu lassen. Hinrichs erzählte, wie üblich, wenig von seiner Arbeit, seine Unzufriedenheit entging seiner Frau jedoch nicht.

»Seid ihr immer noch nicht weitergekommen mit dieser Schulleiterin?«, fragte sie vorsichtig.

»Nicht wirklich!«, entgegnete er mürrisch, verzichtete aber auf zusätzliche Erklärungen. Seine Frau insistierte nicht weiter.

Plötzlich läutete das Telefon und Petra Hinrichs befürchtete zu Recht, wie sich bald zeigte, ein abruptes Ende ihres geplanten gemütlichen Abends.

»Was?«, hörte sie ihren Mann ungewohnt laut ausrufen. »Das kann doch nicht wahr sein! Ich bin schon unterwegs.«

Seiner erstaunt dreinblickenden Frau, die derartige Anrufe nicht zum ersten Mal erlebte, rief Klaas Hinrichs beim Herausgehen kurz zu: »Ich fahre zur MLK-Schule. Die Schulleiterin wurde tot aufgefunden!«

Kaum 20 Minuten später hatte Hinrichs den Lehrerparkplatz der MLK-Realschule erreicht. Außer dem blauen Golf befanden sich dort noch der Audi von Fritz Alt, ein dunkelgrauer Mazda, den er dem Konrektor zuordnete, und ein Notarztwagen. Hinrichs stürmte über den Schulhof, fand den Haupteingang unverschlossen, sprang die fünf Stufen hoch, lief den langen Korridor entlang und dann die Treppen zum 1.Stock hoch. Dort, vor der Tür zum Sekretariat, traf er den Alten Fritz, Lothar Flecken und einen dritten Mann, der ihm sogleich als Doktor Gollwitz vorgestellt wurde, der Notarzt.

»Haben die also wirklich ernst gemacht!«, rief Hinrichs spontan aus, wobei es unklar blieb, ob er diese Äußerung als Frage oder als bloße Feststellung gemeint hatte.

Anstelle einer Antwort wies Alt mit dem Kopf zum Sekretariat. Hinrichs trat ein und wandte sich direkt nach links zum Chefzimmer, dessen Tür offenstand. Ihn umfing sofort eine eigenartige, ja nahezu beklemmende Stille. Es dauerte einen Moment, ehe er sich der Ursache bewusst wurde: die Stille des Todes!

Dann blickte er sich um. Auf den allerersten Blick schien alles so zu sein, wie er es vor nahezu einer Woche gesehen hatte. Die Warhol-Kuhköpfe blickten unaufgeregt drein, es herrschte eine penible Ordnung, nirgendwo lag ein Buch, ein Heft oder ein Blatt Papier herum. Hinter dem Schreibtisch, teilweise verdeckt von einem davor stehenden Besucherstuhl und vom Monitor, sah er Frau Hichler, vornübergebeugt. Man hätte meinen

können, sie schläft, ihr Kopf ruhte auf der Schreib-
tischfläche. Sie trug ein bräunliches Kostüm, ihre Haare
wirkten noch wirrer, als Hinrichs sie in Erinnerung hatte.

Plötzlich bemerkte er die in dem Raum herrschende
Kälte. Er blickte in Richtung Fenster und tatsächlich, der
große Flügel des rechten Fensters war weit geöffnet und
ließ die kühle Märzluft hineinströmen. Darüberhinaus
konnte er in dem Zimmer nichts Auffälliges entdecken,
keinen umgestürzten Stuhl oder sonstige Anzeichen eines Kampfes, kein Blut auf dem Schreibtisch oder auf
Frau Hichlers Kleidung. Ein Blick in den offenliegenden
Terminkalender zeigte keinerlei Eintragungen für diesen
Nachmittag.

Inzwischen waren Fritz Alt, der Konrektor und der
Arzt hinzugetreten.

»Was hältst du davon?« Alt sah seinen Kollegen fragend an.

»Auf den ersten Blick konnte ich keine Spur von Ge-
walteinwirkung erkennen«, antwortete Hinrichs und
blickte den Arzt an: »Dr. Gollwitz, wie lautet Ihre Meinung?«

Der ältere Herr mit der grauen Bürstenfrisur, Hinrichs
schätzte ihn auf etwas über 60, räusperte sich kurz,
bevor er mit leiser Stimme ansetzte: »Ich tippe auf
akutes Herzversagen. Ich vermochte keinerlei Anzeichen
äußerer Gewalt festzustellen. Den Todeszeitpunkt würde ich auf 16 bis 19 Uhr schätzen. Für die Untersuchung musste ich die Frau kurzzeitig in eine andere
Position bringen. Ansonsten habe ich natürlich nichts
verändert.«

»Hm, Herzversagen also«, murmelte Hinrichs, mehr
zu sich selbst.

»Ehm, wenn Sie mich hier nicht mehr brauchen...«, sagte Dr. Gollwitz und Fritz Alt verstand sofort. »Sie können hier ja leider nichts mehr ausrichten und müssen zurück, um für andere Einsätze zur Verfügung zu stehen.«

Dr. Gollwitz nickte und verabschiedete sich, nachdem Fritz Alt ihm nochmals gedankt hatte.

»Da dürfte eine Obduktion wohl unvermeidlich sein«, meinte Hinrichs nachdenklich.

»Auf jeden Fall!«, stimmte Alt zu. »Zu dumm, dass die Gerichtsmedizin in Emmerich vor ein paar Jahren aus Kostengründen geschlossen wurde, jetzt muss die Leiche erst nach Krefeld transportiert werden, das verzögert unsere Arbeit!«

»Aber auch in Emmerich wäre die Obduktion nicht heute Nacht, sondern frühestens morgen Vormittag durchgeführt worden«, wandte Hinrichs ein. Er war nicht allzu unglücklich über die Verlegung der Gerichtsmedizin. Die in den kalten Räumen herrrrschende düstere Atmosphäre, die Gerüche, die leblosen Körper, nein, er war froh, wenn er die Ergebnisse der Pathologen übermittelt bekam, ohne den Gerichtsmedizinern in ihren blutverschmierten Kitteln und furchteinflößenden Gerätschaften in den Händen gegenübertreten zu müssen.

Fritz Alt sah das anders. Für ihn spielte der direkte Kontakt zum Pathologen eine wichtige Rolle. Man konnte Nachfragen stellen, Mutmaßungen äußern, Alternativen besprechen, sich das Opfer noch einmal anschauen. Besser jedenfalls, als nur den nüchternen Bericht in gedruckter Form übermittelt zu bekommen.

»Wann haben Sie Frau Hichler zuletzt gesehen oder gesprochen?«, wandte sich Hinrichs nun an den Konrektor, der bislang nur schweigend dagestanden hatte, aber einen sehr betroffenen Eindruck machte.

»Das war heute Morgen vor dem Unterricht zur täglichen Besprechung.«

»Danach nicht mehr?«

»Nein.«

»Lag dabei etwas Besonderes vor?«

»Nein, gar nichts, alles Routine.«

Dann blickte der Konrektor Fritz Alt direkt an und sagte: »Ehm, Herr Kommissar, wenn ich Ihnen sonst nicht mehr helfen kann.«

»Nein, Sie können gehen.«

»Ich habe nämlich noch eine Menge zu organisieren. Morgen muss der Unterricht ausfallen. Kollegen, Schüler und Eltern müssen benachrichtigt werden, über soziale Medien oder sonstwie.«

»Ja, natürlich! Gehen Sie ruhig. Wir werden uns melden, falls wir Sie noch brauchen«, erklärte Alt und entließ Flecken.

Nachdem man sich vom Konrektor verabschiedet hatte, stellte Hinrichs endlich die Frage, die er schon mehrfach verschoben hatte, da er die Antwort bereits zu kennen glaubte: »Wer hat sie überhaupt gefunden? Der Hausmeister, schätze ich.«

»Stimmt! Als er nach dem Volleyballtraining die Turnhalle abschließen wollte, sah er Frau Hichlers Auto als einziges auf dem Parkplatz. Er wunderte sich, dachte an den vorigen Montag und betrat das Schulgebäude, um zu sehen, ob alles in Ordnung war. Er habe ein merkwürdiges Gefühl gehabt. Im Chefzimmer fand er dann Frau Hichler mit dem Kopf auf dem Schreibtisch liegend. Zuerst dachte er, sie sei eingeschlafen, doch da sie weder auf seine Ansprache noch auf leichtes Rucken an der Schulter reagierte, bekam er es mit der Angst zu tun und rief sofort den Notarzt. Dann informierte er auch den Konrektor.«

»Und wieso ist Schumann jetzt nicht hier?«

»Nach seiner Aussage habe ich ihn in seine Wohnung zurückgeschickt. Du musst ihn um Sekunden verpasst haben. Er wirkte auf mich äußerst nervös.«

»Kein Wunder nach dem Leichenfund, oder?«

»Ja klar«, stimmte Alt zu, »aber irgendwie hatte ich ein Gefühl, das war es nicht allein.«

»Wann hatte er Frau Hichler zuletzt gesehen?«

»Das wusste Schumann angeblich nicht mehr. Jedenfalls nicht heute, sagte er. Er halte sich schließlich nicht jeden Tag im Verwaltungsbereich der Schule auf.«

»Na ja«, lautete Hinrichs' Kommentar, dem er die nächste Frage folgen ließ: »Was hältst du von dem geöffneten Fenster?«

»Das muss nichts zu bedeuten haben«, meinte Alt. »Vielleicht fühlte sie sich nicht wohl und hat frische Luft in den Raum hineingeholt. Zum Schließen des Fensters kam es dann nicht mehr.«

»Durchaus möglich!«

»Auch wenn momentan alles auf einen natürlichen Tod hinzudeuten scheint«, murmelte Alt fast zu sich selbst. »Ich habe ein komisches Gefühl bei der Sache.«

»Wieso?«

»Ich kann es nicht erklären. Bauchgefühl eben!«

»Wir können nur hoffen, dass dich dieses Gefühl täuscht, denn ansonsten käme unweigerlich der Vorwurf, wir hätten die Frau nach dem Überfall letzte Woche besser schützen müssen.«

»Da hast du leider recht!«, stellte Alt fest.

»Die Spurensicherung sollte das Zimmer auf jeden Fall genauestens unter die Lupe nehmen«, sagte Hinrichs nachdrücklich.

»Natürlich, die sind schon unterwegs, müssten jeden Augenblick hier eintreffen.«

Dies geschah wenige Minuten später, als Alt gerade den Kollegen Heise, wie zuvor schon Kriminaldirektor Fricke, über den Todesfall informierte. Heise drückte aus, was auch Alt und Hinrichs nicht bestreiten konnten: »Letzte Woche der Überfall und heute, genau eine Woche später, ist sie tot. Glaubt ihr da wirklich an einen Zufall?«

Auch Klaus Cuypers begrüßte seine Kollegen mit der naheliegenden Idee: »Also haben die beim zweiten Mal tatsächlich ernst gemacht!«

»Das wissen wir noch nicht. Im Augenblick steht ja nicht einmal fest, ob überhaupt ein Verbrechen vorliegt«, entgegnete Alt.

»Glaubt ihr echt an einen solchen Zufall?«, hörte Alt nun bereits zum zweiten Mal innerhalb kürzester Zeit.

Danach machten sich Cuypers und sein Team an die Arbeit. Es wurden zahlreiche Fotos geschossen, der gesamte Raum auf Spuren eines möglichen Verbrechens hin untersucht, DNA-verwertbares Material sichergestellt.

»Wer informiert eigentlich den Ehemann?«, fragte Hinrichs plötzlich und sah den Alten Fritz an.

»Am besten fahren wir gleich hin!«, antwortete dieser. »Wir nehmen meinen Wagen.«

Beim Verlassen des Schulgebäudes sahen Alt und Hinrichs mehrere Personen auf sie zustürmen, einige mit

Kamera und Mikrofon ausgerüstet, offensichtlich Journalisten.

»Wieso sind die Pressefritzen schon hier?«, murmelte Hinrichs sichtlich genervt. »Die haben bestimmt wieder den Polizeifunk abgehört. Der uns versprochene abhörsichere Digitalfunk lässt ja weiterhin auf sich warten!«

»Stimmt es, dass die Schulleiterin diesmal wirklich ermordet wurde?«

»Haben Sie schon Anhaltspunkte?«

»Was genau ist passiert?«

»Waren es dieselben Täter wie letzte Woche?«

»Meine Herren!«, durchbrach Fritz Alt mit lauter Stimme das Gemurmel. »Ich darf Sie um Ruhe bitten. Alles, was ich Ihnen zum jetzigen Zeitpunkt mit Gewissheit sagen kann, ist: Die Schulleiterin der Martin-Luther-King-Realschule, Frau Beate Hichler, wurde heute Abend im Chefzimmer der Schule tot aufgefunden.«

Es folgte ein kurzer Moment der Stille, dann rief einer der Journalisten: »Warum ist dann die Kriminalpolizei vor Ort?«

»Keine weiteren Auskünfte!«, wiederholte Alt und forderte die Presseleute auf, das Schulgelände zu verlassen.

»Das wirkt schon eigenartig«, erklärte Hinrichs, als sie eine Viertelstunde später in Alts Wagen einstiegen. »Außer meinem Auto und dem Kombi von Cuypers befindet sich hier nur der dunkelblaue Golf, genau wie vor einer Woche!«

Die Fahrt von Kleve durch die nächtliche Gocher Heide Richtung Uedem wirkte irgendwie gespenstisch: Alles war dunkel, nur an ganz wenigen Stellen brannte eine Straßenbeleuchtung, auch kein Mondlicht erhellte die Nacht. Am Himmel jedoch zeigten sich etliche rote Lichtpunkte. Diese flammten kurz auf, verschwanden genauso schnell wieder, erschienen dann erneut und so weiter. Wer nichts von den zahlreichen über 100 Meter hohen Windrädern in dem Gebiet und ihren nächtlichen Warnleuchten zum Schutz von Flugzeugen und Hubschraubern wusste, hätte mit den roten Lichtern auf Anhieb nicht viel anfangen können, so mysteriös wirkten diese.

Der Hörmannshof lag im Dunklen. Plötzlich tauchten die vom Bewegungsmelder eingeschalteten Scheinwerfer das Eingangsportal mit den beiden Kuhskulpturen in grelles Licht. Blickten diese etwa heute vorwurfsvoll? Alt verwarf diesen Gedanken sofort wieder. Alles andere blieb dunkel, auch nach dem Klingeln änderte sich daran nichts, Dautzenberg weilte wohl nicht zu Hause.

»Und jetzt?«, fragte Hinrichs ratlos.

»Jetzt kommt das Handy zum Einsatz. Wir haben ja seine Nummer!«

Aber auch auf diese Weise war der Autor nicht zu erreichen, wie sich bald darauf zeigte. Daher sprach Alt auf die Mailbox, dass Dautzenberg ihn bitte dringend zurückrufen solle.

So fuhren Alt und Hinrichs unverrichteter Dinge zur MLK-Schule nach Kleve zurück, wo Hinrichs in seinen Wagen umstieg und dann heimwärts fuhr.

Fritz Alt hatte seiner Frau gerade in kurzen Worten berichtet, was geschehen war, da klingelte das Telefon. Es war Diethelm Dautzenberg.

»Herr Kommissar, ich sollte Sie zurückrufen. Was gibt

es denn so Dringendes?« Seine Stimme klang etwas anders, als Alt sie in Erinnerung hatte.

»Das möchte ich nicht am Telefon besprechen. Wo befinden Sie sich?«

»In Düsseldorf. Mein Verlagschef feiert einen runden Geburtstag. Deshalb war mein Handy eine Zeitlang ausgeschaltet.«

»Wann können Sie zurück sein? Es ist wirklich dringend!«

»Vorerst nicht, fürchte ich. Zum Autofahren habe ich wohl ein paar Gläser Rotwein zuviel getrunken!«

Das war es also, warum sich seine Stimme so merkwürdig anhörte, dachte Alt.

»Wo genau sind Sie denn zu finden?«

»Im Hotel Nikko. Ich werde heute Nacht hier bleiben und am Morgen wieder in Uedem sein.«

Alt überlegte kurz, was zu tun sein. Den Tod seiner Frau wollte er dem Mann auf keinen Fall am Telefon beibringen. Er teilte Dautzenberg mit, dass ein Düsseldorfer Kollege in Kürze bei ihm vorbeikommen würde und beendete das Gespräch.

Merkwürdig, dachte Alt. Er hat kein einziges Mal gefragt, was überhaupt passiert sei. Außerdem hatte Alt während des Anrufs den Eindruck gehabt, irgendwelche Nebengeräusche vernommen zu haben, die er aber nicht einzuordnen vermochte.

Daraufhin telefonierte er mit der Kriminalpolizei in Düsseldorf und erklärte den dortigen Kollegen sein Anliegen.

ZEHN

Der Dienstag war als regnerischer Tag vorhergesagt worden und an diese Prognose schien er sich auch halten zu wollen. Es mochte nicht richtig hell werden, düstere, tief hängende Wolken verdunkelten den Himmel, Dauerregen prasselte hernieder. Nicht nur Zeitungsboten, Hundeausführer und Radfahrer auf dem Weg zur Arbeit fluchten über den Wettergott.

Auch die Stimmung im K1 war gedrückt. Die Nachricht vom Todesfall in der Martin-Luther-King-Realschule hatte sich schnell herumgesprochen. Die meisten Zeitungen hatten diese jedoch am Abend zuvor augenscheinlich zu spät erfahren, eben nach Redaktionsschluss. Nur im Niederrhein Kurier und in Kleve Heute war eine kurze Meldung zu lesen, die den Wortlaut von Fritz Alts Statement wiedergab und auf weitere Informationen in der nächsten Ausgabe verwies. Allerdings wurde ebenfalls die kritische Frage gestellt, ob der nun festgestellte Tod der Frau genau eine Woche nach ihrer Entführung als purer Zufall angesehen werden könne.

Noch bevor Fritz Alt sein Büro betrat, klopfte er an der Tür des Kriminaldirektors, der ihn bereits erwartete. Benjamin Fricke, heute mit dunkelvioletter Fliege, wanderte nervös in seinem Zimmer umher.

»Ist die Frau eines natürlichen Todes gestorben oder nicht? Wann wissen wir mehr?«, rief er mit ungewohnt lauter Stimme.

»Sobald die Pathologie in Krefeld etwas herausgefunden hat, werden wir informiert. Vorher können wir uns nur in Spekulationen ergehen!«, antwortete Alt.

»Was denken Sie?«, fragte Fricke ganz direkt.

»Hm, schwer zu sagen. Einerseits hat der Notarzt keinerlei Hinweis auf ein Verbrechen erkannt, anderseits...«

»Andererseits?«, wiederholte Fricke ungeduldig.

»Nun ja«, erklärte Alt. »Der Todeszeitpunkt lag wahrscheinlich genau um die Stunde, als vor einer Woche die Entführung stattfand. Ob man da noch von Zufall sprechen kann? Ich bin skeptisch!«

Fricke blickte Alt an und sagte mit distanzierter Schärfe: »Ihnen dürfte klar sein, was auf uns zukäme, falls sich die Angelegenheit als Mord herausstellen würde!«

»Jede Menge Arbeit.«

»Und jede Menge Ärger!«

»Natürlich! Es käme der Vorwurf, wir hätten die Frau nicht ausreichend geschützt. Aber beispielsweise für einen polizeilichen Personenschutz bestand keinerlei Veranlassung.«

»Das dürfen Sie – im Fall des Falles – heute Nachmittag der Presse genauer erklären!«

Auch im Büro des Alten Fritz, wo man sich wenig später zur Teamsitzung traf, herrschte eine angespannte Stimmung. Klaas Hinrichs fasste in Worte, was sich alle fragten: »Haben wir einen Fehler gemacht?«

»Nein«, erwiderte Alt langsam. »Nein, das glaube ich nicht!«

»Nichts deutete darauf hin, dass sich die Frau in höchster Gefahr befand!«, ergänzte Jens Marquardt.

»Wir sollten zunächst einmal Ruhe bewahren«, meldete sich Heike Buschkamp zu Wort. »Wir tun ja alle so, als ob bereits feststünde, dass Frau Hichler ermordet wurde.« Sie blickte Alt und Hinrichs an. »Wenn ich das richtig sehe, habt ihr gestern Nacht ebensowenig wie der Arzt irgendwelche Anzeichen äußerer Gewalt feststellen können. Also wurde die Frau weder erwürgt noch erschlagen, erstochen oder erschossen. Was bliebe dann noch?«

»Vergiftet zum Beispiel!«, rief Hinrichs. »Und wahrscheinlich unzählige andere Methoden.«

»Was ist mir dir, Holmes? Du hast noch gar nichts gesagt«, wandte sich Alt an seinen Kollegen.

»Natürlich müssen wir das Ergebnis der Obduktion abwarten«, begann Heise. »Aber ich denke, im Inneren ist uns allen klar, was dabei herauskommen wird!« Er blickte die anderen an und las stumme Zustimmung in ihren Gesichtern.

Bevor allerdings jemand etwas dazu sagen konnte, läutete das Telefon. Die Kriminalassistentin nahm den Anruf entgegen, hörte kurz zu und sagte dann: »Wir werden uns darum kümmern.«

In die fragend dreinblickenden Mienen der anderen erklärte Heike Buschkamp: »Der Anruf kam von unseren Verkehrskollegen. In der Mühlenstraße hat sich ein Unfall mit Fahrerflucht ereignet. Ein Mann wurde angefahren und offenbar schwer verletzt.«

Nicht nur Hinrichs reagierte überrascht: »Dafür sind wir bei der Kripo doch gar nicht zuständig!«

»Es sei denn, es handelte sich nicht um einen Unfall, sondern um Vorsatz«, erklärte Heike. »Jedenfalls möchten die Kollegen, dass wir uns der Sache annehmen, vor allem wegen der Person des Unfallopfers.«

»Der Bürgermeister?«, fragte Hinrichs spontan.

»Nein, Helmut Ropertz!«

»Ropertz? Moment mal, doch nicht der Privatdetektiv?«, rief Heise erstaunt.

»Genau der!«

»Muss man den kennen?«, fragte Alt, der erst seit rund fünf Jahren im Klever K1 arbeitete.

»Detektei HERO«, erklärte Heise. »Eine Art Institution in der Stadt. Der Mann ist seit Jahrzehnten in Kleve und Umgebung aktiv. Wir haben früher mehrfach mit ihm zusammengearbeitet. Inzwischen muss er aber ziemlich alt sein. Ob er überhaupt noch im Geschäft ist?«

»Kümmert ihr euch um die Angelegenheit?« wandte sich der Alte Fritz an Heise und Hinrichs. »Ich muss hier präsent sein, um im Fall Hichler sofort die erforderlichen Maßnahmen ergreifen zu können, falls aus Krefeld die entsprechenden Informationen kommen sollten.«

»Schon klar!«, erwiderte Hinrichs. »Dann machen wir uns auf den Weg. Was ist nur im Augenblick in Kleve los?«

»Ich habe übrigens mit den beiden Schulen Kontakt aufgenommen, wegen der Schriftproben, meine ich«, meldete sich Heike Buschkamp nun zu Wort. »In

Goch scheint das schwierig bis unmöglich zu sein, weil Enrico Färber erst seit wenigen Tagen die dortige Hauptschule besucht. In Emmerich hingegen kann man uns ein Heft von Rachid Ben Habib zur Verfügung stellen, das wir zum Schriftvergleich an unsere Experten weiterleiten. Das Heft liegt zum Abholen bereit!«

Alt überlegte kurz, dann sprach er den Kommissarsanwärter an: »Herr Marquardt, würden Sie das bitte übernehmen und sich bei der Gelegenheit auch einmal umhören, was unseren Freund Rachid betrifft.«

Marquardt machte sich sofort auf den Weg nach Emmerich.

»Unsere Besuche hier scheinen ja beinahe zur täglichen Routine zu werden«, meinte Hinrichs, als er wenige Minuten später mit seinem Kollegen wieder einmal das St.-Antonius-Krankenhaus betrat. Dort fragte Heise nach dem Patienten Ropertz und wurde an die Unfallstation verwiesen. Der behandelnde Arzt, Dr. Singer, erklärte den beiden Kommissaren, Ropertz habe eine Riesenportion Glück im Unglück gehabt, mehrere Knochenbrüche und Prellungen davongetragen, jedoch seien keinerlei innere Verletzungen festgestellt worden. Das Auto habe den Mann glücklicherweise nicht voll getroffen, sondern nur gestreift. Die für sein Alter gute körperliche Konstitution habe dem Mann sicherlich sehr geholfen. Dennoch sollten die Beamten ihn nur kurz befragen und nicht aufregen, er benötige jetzt Ruhe.

Im Zimmer 017 fanden Heise und Hinrichs einen Mann von etwa 70 Jahren vor, den sie für ernsthafter verletzt gehalten hätten ohne die Informationen von Dr. Singer. Ropertz war mehrfach bandagiert, ein Arm schien völlig eingegipst, er hing an mehreren Infusionen und Schläuchen. Die wirren grauen Haare umrahmten eine hohe intelligente Stirn und sein längliches Gesicht wurde von lebhaften braunen Augen dominiert.

»Guten Tag, Herr Ropertz. Mein Name ist Heise und das ist mein Kollege Hinrichs von der Kripo Kleve. Wir möchten die näheren Umstände Ihres Unfalls herausfinden. Würden Sie uns bitte so genau wie möglich schildern, was passiert ist!«

»Ich werde mich nie wieder über einen Hundehaufen auf dem Gehweg ärgern oder gar beschweren«, begann Ropertz und Heise und Hinrichs blickten sich verwundert an. Heises spontane Annahme, der Mann habe offenbar auch Kopfverletzungen erlitten, erwies sich sehr bald als falsch, denn Ropertz fuhr fort: »Ein Hundehaufen hat mir vermutlich das Leben gerettet!«

»Wie das?«

»Normalerweise rege ich mich furchtbar auf über Hundehaufen mitten auf dem Gehweg. Die Leute lassen ihren Bello ungerührt sein Geschäft verrichten und spazieren weiter, ohne sich um das Häufchen zu kümmern. Es gibt zum Glück auch Menschen, die einen Plastikbeutel dabei haben und Bellos Hinterlassenschaft mitnehmen und ordnungsgemäß entsorgen.«

»Das verstehen wir«, erwiderte Hinrichs. »Aber wieso Lebensretter?«

»Ich musste auf dem Gehweg, der in diesem Bereich keinerlei Höhenunterschied zur Straße aufweist, einem Hundehäufchen ausweichen, eigentlich handelte es sich eher um einen ausgewachsenen Haufen, und bin deshalb schnell nach rechts gegangen, weg von der Fahrbahn, hin Richtung Vorgärten. Genau in diesem Moment spürte ich diesen Schlag, wurde getroffen und stürzte zu Boden.«

»Wenn ich Sie richtig verstehe, wären Sie ohne das Ausweichmanöver wegen des Kothäufchens voll von dem Wagen erwischt worden«, sagte Heise.

»Ganz bestimmt!«

»Hm«, meinte Hinrichs. »Sind Sie häufiger dort unterwegs, wo der Unfall geschah?«

»Ja, ich drehe da meine übliche Runde, nahezu täglich, sogar bei miesem Wetter wie heute.«

»Haben Sie das Fahrzeug erkennen können?«, fragte Heise.

»Schwer zu sagen! Bevor ich besinnungslos wurde, sah ich einen relativ kleinen dunklen Wagen wegfahren. Ich bin mir aber nicht sicher, ob es dieses Auto war, das mich umgefahren hat. Es passierte alles so schnell!«

»Herr Ropertz«, übernahm jetzt wieder Hinrichs. »Soweit Sie uns berichtet haben, bestehen zwei Möglichkeiten. Entweder handelt es sich um einen blöden Zufall, Sie befanden sich einfach zur falschen Zeit am falschen Ort.«

»Oder?«, fragte Ropertz ängstlich, der die Antwort zu ahnen schien.

»Oder es war eben kein Zufall, sondern ein vorsätzlicher Angriff auf Sie!«

»Sie meinen, der Privatschnüffler soll aus dem Weg geräumt werden, weil er zu viel weiß?«

»So ungefähr.«

Ropertz sah es anders: »Also nee! Das gibt es höchstens in amerikanischen Gangsterfilmen, aber nicht bei uns am Niederrhein.«

»Wir können es jedenfalls nicht völlig ausschließen, daher hätten wir gerne gewusst, an welchen Fällen Sie in letzter Zeit gearbeitet haben«, erklärte Heise.

»Ich bin mit 72 auch nicht mehr der Jüngste. Daher lasse ich meine Detektivarbeit so langsam ausklingen, übernehme nur noch wenige Fälle, und die sind keineswegs spektakulär.«

»Würden Sie uns Näheres erzählen, bitte?«, insistierte Heise.

»Das allermeiste war wirklich Kleinkram, der eine oder die andere, dem oder der Fremdgehen nachgewiesen wurde. Ach ja, da war der ältere Herr, für den ich den Mörder seines geliebten Hundchens ausfindig machen sollte.«

»Hundemörder?«, staunte Heise

»Ja, sein Hündchen wurde überfahren, der Fahrzeuglenker beging Fahrerflucht.«

»Sind Sie sicher, dass es sich dabei um einen Hund handelte und nicht um eine Katze, die überfahren wurde?«, fragte Heise in einem für ihn nicht alltäglichen Anflug von Humor und blickte Hinrichs streng an.

»Witzbold!«, zischte dieser nur.

»Natürlich war es ein Hund, Harpo«, erwiderte Ropertz. »Aber es war leider unmöglich, den Fahrer ausfindig zu machen, trotz der in Aussicht gestellten hohen Belohnung.«

»Und sonst? Andere Fälle?«, fragte Hinrichs nach.

»Ja, da war der Fall Jochimsen.«

»Erzählen Sie bitte!«

Heise und Hinrichs bemerkten, wie dem alten Herrn zeitweise die Augen zufielen. Der Unfall musste ihm natürlich enorm zugesetzt haben. Deshalb brachten sie Verständnis auf, dass Ropertz erst nach einiger Zeit mit leiser Stimme antwortete.

»Herr Jochimsen stellte plötzlich die Unterhaltszahlungen für die gemeinsame Tochter ein. Ein Anwaltsschreiben teilte meiner Mandantin, der Exfrau Jochimsens, mit, der Mann sei zahlungsunfähig, weil arbeitslos. Er reagierte nicht aufs Telefon und war an seiner letzten Adresse nicht auffindbar.« Ropertz brauchte erneut eine Pause, bevor er fortfuhr: »Meine Recherchen ergaben, dass Herr Jochimsen in der von den Eltern seiner neuen Lebensgefährtin betriebenen Fleischerei Schulz in Goch arbeitet, offiziell dort jedoch nicht angemeldet ist. Aufgrund meiner Ermittlungen dürfte meine Mandantin wohl problemlos ihre Unterhaltsforderungen gegen ihren Ex durchbringen.«

Ropertz schloss die Augen und schien zu dösen.

»Dann hätte Herr Jochimsen ja allen Grund, auf Sie sauer zu sein!«, erklärte Hinrichs, doch er erhielt keine Antwort.

Mehr zu seinem Kollegen als zu Herrn Ropertz fuhr Hinrichs fort: »Ein Motiv hätte er jedenfalls. Wir werden prüfen, wo Jochimsen sich zur Zeit des Unfalls aufgehalten hat, dann wissen wir mehr.«

Da sie dem alten Herrn nun seine Ruhe lassen wollten, verließen Heise und Hinrichs das Zimmer. Auf dem Weg zurück zum Parkplatz meinte Heise lächelnd: »Ein Hund namens Harpo, das erinnert einen doch an Harpo Marx!«

»Wer soll das sein?«

»Harpo, Chico und Groucho, die Marx Brothers kennst du bestimmt!«

Hinrichs überlegte kurz. »Ja doch, waren das nicht die Typen mit diesem irre schrägen Humor? Lange her, nicht wahr?«

»Genau, Harpo war der Stumme mit der blonden Lockenperücke. Er spielte ausgezeichnet Harfe, daher der Name.«

»Ich glaube, ich erinnere mich. War er wirklich stumm?«

»Nein, nur im Film, das war sein Markenzeichen. Er vermochte sich auch ganz ohne Worte verständlich zu machen. Ich denke da an eine berühmte Filmszene, in der Harpo dem Türsteher eines Klubs gegenübersteht, der das Geheimwort wissen will, ohne das niemand Zutritt erhält. Das Wort lautet ›Schwertfisch‹. Wie reagierte Harpo, was meinst du?«

»Hm«, überlegte Hinrichs. »Er versuchte, mit Zeichensprache einen Schwertfisch darzustellen?«

»Nein, viel besser: Er zieht einfach einen riesigen Fisch aus seinem weiten Mantel, dann ein Schwert und steckt dieses in den Fisch, so dass der Türsteher völlig verblüfft dasteht und Harpo hineinlassen muss.

»Wahnsinn! Aber warum nennt jemand seinen Hund ›Harpo‹?«

»Möglicherweise ein großer Fan der Marx Brothers.«

»Oder ganz einfach Zufall?«

»Oder ein Liebhaber von Harfenmusik.«

»Vielleicht konnte der Hund besonders gut Harfe spielen!«

»Weißt du Klaas, deine Witze waren auch schon mal besser.«

»Mag sein, aber du hast dich bei den Marx Brothers ganz schön in Begeisterung geredet.«

»Ja, ich bin seit der Jugendzeit ein großer Fan, besitze alle ihre Filme auf DVD, im englischsprachigen Original natürlich!«

»Dabei scheint das auf den ersten Blick gar nicht zusammenzupassen, der nüchterne, zurückhaltende Holmes und die Brüder mit ihrem schrägen, chaotischen Humor!«, staunte Hinrichs.

»Genau deswegen passt es ja! Die sich anziehenden Gegensätze!«

»Dann auf nach Goch!«, entschied Hinrichs. »Ich bin gespannt, wo sich Fleischer Jochimsen zur Zeit des Unfalls aufgehalten hat. Auf jeden Fall muss Cuypers seinen Wagen genau untersuchen. Spuren eines möglichen Unfalls dürften sich ja keineswegs so schnell beseitigen lassen.«

»Stimmt, aber er könnte ja auch irgendeinen anderen Wagen für die Tat benutzt haben.«

Jochimsen besaß zwar ein Motiv, aber leider auch ein Alibi für die Zeit des Unfalls, wie Hinrichs und Heise bald missmutig feststellen mussten. Der Mann hatte den ganzen Vormittag in der Fleischerei Schulz in Goch zugebracht, was die übrigen Mitarbeiter bestätigten. Sein Auto stand auf dem Hof der Firma und wies keine Spuren eines eventuellen Unfalls auf, wie sich Heise und Hinrichs vergewissern konnten. Es war ein roter Skoda Kombi.

»Sollen wir die Spurensicherung überhaupt anrollen lassen?«, fragte Hinrichs enttäuscht.

»Ich denke schon, dann wissen wir es genau.«

»Und können mit unseren Ermittlungen ganz von vorn beginnen.«

»Vielleicht handelte es sich tatsächlich nur um einen ganz gewöhnlichen Unfall, bei dem das Opfer nur rein zufällig ein Privatdetektiv war.«

Der von allen erwartete Anruf aus Krefeld kam um die Mittagszeit. Heike Buschkamp stellte sofort durch. Professor Linnebach, der Leiter des gerichtsmedizinischen Instituts höchstpersönlich informierte Fritz Alt.

»Den ausführlichen Bericht erhalten Sie selbstverständlich so bald wie möglich, aber über die Kernaussage unserer Untersuchungen wollte ich Sie nicht länger im Unklaren lassen«, begann der Professor umständlich.

Alt vermochte seine Ungeduld kaum zu verbergen.

»Ich höre«, antwortete er.

»Nun ja, es sind zwei Dinge festgestellt worden, die zusammen betrachtet eine natürliche Todesursache mit an Sicherheit grenzender Wahrscheinlichkeit ausschließen.«

»Ja?«, seufzte Alt. Der Mann war offensichtlich kein bisschen aus der Ruhe zu bringen.

»Erstens konnten wir schwache Spuren von Chloroform bei der Toten nachweisen und zweitens befanden sich in ihrem Mund-Rachenbereich zwei Stoffpartikel, winzige Fädchen.«

»Stoffpartikel?«, wiederholte Alt.

»Ja, und zwar genau von der Art, wie sie beispielsweise in Kissen oder Decken Verwendung finden.«

»Ich glaube, jetzt verstehe ich, worauf Sie hinauswollen. Man hat die Frau leicht betäubt und ihr dann sofort ein Kissen auf Mund und Nase gepresst, sodass sie keine Luft mehr bekam und erstickte. Dabei sind dann diese Stoffpartikel in ihren Mundbereich geraten.«

»Da muss sich jemand verdammt gut auskennen«, erklärte der Professor. »Die Chloroformdosis war so bemessen, dass sie gerade eben für eine sehr kurze Betäubung ausreichte. Wir hätten die Restmenge beinahe nicht mehr sicher nachweisen können, so gering war die Menge.«

»Entschuldigen Sie die laienhafte Frage: Bei der festgestellten Restmenge Chloroform kann es sich nicht um letzte Spuren der Betäubung von vor einer Woche handeln?«

»Ausgeschlossen!«

»Da hat sich also jemand große Mühe gegeben, ihren Tod als Herzversagen zu inszenieren, auch der Notarzt war ja dieser Meinung.«

»Ihm ist da kein Vorwurf zu machen, er hatte nicht unsere Diagnostikausrüstung zur Verfügung. Auf den ersten Blick hat es bestimmt wie ein Herzanfall ausgesehen. Wie gesagt, der detaillierte Bericht wird Ihnen so bald wie möglich zugehen.«

Fritz Alt bedankte sich bei Professor Linnebach für die Information und saß eine Weile gedankenverloren da.

Dann trommelte er seine Leute zur Teamsitzung für 13 Uhr zusammen. Wieso waren Heise und Hinrichs immer noch nicht von der Befragung des Unfallopfers aus dem Krankenhaus zurück?

Dann eilte Alt zum Kriminaldirektor und unterrichtete ihn in Kurzform über die Ergebnisse aus Krefeld. Fricke schien nicht allzu überrascht. »Sie erinnern sich an unser Gespräch heute früh. Für 15 Uhr setze ich eine Pressekonferenz an. Dabei werden Sie auch erklären müssen, warum für die Frau kein Personenschutz gestellt wurde. Ansonsten gehe ich wahrscheinlich recht in der Annahme, dass wir zum jetzigen Zeitpunkt weder Tatverdächtige noch ein Motiv präsentieren können.«

»So ist es. Wir haben ja noch nicht einmal unsere Ermittlungen aufgenommen!«

»Ist eine Tatbeteiligung der Entführer vom letzten Montag ausgeschlossen?«, wollte Fricke wissen.

»So gut wie. Unser Hauptverdächtiger scheint in Düsseldorf untergetaucht zu sein. Außerdem hätte, wer auch immer die Frau umbringen wollte, dies am vergangenen Montag direkt tun können.«

»Dann wollen wir hoffen, dass die Presse uns nicht zu sehr zusetzt«, erklärte Fricke und beendete damit das Gespräch.

Als die Kommissare Heise und Hinrichs das Präsidium erreichten, wurden sie sofort in das Büro des Alten Fritz zur Teamsitzung geschickt. Es war unschwer zu erahnen, was dies zu bedeuten hatte.

»Also war es Mord!«, lautete kurz und bündig die Aussage von Siegfried Heise.

Fritz Alt bejahte und versorgte die Kollegen mit den nötigsten Informationen. Dann musste das weitere Vorgehen koordiniert werden.

»Klaas«, begann Alt. »Du wirst gleich mit Herrn Marquardt sowohl Enrico Färber nochmals gezielt nach Rachid El Habib befragen als auch dessen Alibigeber unter Druck zu setzen versuchen. Wir müssen in dieser Angelegenheit endlich zum Ziel kommen!«

»Du hältst die Täter vom vorigen Montag demnach nicht auch für diejenigen von gestern«, stellte Hinrichs fest.

»Ich halte es für äußerst unwahrscheinlich. Den Mord hätten sie dann doch gleich am letzten Montag verüben können.«

»Das sehe ich genauso«, stimmte Heise zu. »Meiner Meinung nach hat der oder haben die Täter von gestern Abend bewusst versucht, an die Aktion von vor einer Woche anzuknüpfen, vielleicht sogar den Verdacht auf die Täter der Vorwoche zu lenken.«

»Dann müssen die aber über genaue Kenntnisse darüber verfügen, wie die Aktion letzte Woche abgelaufen ist«, wandte Marquardt ein.

»Das hat sich inzwischen herumgesprochen, es dürfte kein Problem darstellen«, erwiderte Heise.

»Holmes hält hier die Stellung«, fuhr nun Alt fort. »Heike versucht herauszufinden, wo man die Jugendlichen am besten erreicht und ich habe noch ein unangenehmes Telefongespräch vor mir, bevor die PK startet.«

»Was ist mit dem Ehemann?«, fragte Heise. »Der verhielt sich gestern Nacht recht merkwürdig , wenn ich das richtig verstanden habe.«

»Herrn Dautzenberg werden wir beide im Anschluss an die Pressekonferenz besuchen«, erklärte Alt.

»Guten Tag, Herr Kommissar«, meldete sich Lothar Flecken. »Gibt es etwas Neues?« Die Frage klang beinahe ängstlich, als ob er die Antwort bereits ahnte.

»In der Tat! Die Autopsie hat ergeben, Frau Hichler ist keines natürlichen Todes gestorben. Das wollte ich Ihnen und dem Kollegium direkt mitteilen, bevor Sie es aus der Presse erfahren.«

Flecken antwortete zunächst nicht. »Ich hatte es befürchtet«, brachte er schließlich hervor. »Wir sitzen hier mit ein paar Kollegen und Kolleginnen zusammen und beratschlagen, was zu tun ist. Wie ist sie denn...?«

»Darüber möchte ich im Augenblick noch nicht sprechen«, erklärte Alt. »Ich würde mich gerne morgen Vormittag mit Ihnen und einigen Lehrkräften unterhalten.«

»Ja sicher. Da würde sich der Lehrerrat anbieten, die fünf aus der Lehrerschaft gewählten Personen, die sozusagen das Bindeglied zur Schulleitung darstellen.«

»Würde neun Uhr passen?«

»Ich glaube, an regulären Unterricht dürfte auch morgen nicht zu denken sein. Erst recht nicht, nachdem sich herumgesprochen hat, dass ein Mord vorliegt. Ja, um neun Uhr also!«

Um Punkt 15 Uhr betraten Fricke und Alt den Konferenzraum. Alt wunderte sich, wie zahlreich die Pressevertreter erschienen waren. Die gesamte Lokalpresse natürlich, Niederrhein Kurier, Kleve Heute, Grenzlandbote. Das war zu erwarten gewesen, aber auch die Zeitung mit den vier großen Buchstaben war vertreten, ebenso der WDR und das Privatradio Antenne Niederrhein.

Nun ja, dachte Alt bei sich, eine ermordete Schulleiterin, das stellt sicherlich keine Alltäglichkeit dar, auch wenn der Tatbestand offiziell noch gar nicht bekanntgemacht wurde, aus der Ansetzung dieser Veranstaltung aber zu erschließen war.

Mit einem eher unbehaglichen Gefühl nahm Alt neben dem Kriminaldirektor Platz. Pressekonferenzen zählten grundsätzlich nicht zu seinen Lieblingsveranstaltungen und diese hier dürfte ganz bestimmt keine Ausnahme werden.

Benjamin Fricke begrüßte die Anwesenden und stellte sich selbst sowie Fritz Alt vor. Dann kam er zur Sache: »Bei unserem letzten Mordfall, vor einem halben Jahr auf dem Emmericher Eyland, teilte ich Ihnen an dieser Stelle mit, dass wir hier glücklicherweise am zumeist friedlichen Niederrhein leben und nicht in Chicago. Zu dieser Aussage stehe ich nach wie vor, obwohl wir uns nun leider wieder mit einem Tötungsdelikt konfrontiert sehen. Ich darf Ihnen mitteilen, die Aufklärungsquote bei Mord und Totschlag betrug hier in Kleve in den vergangenen zehn Jahren...«, hier machte er eine geschickte Kunstpause, »...100%. Mit dieser Zahl möchte ich meine Kollegen keineswegs unter Druck setzen, sie veranschaulicht vielmehr das absolute Vertrauen, welches ich in die Arbeit des K1 setze.«

Fricke blickte kurz in den Raum, bevor er fortfuhr: »Zum vorliegenden Fall gebe ich nun weiter an den Ersten Kriminalhauptkommissar Fritz Alt, der die Ermittlungen leitet.«

Auch Alt begrüßte die Anwesenden und setzte dann zu seinem knappen Statement an: »Nach der in der Gerichtsmedizin in Krefeld durchgeführten Autopsie steht nun fest, dass die Schulleiterin der Martin-Luther-King-Realschule am gestrigen späten Nachmittag oder frühen Abend einem Verbrechen zum Opfer fiel. Auf die näheren Einzelheiten der Tat möchte ich aus ermittlungstaktischen Gründen nicht eingehen. Wir befinden uns naturgemäß erst ganz am Anfang unserer Arbeit, ein Motiv oder gar Tatverdächtige lassen sich zum derzeitigen Stand daher noch nicht nennen.«

Sofort meldeten sich mehrere Journalisten zu Wort, um der Reihe nach ihre Fragen stellen zu können.

»Könnten dieselben Täter am Werk gewesen sein, die die Frau in der Vorwoche überfallen haben?«

»Das können wir zwar nicht gänzlich ausschließen, halten es jedoch für sehr unwahrscheinlich.«

»Heißt das, die Täter sind noch nicht ermittelt?«

»Wir haben einen Hauptverdächtigen, der sich bisher allerdings seiner Verhaftung entzogen hat.«

»Handelt es sich bei dieser Person um einen jetzigen oder früheren Schüler der MLK?«

»Ja.«

Dann kam die Frage, die Alt zwar befürchtet, aber doch gehofft hatte, nicht hören zu müssen.

»Warum stand die Schulleiterin nach dem Überfall der letzten Woche nicht unter Polizeischutz?«

»Es lagen absolut keine Anhaltspunkte vor für eine Gefahrensituation, die einen Personenschutz erforderlich gemacht hätten.«

»Warum existiert in dem Verwaltungsbereich der Schule keine Video-Überwachung?«

»Das müssen Sie die Verantwortlichen bei der Stadt fragen, wir als Polizei können da nichts bestimmen, höchstens Empfehlungen aussprechen.«

Dann übernahm wieder Krimialdirektor Fricke: »Wenn keine weiteren Fragen mehr vorliegen, möchte ich mich bei Ihnen herzlich bedanken. Wir werden Sie natürlich zu gegebener Zeit mit neuen Informationen versorgen.«

Bald nach der Pressekonferenz machten sich Alt und Heise auf den Weg nach Uedem. Bei der Fahrt durch die Gocher Heide störten den Hauptkommissar die Windkraftanlagen mehr denn je. Heise hingegen nahm sie überhaupt nicht wahr, zu sehr war er mit seinen Gedanken beim Fall Hichler

Den Hörmannshof mit seinen Besonderheiten hatte Heise zwar noch nicht mit eigenen Augen gesehen, war aber durch die Schilderung seiner Kollegen informiert. Dennoch konnte er sich ein gewisses Schmunzeln nicht

verkneifen, als er beim Eingangsportal die riesigen Kuhskulpturen erblickte. Alt hingegen drängte sich der Eindruck auf, die Freundlichkeit im Gesicht der Kuhköpfe
sei einer deutlichen Verärgerung gewichen.

Man nahm wieder auf dem bequemen Sofa im Wohnzimmer Platz.

»Ich darf Ihnen zunächst mein Beileid aussprechen«,
begann Fritz Alt und kam danach, wie es seine Art war,
ohne Umschweife zur Sache. Er blickte den Autor direkt
an und sprach dann mit leiser Stimme: »Herr Dautzenberg, die Untersuchungen in Krefeld haben ergeben,
dass Ihre Frau keines natürlichen Todes gestorben ist!«

»Also Mord! Damit hatte ich gerechnet«, erklärte der
Autor. »Wie ist es passiert?«

»Sie wurde kurz betäubt, dann mit einem Kissen er-
stickt«, sagte Heise in fast flüsterndem Ton.

Dautzenberg reagierte zunächst nicht, er schien sich
zuerst sammeln zu müssen. Dann jedoch brach es aus
ihm heraus: »Und Sie tragen eine Mitschuld an ihrem
Tod. Sie hätten sie besser schützen müssen!«

»Es bestand nicht der geringste Anhaltspunkt für eine
aktuell drohende Gefahr!«, entgegnete Alt nach kurzer
Verwunderung über den Angriff des Autors. Dieser beruhigte sich jedoch nicht. »Und was ist mit dem Drohbrief in ihrer Jackentasche? Außerdem berichtete sie Ihnen, sie fühlte sich verfolgt! Sie haben nichts...«,
schnaubte er.

»Moment bitte!«, unterbrach Alt. »Wir können Ihren
Schmerz nachempfinden, aber wir sollten dennoch ruhig
und vernünftig miteinander reden!«

»Unsere Schriftexperten haben den Drohzettel einem
etwa 17 bis 25 Jahre alten Mann zugeordnet. Dies unter-

stützt die sogenannte ›Schülerstreich‹ - Theorie. Außerdem wurde weder von Ihrer Seite noch von Ihrer Gattin selbst eine Gefahrensituation angesprochen und auch kein Personenschutz angeregt!«, erklärte Heise ruhig.

»Das fällt ja wohl in Ihre verdammte Zuständigkeit!«

»Und über das Verfolgtwerden hat sie wenig Konkretes berichtet, sie schien sich darüber nicht einmal selbst völlig sicher zu sein«, sagte Heise, ohne auf Dautzenbergs neuerliche Beschimpfung überhaupt einzugehen.

»Lassen Sie uns bitte zur Aufklärungsarbeit zurückkehren«, schlug Alt vor. »Wir hätten da ein paar Fragen an Sie.«

»Ich höre«, antwortete der Autor, dem man anmerkte, wie sehr er sich zusammennehmen musste.

»War Ihre Gattin in den vergangenen Tagen anders, ängstlich, hat sie irgendetwas gesagt, dass Sie für erwähnenswert halten?«, fragte Alt.

»Nein, nichts!«

»Haben Sie noch über den Überfall in der vorigen Woche gesprochen?«

»Nein, mit keinem Wort. Ich hatte den Eindruck, Beate wollte den Vorfall ein für alle Mal aus ihrem Gedächtnis löschen.«

»Es war also alles wie immer?«

»Ja.«

Wann haben Sie sie zuletzt gesehen?«

»Gestern morgen, bevor sie zur Schule fuhr.«

»Haben Sie danach noch einmal mit ihr telefoniert?«

»Nein.«

»Sie weilten dann am Abend bei der Geburtstagsfeier in Düsseldorf, Herr Dautzenberg«, stellte Alt fest. »Wann sind Sie losgefahren?«

Der Autor warf dem Kommissar einen bösen Blick zu, zögerte kurz, und antwortete dann: »Gegen 17 Uhr«

»Nach der Feier übernachteten Sie im Hotel Nikko. War das vorher bereits geplant?«

»Ja natürlich, aber ich weiß beim besten Willen nicht...«

Dautzenbergs Laune verschlechterte sich zusehends wieder. Fritz Alt unterbrach ihn: »Alles reine Routine. Und ich denke, das war's auch schon, Herr Dautzenberg. Wir werden uns melden, falls wir noch etwas wissen möchten oder neue Erkenntnisse vorliegen.«

»Der war aber mächtig angefressen!«, stellte Heise auf dem Weg zum Auto fest.

»Ja«, stimmte Alt zu, der diesmal den Kuhskulpturen keine weitere Beachtung schenkte. »Eher verärgert als traurig. Auf jeden Fall müssen seine Angaben überprüft werden!«

Am späten Nachmittag, die Dämmerung schien aufgrund des trüben Wetters mit wolkenverhangenem Himmel schon sehr früh einsetzen zu wollen, traf man sich wieder im Büro des Alten Fritz. Siegfried Heise berichtete zunächst über den Besuch auf dem Hörmannshof und die unvorhergesehen aggressive Stimmung des Herrn Dautzenberg.

»Ich kann den Mann verstehen«, erklärte Hinrichs und überraschte damit seine Kollegen. »Seine äußerst angespannte Gemütslage nach dem Tod seiner Frau verlangte nach einem Ventil. Die Wut auf uns, weil wir keinen Personenschutz gestellt haben, passte da hervorragend, um wenigstens einen Teil seiner Gefühle herauszulassen.«

»Sprach der Psychologe«, kommentierte Alt. »Das klingt durchaus nachvollziehbar, Klaas!«

Anschließend erzählte Marquardt von seiner Tour zur Europa-Schule nach Emmerich.

»Man überreichte mir das Deutsch-Klassenarbeitsheft. Ich habe etwas darin geblättert und muss sagen, ich beneide unsere Schriftexperten nicht. Der Bursche hat eine absolute Sauklaue, seine Handschrift war für mich kaum zu entziffern. Jedenfalls habe ich das Heft bereits weitergereicht zur graphologischen Untersuchung.«

»Und was sagt man über Rachid?«, wollte Alt wissen.

»Ich glaube, ihr könnt es euch denken. Man ist froh über jeden Tag, an dem er fehlt. Er verhält sich genauso, wie er es auch an der MLK-Schule getan hat!«

»Ich vermute, er ist nicht wieder aufgetaucht seit vergangenem Montag«, stellte Heise fest.

»So ist es.«

»Und die anderen Jungen?«

»Aufgrund Heikes großartiger Vorarbeit konnten wir Enrico Färber am Bahnhof Goch in Empfang nehmen. Die Heimfahrt von der Schule verbrachte er diesmal nicht in der Regionalbahn, sondern bei uns im Wagen. Er behauptete steif und fest, Rachid Ben Habib am Montag vor einer Woche an der zu den Fahrradständern weisenden Ecke des Schulhofes gesehen zu haben. Und jetzt kommt es: Er glaubt auch, Kamal Boussoufi dort bemerkt zu haben, ist sich da jedoch nicht 100%ig sicher. Dass Kamal sich dort aufhalte, sei schließlich nichts Besonderes, er sei ja im Gegensatz zu Rachid noch auf der MLK. Den anderen Alibi-Zeugen für Rachid, Fauzi Bajrami, habe er allerdings nicht gesehen«, beendete Marquardt seinen Bericht.

»Und was sagen die beiden, Bajrami und...«, fragte Heise.

»...Boussoufi, leider nichts!«, erklärte Hinrichs und erntete enttäuschte Blicke. »Wir konnten sie nicht befragen. An der MLK-Schule fand ja heute kein Unterricht statt, zu Hause öffnete niemand, eine Handynummer besitzen wir nicht!«

»Die beiden werden wir uns morgen vorknöpfen«, erklärte Alt. »Wir, das heißt Holmes und ich. Wir werden uns in der Schule umhören, nicht nur über die Direktorin. Da sollen uns die Lehrer endlich einmal alles erzählen. Ich kann mich des Eindrucks nicht erwehren, sie verbergen estwas vor uns. Außerdem muss der gestrige Nachmittag genauestens rekonstruiert werden. Wer war wie lange in der Schule? Wer hat nach – sagen wir 15 Uhr – noch mit Frau Hichler gesprochen, sie gesehen? Wann war die Putzkolonne gestern im Verwaltungsbereich? Verhielt sich Frau Hichler gestern anders als sonst? Ist irgendetwas Besonderes geschehen? Wie lange war der Konrektor anwesend? Haben die Schüler und Schülerinnen, die sich oft bis weit in den Nachmittag hinein auf dem Schulhof aufhalten, etwas Auffälliges wahrgenommen, vielleicht eine Person, die dort nicht hingehörte? Auf sämtliche dieser Fragen brauchen wir Antworten, und zwar so schnell wie möglich!«

Nach kurzer Pause fuhr Alt fort: »Des Weiteren benötigen wir mehr Informationen über die Direktorin. Bereits seit einer Woche ist es uns nicht gelungen, viel über sie in Erfahrung zu bringen. Die Erlaubnis zur Einsichtnahme in ihre Personalakte stellt ja jetzt kein Problem mehr dar.«

Dabei sah er Hinrichs mit einem sonderbaren Blick an.

»Klaas wird das morgen früh übernehmen, bei der Bezirksregierung in Düsseldorf!«

Dann wandte er sich an den Kommissarsanwärter.

»Herr Marquardt, Sie fahren gemeinsam mit dem Kollegen Hinrichs in die Landeshauptstadt. Dort kennen Sie sich ja aus. Sie überprüfen das Alibi des Autors. Wann genau kam er bei dieser Feier an? Wie lange blieb er? Verhielt er sich irgendwie merkwürdig? Ich halte es jedenfalls für einen großen Zufall, dass er sich bei den beiden Angriffen auf seine Frau jeweils in Düsseldorf aufhielt, Verlagsmeeting und Geburtstagsfeier.«

»Sie glauben doch nicht...« Diese Wendung brachte Alt regelmäßig auf die Palme. Deshalb unterbrach er den jungen Kollegen etwas unwirsch und erklärte: »Glauben spielt bei unserer Arbeit keine Rolle, Herr Marquardt. Entscheidend sind Fakten, Fakten, Fakten!«

»Was haben Cuypers und seine Leute eigentlich gestern herausgefunden?«, fragte Heise.

»Leider nicht sehr viel«, erwiderte Alt mürrisch. »Etliche Fingerabdrücke natürlich, aber die müssen noch abgeglichen werden. Das wird eine Zeitlang dauern.«

»Auch an dem Fenster?«, fragte Hinrichs nach.

»Nein, gar keine.«

»Auch nicht von Frau Hichler?«, wunderte sich Heise.

»Dann steht die Sache ja fest. Der Mörder öffnete das Fenster und wischte den Griff dann sorgfältig ab, um seine Abdrücke verschwinden zu lassen!«

»Und warum, Holmes?«, wollte Hinrichs wissen.

»Er riss nach der Tat das Fenster ganz weit auf, damit die kühle Luft den Chloroformgeruch tilgen sollte. Wenn ich mich recht erinnere, habt ihr gestern Abend diesen Geruch im Raum auch gar nicht mehr wahrgenommen.

»Das stimmt!«, stellte Alt fest.

»Wenn man bei der gerichtsmedizinischen Untersuchung nicht diese winzigen Chloroform-Rückstände entdeckt hätte, wäre sein Plan womöglich aufgegangen!«

Als Siegfried Heise später in seiner Junggesellenwohnung in Xanten notdürftig etwas Ordnung geschaffen hatte, Hausarbeit war nie sein Ding gewesen, ließ er sich in seinem Arbeitssessel, wie er ihn nannte, nieder und versuchte, ganz nüchtern und analytisch an den Fall heranzugehen. Wenn jemand umgebracht wird und man geht nicht von einer zufälligen, willkürlichen Auswahl des Opfers aus, muss man in dessen Person nach Anhaltspunkten für das Motiv suchen. Welches der klassischen Mordmotive könnte eine entscheidende Rolle gespielt haben? Habgier, Eifersucht, Rache, Liebe, Hass, Angst, neuerdings religiöser Fanatismus?

»Ja«, seufzte Heise schließlich. »Der Alte Fritz hat schon recht, wir müssen viel mehr über Beate Hichler herausfinden!«

ELF

Bei weiterhin regnerischem und kühlem Wetter entwickelte sich die Fahrt nach Düsseldorf für Hinrichs und Marquardt zu einer Geduldsprobe. Nur die ersten Kilometer auf der A57 kamen sie zügig voran, danach wurde es immer zäher, bis schließlich ab dem Kreuz Moers nur noch Stop-and-go möglich war. Dass die meisten Insassen der Fahrzeuge um sie herum die Fahrt vom nördlichen Niederrhein in den Ballungsraum Düsseldorf fünf mal pro Woche zu durchleiden hatten, erfüllte Hinrichs fast mit einem gewissen Mitleid. Ihm reichte diese eine Tour voll und ganz. Mit einer Portion Unverständnis registrierte er, dass in nahezu allen Fahrzeugen nur jeweils eine einzige Person saß. Die Bildung von Fahrgemeinschaften könnte doch die Anzahl der PKWs auf der Strecke gewaltig reduzieren.

Kollege Marquardt sah die Angelegenheit wesentlich entspannter. Als gebürtigem Düsseldorfer war ihm die Verkehrssituation rund um die nordrhein-westfälische

Landeshauptstadt natürlich seit Jahren bestens vertraut.

»Ganz einfach«, bemerkte er daher trocken. »Dann muss man eben so früh aufbrechen, dass man vor dem Stau durchkommt!«

Hinrichs runzelte die Stirn. »Also um 6 Uhr losfahren, auch wenn die Arbeitszeit erst um 9 beginnt? Da bin ich froh, morgens normalerweise nur die paar Kilometer von Kranenburg zum Präsidium in Kleve zurücklegen zu müssen.«

»Na klar«, stimmte Marquardt zu.

»Sag mal, Jens«, wandte sich Hinrichs bald darauf an den Kommissarsanwärter. »Ist das eigentlich dein allererster Mordfall?«

»Der erste, an dessen Aufklärung ich direkt beteiligt bin, ja!«

»Und wie fühlst du dich?«

»Schwer zu sagen! Es ging alles so schnell. Ich bin noch gar nicht dazu gekommen, genauer darüber nachzudenken. Aber eine Sache geht mir trotzdem durch den Kopf.«

»Und die wäre?«

»Bei einem Seminar hielt kürzlich ein bekannter Kriminologe einen Vortrag über Mordmotive.«

»Ich verstehe: Habgier, Liebe, Hass, Rache, Eifersucht, Angst«, zählte Hinrichs auf.

»Aber das bei weitem häufigste Motiv für einen Mord fehlt in deiner Liste!«

»Wie?«, wunderte sich Hinrichs. »Was soll das sein?«

»Kränkung und Verletzung von Selbstwertgefühl«, erklärte Marquardt.

»Tatsächlich?« Hinrichs schüttelte ungläubig den Kopf.

»Ja. Natürlich oft in einer Mischung mit den von dir eben genannten Gründen. Dabei ist selbstverständlich die Betrachtung des Gesamtzusammenhangs unerlässlich.«

Nach mehr als zweistündiger Fahrt näherten sie sich schließlich ihrem Ziel. Über die Theodor-Heuss-Brücke wälzten sie sich mit der Blechlawine in den nördlichen Innenstadtbereich. An der ersten in Frage kommenden Haltestelle stieg Marquardt schnell aus. Es war abgesprochen, dass er sich als Ortskundiger mit der U-Bahn und zu Fuß zum Peltz-Verlag durchschlagen sollte, während Hinrichs weiterfuhr zur Bezirksregierung. Alles Weitere für die Rückfahrt würde man später telefonisch klären.

Bald darauf kam Hinrichs an. In dem langgestreckten, dennoch etwas klobig wirkenden sechsstöckigen Gebäude am Bonneshof im Stadtteil Golzheim waren seit einigen Jahren alle Dezernate untergebracht, die sich mit Schule befassten.

Mit etwas Glück ergatterte er einen der letzten freien Parkplätze und ging hinein. Am Mittwochvormittag bestand zwar generell keine Sprechzeit für die Öffentlichkeit, aber unter den gegebenen Umständen hatte Heike Buschkamp natürlich einen Gesprächstermin mit der zuständigen Dezernentin vereinbart. Das Innere des Gebäudes weckte in Hinrichs spontan Assoziationen an ein Krankenhaus. Die schier endlosen Gänge mit den weißen Wänden und zahlreichen Türen wirkten irgendwie abstoßend. Endlich erreichte er das für Realschulen zuständige Dezernat 42. Er betrat das Vorzimmer der Regierungsschuldirektorin Schneppenhorst, unter deren Aufsicht alle Realschule am linken Niederrhein standen.

Die Sekretärin hatte ihn bereits erwartet und führte ihn in das erstaunlich kleine, spärlich möblierte Dienstzimmer. Frau Schneppenhorst begrüßte ihn und er nahm auf einem der beiden Besucherstühle vor dem Schreibtisch Platz.

Die Schulaufsichtsbeamtin wies ein rundes, mausartiges Gesicht auf. Die dieses umrahmenden glatten und nicht allzu langen grauen Haare trugen ebenso wie die beim Sprechen sichtbaren kleinen Schneidezähnchen zu Hinrichs' Eindruck bei, die Frau erinnere ihn an eine Maus. Sogar ihre Kleidung, ein altmodisches graues Kostüm, passte genau in das Bild. Ihre Sprache wirkte irgendwie hektisch, abgehackt und relativ leise, was es Hinrichs schwer machte ihr zu folgen.

Frau Schneppenhorst zeigte sich tief betroffen vom gewaltsamen Tod der überaus tüchtigen und fähigen Schulleiterin, wie sie sich ausdrückte. Hinrichs fiel es daher etwas schwer, auf die an der MLK-Schule herrschenden Probleme zu sprechen zu kommen.

»Uns ist zu Ohren gekommen«, begann er zögerlich, »dass es zwischen dem Kollegium und Frau Hichler, nun ja, gewisse Probleme gegeben hat.«

Frau Schneppenhorst blickte ihn leicht irritiert an, bevor sie antwortete:»Ich weiß nicht, auf welche Probleme Sie anspielen. Dass sich ein Kollegium an eine neue Schulleiterin erst gewöhnen muss, dürfte keineswegs verwunderlich sein, zumal in diesem Falle der Unterschied zur Arbeitsweise des vorigen Schulleiters als erheblich bezeichnet werden kann.«

Hinrichs wollte nachfragen, was dies im Klartext zu bedeuten habe und ob nicht auch eine Schulleiterin sich an ein Kollegium gewöhnen müsse, überlegte es sich dann jedoch anders.

»Können Sie mir etwas mehr über Frau Hichler sagen, was für ein Mensch war sie?«, fragte er stattdessen.

»Ich habe sie auch nur flüchtig gekannt«, entgegnete sie. »Von Schulleiterkonferenzen, Besuchen in der Schule und kurzen Gesprächen. Dabei machte sie auf mich einen äußerst gewissenhaften, zuverlässigen und kompetenten Eindruck.«

»Verzeihen Sie die Frage, aber ich muss sie stellen: Haben Sie irgendeinen Verdacht, eine Idee, wer für Frau Hichlers Tod verantwortlich sein könnte?«

»Nein, natürlich nicht!«

»Wann haben Sie Frau Hichler zuletzt gesehen?«

»Das war..., genau, das war vor drei Wochen bei der Schulleiterkonferenz in Geldern.«

»Ist Ihnen dabei etwas aufgefallen, war sie anders als sonst?«

»Das nicht, aber...«

»Ja?«

»Ich weiß gar nicht, ob das überhaupt erwähnenswert ist, jedenfalls erschien Frau Hichler fünf Minuten verspätet zu der Konferenz. Das ist bei ihr eigentlich undenkbar.«

»Nannte sie einen Grund für die Verspätung?«

»Nein, aber es hat sie auch niemand danach gefragt.«

»Gibt es darüberhinaus noch irgendetwas über Frau Hichler, das ich wissen müsste?«, fragte Hinrichs und blickte die Frau ganz direkt an.

»Nein.«

»Gut, das war es dann auch schon«, stellte Hinrichs fest, fuhr nach einem Blick in sein Notizbuch jedoch fort: »Eine Frage habe ich allerdings noch: Wie geht es an der

MLK-Schule jetzt weiter?«

»Die Leitung wird kommissarisch an den Konrektor übertragen, aber nur bis zum Schuljahresende. Danach wird die Stelle neu ausgeschrieben und jeder mit der erforderlichen Qualifikation darf sich darauf bewerben.«

»Verstehe! Dann würde ich jetzt gerne einen Blick in Frau Hichlers Personalakte werfen, die richterliche Genehmigung liegt ja vor.«

»Selbstverständlich«, entgegnete Frau Schneppenhorst und führte Hinrichs in einen Nebenraum, der noch kleiner war als ihr Büro.

»Diese Akten unterliegen der Präsenzhaltung, Sie dürfen sie nicht mitnehmen, wohl aber für Sie erforderliche Dinge herausschreiben oder ablichten. Sie kommen allein zurecht und melden sich einfach, wenn Sie fertig sind!«

Sie wies auf einen kleinen Tisch und verließ den Raum. Hinrichs machte sich an die Arbeit und schon nach wenigen Augenblicken entdeckte er eine unerwartete Neuigkeit.

Jens Marquardt erreichte nach einer kurzen Fahrt mit der U-Bahn den Peltz-Verlag in der Innenstadt. Da auch er von Heike angemeldet worden war, führte man ihn sofort in das Büro des Verlagschefs. Der große Raum im 6. Stockwerk war modern eingerichtet, dominiert von einem riesigen Schreibtisch mit zwei Monitoren. Hinter diesen erhob sich Kurt Bertlings, der Chef des Peltz-Verlags. Der Mann war groß, eher stabil als schlank gebaut, sein professionelle Freundlichkeit ausstrahlendes Gesicht wurde von dichten Brauen über seinen lebhaften braunen Augen dominiert. Das leicht gewellte dunkelblonde Haar war am Scheitel schon etwas schütter.

Man nahm in der geräumigen Sitzgruppe Platz. Von seinem höchst komfortablen Cocktailsessel aus fiel Marquardts Blick auf die große Bücherwand. Dabei handelte es sich keineswegs um ein herkömmliches, mit Büchern bestücktes Regal. An der Wand befestigt, scheinbar ohne Ordnungsprinzip, befanden sich zahlreiche Poster ganz verschiedener Größe. Diese zeigten die Titelseiten von Büchern, wohl den erfolgreichsten des Verlages, wie Marquardt vermutete. Eines der auffälligsten Poster wurde dominiert von einer fröhlich lächelnden bunten Kuh. Der Titel lautete ›Die Abenteuer des Doktor Muh‹, der Autor war Balthasar Baselitz.

»Schreckliche Geschichte, nicht wahr?«, meinte Bertlings, der offensichtlich dem Blick des angehenden Kommissars gefolgt war.

»Ja«, stimmte dieser zu. »Kannten Sie Frau Hichler?«

»So gut wie gar nicht. Ich sah sie höchstens zwei oder drei Mal bei Verlagsveranstaltungen, ohne direkt mir ihr zu reden. Meistens erscheint Balthasar allein.«

»So auch am Montag vor einer Woche, nicht wahr? Da hatte er seine Gattin nicht dabei!«

»Montag vor einer Woche?«, wiederholte Bertlings langsam und warf seinem Gegenüber einen fragenden Blick zu.

»Ja, bei dem Verlagsmeeting!«

»Ich weiß nicht, wovon Sie reden, junger Mann, aber an dem betreffenden Montag hat vonseiten unseres Verlages keine Veranstaltung stattgefunden!«

Als Alt und Heise den Lehrerparkplatz der Martin-Luther-King-Realschule erreichten, schien alles so zu sein wie immer. Fast alle Parkplätze waren belegt, auf dem Schulhof vertrieben sich einige Schülerinnen und Schüler an den Tischtennisplatten die Zeit bis zu ihrem Unterrichtsbeginn. Nur der dunkelblaue Golf auf dem Parkplatz fehlte.

Die beiden Beamten wurden vor dem Sekretariat vom stellvertretenden Schulleiter in Empfang genommen und zum Besprechungsraum geführt, wo der Lehrerrat bereits versammelt war. Außerdem befand sich dort auch die Sekretärin Frau Mommers. Von den Lehrkräften erkannte Heise sofort Frau Göhlich, diesmal wenig auffällig gekleidet in Jeans und Pulli. Flecken stellte die weiteren Kolleginnen und Kollegen vor. Vorsitzender des Gremiums war Herr Brock. Alt schätzte ihn auf Mitte fünfzig, er besaß ein freundliches, leicht ovales Gesicht mit hoher Stirn und sehr kurzen ergrauenden Haaren. Den leicht hinkenden Sportlehrer Herrn Albertz erkannte Alt ebenso wieder wie Frau Schmauck-Budau, die ältere Lehrerin mit den kurzen grauen Haaren. Außerdem wurde noch Frau Hollenke vorgestellt, eine große und schlanke Mittvierzigerin mit glattem blondem Haar, blauen Augen und einer großen Nase. An sie konnte sich Alt von dem Besuch im Lehrerzimmer vor einer Woche ebenso wenig erinnern wie an Frau Göhlich

Nach der Vorstellung des Lehrerrates richtete Flecken nochmals das Wort an die Kommissare: »Nur zu Ihrer Information, der Unterricht ist heute wieder aufgenommen worden, wenn auch in leicht abgespeckter Version. Es befinden sich mehrere Psychologen im Haus, um einzelnen Schülerinnen und Schülern, gegebenenfalls auch ganzen Klassen, Hilfestellung zu leisten, falls dies erforderlich ist.«

Dann erteilte er Fritz Alt das Wort.

»Ja, meine Damen und Herren«, begann dieser. »Wer hätte gedacht, dass wir uns so bald unter diesen Umständen wieder treffen? Bei der Aufklärung der Tat sind wir auf Ihre Hilfe angewiesen. Meine erste Frage an Sie lautet natürlich: Gibt es irgendeinen Anhaltspunkt für ein mögliches Motiv oder einen noch so vagen Verdacht, welche Personen als Täter in Frage kommen könnten?«

Niemand antwortete.

»War Frau Hichler in den Tagen nach dem Überfall letzte Woche, oder ganz besonders am Montag, anders als sonst?«

Zunächst wieder keine Antwort. Dann sagte Frau Göhlich: »Das können wir kaum beurteilen, wir bekamen sie ja fast gar nicht zu Gesicht!«

»Frau Hichler hielt sich höchst selten im Lehrerzimmer auf«, erklärte Flecken, der die überraschten Mienen der Kommissare registrierte.

»Der einzige, der sie regelmäßig zu Gesicht bekam, bin ich, und zwar zur morgendlichen Dienstbesprechung vor dem Unterricht«, fügte der Konrektor hinzu.

»Ist Ihnen dabei etwas aufgefallen?«, fragte Heise.

»Nein, sie war wie immer. Den Überfall vom Montag schien sie sozusagen gelöscht zu haben.«

Das haben wir gestern Nachmittag schon einmal gehört, dachte Alt bei sich.

»Gibt es denn niemanden, der die Schulleiterin am Montagnachmittag noch gesehen oder mit ihr gesprochen hat?«, fragte Heise, erhielt jedoch keine Antwort.

Schließlich gab Frau Mommers an, als sie ihren Arbeitsplatz im Sekretariat gegen 14 Uhr verließ, habe Frau Hichler wie immer am Schreibtisch in ihrem Zimmer gesessen.

»Wir benötigen auf jeden Fall eine Aufstellung darüber, welche Kolleginnen und Kollegen am Montag bis zu welcher Uhrzeit zum Nachmittagsunterricht in der Schule anwesend waren«, erklärte Heise an den Konrektor gewandt. Dieser nickte zustimmend.

»Nun ja«, meinte Fritz Alt, dem die Enttäuschung anzusehen war, dass sie anscheinend keinen Schritt weiterkamen. »Dann lassen Sie uns über Frau Hichler reden«, sagte er. »Was für eine Person war sie? Die eine oder andere Andeutung ist ja bereits bis zu uns durchgedrungen. Und ich darf Sie wirklich um Offenheit bitten!«

Zunächst antwortete niemand. Doch dann ergriff Frau Mommers das Wort: »Ich fange mal an, denn ich müsste auch bald wieder zurück auf meinen Platz im Sekretariat. Frau Hilbers vertritt mich dort zurzeit.«

»Bitte sehr!«

»Nun ja, es war der erste oder zweite Tag von Frau Hichler an unserer Schule. Ich werde es nie vergessen. Ich wurde von ihr regelrecht runtergemacht, gerügt wie ein Schüler, denn ich hatte ein DIN-A-4-Infoblatt am Schwarzen Brett im Treppenhaus ›falsch‹ angebracht. Die vier Reißzwecken, mit denen ich das Blatt am Brett befestigt hatte, wiesen nämlich nicht alle den exakt gleichen Abstand zur Blattecke auf. Zuerst glaubte ich an einen Scherz, aber sie meinte es tatsächlich völlig ernst, wie ich sehr bald feststellen musste. Ständig nörgelte sie an meiner Arbeit herum, man konnte es ihr einfach nie recht machen. Sie können mir glauben, das geht ganz schön an die Nerven!«

Nach kurzer Pause fuhr sie fort: »Eine positive Rückmeldung über meine Arbeit, von Lob ganz zu schweigen, totale Fehlanzeige! Stattdessen das permanente Gefühl, was hast du jetzt schon wieder falsch gemacht? Dazu strahlte sie eine Eiseskälte aus, wie ich sie zuvor noch bei keinem Menschen erlebt habe! Mir reicht es, deshalb habe ich für den Sommer einen Wechsel meines Arbeitsplatzes an eine andere Schule eingeleitet.«

»Werden Sie diese Entscheidung jetzt rückgängig machen?«, fragte Heise.

»Ich denke schon, sofern das überhaupt möglich ist. Aber ich bin noch gar nicht dazu gekommen, mir über diese Frage in aller Ruhe Klarheit zu verschaffen.«

Keiner sagte etwas.

»Wenn Sie mich dann nicht mehr brauchen...«

Fritz Alt bedankte sich bei Frau Mommers für deren offene Worte und entließ sie ins Sekretariat. Dann blickte er fragend in die Runde. Schließlich sprach er den Konrektor direkt an.

»Herr Flecken, Sie hatten doch aufgrund Ihrer Funktion sicher am meisten mit ihr zu tun, dürften sie am besten gekannt haben.«

Flecken seufzte. »Stimmt!«, meinte er dann. »Sie haben um Offenheit gebeten, die sollen Sie haben!«

Er blickte kurz über seine Kolleginnen und Kollegen.

»Frau Hichler fehlte jegliche soziale Kompetenz, Empathie«, begann er. »Sie behandelte uns nicht wie Menschen, sondern in derselben Weise, als ob wir Paragraphen, Erlasse oder Verordnungen wären. Sie war absolut unfähig, mit Menschen umzugehen oder gar zusammenzuarbeiten. Nur sie bestimmte. Daher stellte sie als Schulleiterin eine totale Fehlbesetzung dar!«

Die Kommissare blickten sich staunend an. Fritz Alt kam unwillkürlich der Sketch eines bekannten Kabarettisten in den Sinn, bei dem ein Beerdigungskaffee persifliert wird. Einer der Trauergäste stellte fest:»Man soll ja über die Verstorbenen nix Schlechtes sagen, aber'n Arsch war der Willi trotzdem!«

»Das ist aber starker Tobak!«, sagte Heise sichtlich überrascht.

»Es hört sich tatsächlich hart an«, bestätigte Eva Göhlich. »Aber es stimmt, Wort für Wort!«

»Können Sie uns diese Art an einem Beispiel etwas näher veranschaulichen?«, bat Alt.

»Sie besaß zum Beispiel die Fähigkeit, wenn man es als solche bezeichnen will, Kolleginnen und Kollegen gegeneinander auszuspielen. Eine geschickt gestreute Information über Kollegin A. Im Gespräch mit A wird diese Info dann als von Kollegin B stammend hingestellt und so weiter«, erklärte Frau Hollenke.

»Außerdem nervte sie uns ständig mit dem blöden Satz, wir beherrschten unsere ›Basics‹ nicht«, ergänzte Herr Brock.

»Ein Beispiel für ihre Art«, sagte der Konrektor. » Am letzten Schultag vor den Weihnachtsferien im vorigen Dezember setzte Frau Hichler nach dem Unterricht eine Dienstbesprechung an. Für alle anderen Lehrkräfte weit und breit hatten die Ferien bereits begonnen, wir jedoch saßen im Lehrerzimmer und durften uns anhören, wie Frau Hichler mehrere ihrer Briefe Wort für Wort vorlas, mit denen sie die Stadt Kleve dazu gebracht hatte, endlich den Bereich Erdgeschoss unserer Schule farblich neu zu gestalten. Die Unruhe unter den Kollegen nahm zu, das Rascheln mit den Füßen ebenso wie die ständigen Blicke auf die Uhr. Ein genervtes Stöhnen konnte von vielen nur mühsam unterdrückt werden. Dann las sie auch noch die Antwortschreiben der Stadt Kleve vor. Nach fast anderthalb Stunden kam sie tatsächlich zum Ende. Aufatmen? Keineswegs, denn es stand ja noch Tagesordnungspunkt zwei auf dem Programm. Ich wurde aufgefordert, meinen detaillierten Zwischenbericht zur Aktion ›Förderung der deutschen Sprache in allen Fächern‹ vorzutragen. Ich erklärte jedoch, aufgrund der fortgeschrittenen Zeit – natürlich war das ein deutlicher Seitenhieb - und im Interesse der Kolleginnen und Kollegen, die ja noch mit Vorbereitungen auf das Fest befasst seien, würde ich den verlangten Bericht auf der nächsten Lehrerkonferenz vortragen. Ich erntete dankbare Blicke und Erleichterung auf der einen, kalte Wut auf der anderen Seite. Ich widersetze mich böswillig ihren Anordnungen und so weiter, das würde Folgen für mich haben. Sie forderte mich dann ultimativ zum Vortrag meines Berichtes auf. Ich lehnte erneut ab. Daraufhin verließ sie das Lehrerzimmer ohne ein weiteres Wort, ohne dem Kollegium ein frohes Weihnachtsfest oder schöne Ferien zu wünschen. Sie schäumte vor Wut.«

»Genauso war es! Schlimm, nicht wahr?« fragte Frau Hollenke.

»Wie bereits erwähnt, ließ sie sich nur äußerst selten im Lehrerzimmer blicken, suchte auf keinen Fall beispielsweise ein zwangloses Plaudern während der großen Pausen«, führte Frau Schmauck-Budau aus.

»Stattdessen«, übernahm jetzt wieder Frau Göhlich, »ließ sie von Frau Mommers kleine Notizzettelchen auf unseren Platz heften, wenn sie mit einer Kollegin oder einem Kollegen sprechen wollte. ›Frau Göhlich, bitte zu mir‹ war dann zu lesen, mehr nicht! Man wusste also überhaupt nicht, um was es ging. Stattdessen beschlich einen ein mulmiges Gefühl. Was hatte man jetzt schon wieder falsch gemacht? Derartige Gespräche verliefen nämlich nie positiv, ständig wurde man kritisiert, und sei es aus den lächerlichsten Gründen!«

»Dazu passt folgende Begebenheit«, ergriff nun der Sportlehrer das Wort. »Es war einer der seltenen Besuche der Schulleiterin im Lehrerzimmer während der großen Pause. Sie kam an mir vorbei, schnupperte auffällig in meine Richtung. Dann sagte sie vorwurfsvoll: ›Trinken Sie etwa im Unterricht?‹ Ich musste unwillkürlich grinsen, zeigte auf die Schachtel Weinbrandbohnen auf dem Tisch und erklärte ihr, ich habe eben zwei davon gegessen. ›Wir sind übrigens auch Säufer, denn wir haben ebenfalls davon genascht‹, erklärte Frau Krapf und zeigte auf ein paar Kolleginnen, die in der Nähe saßen. Es folgte ein herzhaftes Gelächter, nur eine Person lachte nicht mit. Mit puterrotem Gesicht und ohne ein weiteres Wort rauschte die Hichler aus dem Raum!«

Fritz Alt räusperte sich kurz. Dann stellte er die Frage, die ihn schon seit geraumer Zeit beschäftigte.

»Wenn ich es korrekt in Erinnerung habe, besteht das Lehrerkollegium dieser Schule aus 38 Personen. Sehen es wirklich alle genauso, wie Sie es jetzt schildern?«

»33 zu 5!«, stellte Herr Brock fest, der sich bislang auffällig zurückhaltend präsentiert hatte. »Warum diese fünf Kolleginnen auf Frau Hichlers Seite stehen, ...ehm, ich meine standen, darüber kann wohl nur spekuliert werden.«

»Vielleicht gemeinsame Arbeit in einer Lehrergewerkschaft oder die Hoffnung, durch Arschkriecherei bessere Chancen auf eine Beförderung zu erlangen oder ganz einfach Dummheit!«, erklärte Frau Schmauck-Budau.

»Jedenfalls führte dies zu einer total miesen Atmosphäre im Lehrerzimmer«, stellte Herr Brock fest. »Stellen Sie sich vor, ein paar Kollegen lästern gerade über Frau Hichlers neueste Boshaftigkeiten und plötzlich hört man den Schlüssel im Schloß der Lehrerzimmertür. Alle verstummen von einer Sekunde zur anderen und blicken zur Tür. Denn niemand möchte, dass eine der fünf Hichler-Getreuen vielleicht eine bestimmte Äußerung von uns anderen mitbekommt und der Chefin brühwarm weitergibt!«

»Das hat unser Arbeitsklima total vergiftet!«, bekräftigte Frau Göhlich. »Die Frau hat es tatsächlich geschafft, eine gut funktionierende Schule mit einer angenehmen Arbeitsatmosphäre innerhalb von weniger als zwei Jahren kaputt zu machen!«

»Als Konsequenz werden sich zum Ende des laufenden Schuljahres voraussichtlich mindestens elf Lehrkräfte, die meisten davon seit vielen Jahren an der MLK tätig, in den vorzeitigen Ruhestand oder an andere Schulen versetzen lassen, meine Person eingeschlossen!«, ergänzte der Konrektor mit grimmigem Gesichtsausdruck.

»Ja, Herr Flecken wurde von der Chefin am stärksten kritisiert, ich würde sogar sagen: regelrecht gemobbt«, führte Herr Brock aus. »Wir haben uns alle gefragt, was sie gegen ihn hat.«

Alt staunte einmal mehr. Eine derartig komplizierte Situation in der Schule hatte er nicht erwartet. Flecken riss ihn aus seinen Gedanken: »Als Konsequenz aus dem Ganzen hat die Bezirksregierung Düsseldorf für die Zeit nach den Osterferien eine Supervision angekündigt, ein externer Mediator soll dabei versuchen, zwischen Schulleiterin und Kollegium zu vermitteln«, berichtete der Konrektor.

Nachdem die fünf Lehrerratsmitglieder bald darauf den Raum verlassen hatten, wandte sich Flecken an die Kommissare. »Eine Sache wäre da noch«, begann er leicht unsicher. »Ich möchte Ihnen eine Information von einer Kollegin weitergeben, die ihren Namen in diesem Zusammenhang nicht genannt haben will. Dies habe ich ihr zugesichert.«

»Um welche Information handelt es sich?«, fragte Alt neugierig.

»Es sei in der Woche vor dem ersten Überfall gewesen, also vor etwa 14 Tagen. Da habe sie einen heftigen Streit zwischen Frau Hichler und dem Hausmeister mitbekommen. Die beiden hätten sich regelrecht angeschrieen.«

»Hat sie hören können, um was es ging?«, wollte Heise wissen.

»Das nicht, aber einen Satz von Frau Hichler glaubt sie deutlich vernommen zu haben: ›Es war meine Pflicht!‹.«

»Es war meine Pflicht?«, wiederholte Alt nachdenklich und Heise notierte die Worte. »Wo fand diese Auseinandersetzung statt?«

»Das war im Chefzimmer, gegen halb vier.«

»Haben Sie herzlichen Dank für die Info«, sagte Heise. »Es gibt da noch ein Anliegen. Wir hätten gerne zwei Ihrer Schüler gesprochen, Kamal Boussoufi und Fauzi Bajrami.«

»Da muss ich kurz nachsehen, ob die heute da sind. Es fehlen nämlich etliche Kids. Kommen Sie bitte mit in mein Büro.«

Die beiden befanden sich tatsächlich im Unterricht.

Fritz Alt bat den Konrektor, die zwei Schüler zeitversetzt im Abstand von etwa fünf Minuten holen zu lassen, keineswegs beide zusammen. Dann sollte man sie in zwei verschiedene Räume bringen, um dort getrennt befragt zu werden.

Nachdem Klaas Hinrichs seinen jungen Kollegen in der Düsseldorfer Innenstadt wieder eingesammelt hatte, überschlugen sich beide geradezu mit der Schilderung der herausgefundenen Fakten. Nicht nur deshalb schien die Rückfahrt wie im Fluge zu vergehen. Den entscheidenden Grund dafür stellte das wesentlich geringere Verkehrsaufkommen dar, von Stau oder Stop-and-go war nichts mehr zu bemerken. Sie trafen eine günstige Tageszeit, den Ballungsraum Richtung Norden zu verlassen, denn der Berufsverkehr hatte noch nicht wieder eingesetzt.

In der Kantine des Präsidiums nahmen Hinrichs und Marquardt eine kleine, aber dringend erforderliche Stärkung zu sich, bevor sie sich in den K1-Bereich des Großraumbüros begaben. Dort wurden sie von einer ungewöhnlich nervösen Heike Buschkamp begrüßt.

»Gut, dass endlich einer kommt!«, rief sie aus. »Da draußen sitzt jemand, der eine wichtige Aussage im Fall der ermordeten Schulleiterin machen möchte!«

Sofort eilten die beiden hinaus in den Wartebereich. Dort saß ein Mann von Ende sechzig oder Anfang siebzig, grauhaarig mit sorgfältig getrimmtem grauen Bart auf der Oberlippe und rund um das schmale Kinn. Er wirkte irgendwie nervös, blickte suchend um sich und schien erleichtert, als er die beiden Ermittler auf sich zukommen sah.

Klaas Hinrichs stellte sich und seinen Kollegen kurz vor und begrüßte den Mann. Dann fragte er: »Sie möchten eine Aussage machen im Mordfall Hichler?«

»Jawohl! Mein Name ist Michael Gerlach.«

»Dann folgen Sie uns bitte in das Besprechungszimmer«, erwiderte Hinrichs und ging voraus.

Nachdem sie in dem kleinen kahlen Raum Platz genommen hatten, dessen Möblierung nur aus einem Tisch und vier Stühlen sowie dem als Spiegel getarnten Fenster zum Nebenraum bestand, waren Hinrichs und Marquardt äußerst gespannt, was Herr Gerlach zu berichten hatte.

»Ja, die Sache ist die«, begann dieser etwas umständlich. »Mein Enkel Jannik besucht die MLK-Realschule und da gibt es seit einiger Zeit Probleme.«

»Ja?«, erwiderte Hinrichs, dessen Interesse sich offensichtlich in Grenzen hielt.

»Wissen Sie, meine Tochter ist alleinerziehend und berufstätig, daher kümmere ich mich um Jannik mehr als das ein ›normaler‹ Opa in einer kompletten Familie tun würde.«

Wieder machte der Mann eine Pause. Wann kommt der endlich zur Sache?, dachte Hinrichs.

»Jannik wird immer wieder von anderen Schülern gemobbt, so sagt man wohl heute. Jetzt ist es so schlimm geworden, dass Jugendliche aus den höheren Klassen Geld von ihm verlangt haben, sonst würden sie ihn verprügeln!«

»Ja und?« Auch Marquardt konnte seine Ungeduld kaum verbergen.

»Ich bin natürlich nicht hier, damit Sie sich der Sache annehmen«, erklärte Herr Gerlach.

»Sondern?«

»Da Janniks Klassenlehrer anscheinend nichts unternommen hat, habe ich mich bei der Schulleiterin beschwert, am Montagnachmittag!«

Mit einem Schlag waren Hinrichs und Marquardt hellwach, richteten ihre Blicke voller Spannung auf den Mann.

»Sie haben Montagnachmittag mit Frau Hichler gesprochen, haben wir Sie da richtig verstanden?«, fragte Hinrichs aufgeregt.

»Ja genau! Deshalb bin ich ja hier. Ich habe gelesen, wann es passiert ist.« Er zögerte etwas: »Ich möchte vermeiden, dass ich in Verdacht gerate, weil ich ja wohl bei ihr war, kurz bevor...die Tat geschah!«

Hinrichs und Marquardt tauschten verwunderte Blicke aus.

»Dann sagen Sie uns bitte, wann Sie angekommen sind und wie lange das Gespräch dauerte«, sagte Hinrichs ruhig.

»Ich kam kurz vor vier. Jannik hatte mir gesagt, dies sei eine gute Zeit, weil die Schulleiterin immer noch lange in der Schule bliebe. Sie reagierte anfangs etwas unfreundlich, weil ich ja keinen Termin hatte, hörte mich dann aber an und versprach, sich um die Angelegenheit zu kümmern. Das Ganze dauerte höchstens eine knappe Viertelstunde.«

»Und als Sie sie verließen, war sie gesund und munter«, bemerkte Marquardt flapsig und erntete einen missbilligenden Blick des Mannes.

»Natürlich war sie das, gesund meine ich!«, antwortete Herr Gerlach leicht verärgert. »Munter eher nicht, sie wirkte schon irgendwie sauertöpfisch, nervös.«

»Ist Ihnen sonst irgendetwas aufgefallen in dem Zimmer oder auf dem Gang? Ist Ihnen vielleicht jemand begegnet?«, fragte Hinrichs.

»Nein, da war niemand.«

»Können Sie sich erinnern, ob ein Fenster in dem Raum weit geöffnet war?«, fragte Marquardt.

Gerlach überlegte kurz und anwortete: »Nein, daran erinnere ich mich nicht.«

»Eine letzte Frage, Herr Gerlach. Auf welchem Weg sind Sie in das Schulgebäude gekommen?«, wollte Hinrichs wissen.

»Auf welchem Weg?«

»Ja, welchen Eingang benutzten Sie?«

»Ach so. Also Jannik hatte mir geraten, nicht quer über den Schulhof zu gehen, wo immer einige der Typen herumlungern, die ihn ärgern. Ich könnte ganz einfach die Seitentür bei den Fahrradständern benutzen. Da liege immer ein Stöckchen oder Steinchen dazwischen, damit die Tür offen bliebe.«

Hinrichs blickte seinen Kollegen fragend an, dieser schüttelte den Kopf.

»Dann danken wir Ihnen für die Aussage, Herr Gerlach«, erklärte Hinrichs. »Sie haben uns sehr geholfen.«

Als der Mann gegangen war, bemerkte Hinrichs: »Tatzeit also nach 16.15 Uhr, das wissen wir jetzt. Vielleicht hat der Täter Gerlach sogar gesehen und gewartet, bis der weg war!«

Hinrichs und Marquardt verließen nachdenklich den Raum. Sekunden später kamen ihnen Alt und Heise schnellen Schrittes entgegen. »Wen habt ihr denn da gerade vernommen?«, wollte Heise wissen. Marquardt berichtete von der Aussage des Herrn Gerlach.

»Das hilft uns schon mal ein Stück weiter«, stellte Alt zufrieden fest. »Die Tatzeit liegt also auf jeden Fall nach 16.15 Uhr.«

Die anderen nickten zustimmend.

»Dann lasst uns einmal die Ergebnisse zusammentragen«, sagte Alt. »Bei mir im Büro!«

Heise begann. Er fasste zusammen, was man in der Schule herausgefunden hatte, insbesondere über die Person des Opfers. Am Ende seines Berichtes erwähnte er auch die geplante Mediation.

»Das ist ja ein starkes Stück!«, ereiferte sich Hinrichs. »Davon hat mir dieses Mausgesicht überhaupt nichts gesagt!«

»Mausgesicht?« Nicht nur Alt blickte Hinrichs erstaunt an. Dieser erklärte seine Wortwahl und fügte hinzu: »Auf die Probleme in der Schule angesprochen, vermittelte die Dame mir den Eindruck, es läge primär am Kollegium. Dieses habe sich noch nicht auf die neue Chefin eingestellt, welche sie als äußerst zuverlässig, gewissenhaft und kompetent einschätze.«

»Merkwürdig!«, stellte Alt fest und dachte an die vor kurzer Zeit gehörten vollkommen anderen Äußerungen über die Schulleiterin.

»Und die beiden Burschen, Boussoufi und Bajrami?«

»Tja, da war wenig zu machen!«, erklärte Alt missmutig. »Unangenehme Typen, die hatten sich offensichtlich abgesprochen. Wir verhörten sie getrennt, aber sie erzählten uns exakt dasselbe. An dem Montag der Vorwoche hätten sie zusammen mit Rachid Ben Habib Computerspiele gespielt, bei Fauzi zu Hause.«

»Oh je!«, stammelte Heike Buschkamp plötzlich und die anderen blickten sie erstaunt an.

»Das habe ich ganz vergessen«, fuhr sie kleinlaut fort. »Da ist eine Mail für dich, Klaas!«

»Ja und? Was ist daran das Besondere?«, wollte dieser wissen.

»Die Mail stammt von Sven Wulf von der MLK-Schule.«

Jetzt war Hinrichs plötzlich aufgeregt. »Wie ist der Bursche an meine Mailadresse gelangt? Wurden wir etwa gehackt? Der Junge kennt ja alle Tricks auf diesem Gebiet!«

»Nein, nein, beruhige dich! Die Mail wurde ganz normal an die Kreispolizeibehörde gesandt mit der Bitte um Weiterleitung an die Kommissare Hinrichs und Heise.«

Diese Aussage sorgte tatsächlich für Erleichterung bei Hinrichs.

»Was schreibt er denn?«, fragte Fritz Alt.

»Ich lese mal vor«, antwortete Heike.

»Ich habe Ihre Frage letzte Woche leider nicht wahrheitsgemäß beantwortet. Es gab wirklich einen Mitschüler, der mich gefragt hat, wie man den Absender eines per Mail geschickten Fotos vertuschen kann. Es war Kamal Boussoufi. Ich habe ihm die komplizierte Angelegenheit erklärt und er hat mir gedroht, niemandem darüber zu erzählen, ansonsten würde ich ein neues Gesicht brauchen. Aber jetzt, da aus der Angelegenheit ein Mordfall geworden ist, musste ich Ihnen das mitteilen!«

»Kamal Boussoufi!«, rief Hinrichs aus. »Dann ist die Sache klar. Das ist das entscheidende Puzzlestück. Also waren es Rachid Ben Habib und dieser Kamal. Ob der dritte Junge, dieser Fauzi, ebenfalls beteiligt war, wird sich zeigen!«

»Auch wenn alles danach aussieht«, gab Heise zu bedenken. »Beweisen können wir es den beiden damit allerdings immer noch nicht!«

»Aber ganz intensiv befragen werden wir sie!«, erklärte Fritz Alt.

»Was wir benötigen, ist der Rechner dieses Kamal. Von dort aus wurde ja offenbar das Foto verschickt. Das wäre der Beweis, den wir brauchen!«, schlug Marquardt vor.

»Gute Idee!«, lobte Heise den jungen Kollegen. »Ob wir da allerdings eine Genehmigung erhalten?«

»Dieser öde Bürokratismus, teilweise auch durch EU-Bestimmungen verstärkt!«, wetterte Hinrichs. »Warum können wir nicht einfach zu den Boussoufis fahren, alle Rechner im Haus mitnehmen und nach dem bestimmten Foto durchsuchen?«

»Weil dies grundsätzlich einer richterlichen Genehmigung bedarf!«, erwiderte Alt.

»Ja klar, das weiß ich auch! Aber warum?«

»Ohne richterliche Verfügung wären die Persönlichkeitsrechte der Betroffenen verletzt«, erklärte der Kommissarsanwäter.

»Na ja!«, lautete Hinrichs' vielsagender Kommentar.

»Ich werde das jedenfalls direkt nach unserem Ergebnisaustausch mit der Fliege besprechen und sehen, was möglich ist. Und jetzt seid ihr dran!«, meinte Alt in Richtung Hinrichs und Marquardt.

Letzterer begann: »Am Montag vor einer Woche gab es beim Peltz-Verlag in Düsseldorf überhaupt kein Meeting oder sonst eine Veranstaltung. Da hat der Dautzenberg uns tatsächlich angelogen!«

»Siehste!«, bemerkte Heise. »Und vorgestern?«

»Bei der Geburtstagsfeier des Verlagschefs erschien

Dautzenberg zwischen 19 Uhr und 19.30 Uhr, ganz genau war das nicht mehr festzustellen. Aber eins war noch interessant: Der Autor verließ die Feier nämlich als einer der Ersten, nämlich kurz nach 22 Uhr. Wieviel er bis zu diesem Zeitpunkt getrunken hatte, konnte keiner der von mir befragten Gäste, allesamt Verlagsmitarbeiter, genau sagen. Ansonsten sei nichts Auffälliges im Verhalten des Herrn Baselitz, wie ihn dort alle nennen, festgestellt worden.«

»Hm...«, meinte Alt nachdenklich. »Uns hat er erzählt, er sei gegen 17 Uhr losgefahren. Wie lange braucht man von Uedem bis Düsseldorf? Wirklich zwischen zwei und zweieinhalb Stunden?«

»Kommt auf die Tageszeit an«, anwortete Marquardt prompt. »Am späten Nachmittag herrscht in Richtung Düsseldorf vergleichsweise wenig Verkehr. Wenn man auf die Tube drückt, benötigt man höchstens eine Stunde.«

»Interessant«, meinte Hinrichs.

»Dann sollten wir zur Sicherheit unsere Verkehrsabteilung befragen, ob es an besagtem Montag auf der A57 irgendwelche Störungen gab!«, schlug Heise vor.

»Also, entweder ist Dautzenberg deutlich später losgefahren als er es uns sagte oder er hat unterwegs irgendetwas anderes getan«, überlegte Hinrichs laut.

»Mit dem Kerl stimmt etwas nicht, da bin ich mir sicher!«, verkündete Alt.

»Dein berühmtes Bauchgefühl!«, witzelte Hinrichs.

»Auf jeden Fall werden wir uns den Autor nochmals vorknöpfen. Er soll dieses Mal zu uns kommen, wir müssen ja nicht jedes Mal raus nach Uedem!« meinte Heise.

»Mein Ausflug zur Bezirksregierung war auch sehr

aufschlussreich«, begann Hinrichs seinen Bericht. »Was die zuständige Schulaufsichtsbeamtin...«

»Mausgesicht!«, unterbrach Alt grinsend.

»...über die Direktorin sagte, wisst ihr ja bereits. Merkwürdig, in der Tat. Ansonsten konnte ich aus der Personalakte einiges über die Frau herausfinden.«

Er blickte auf seine Notizen. »Also in Kurzform: Geboren am 5. Februar 1962 in Hamburg. Dort 1981 Abitur am Goethe-Gymnasium. Lehramtsstudium, Fächer Deutsch und Geschichte, in Hamburg und Berlin. Dort 1. Staatsexamen 1985. Dann tut sich eine Lücke auf, denn ihr Refendariat in Freiburg begann sie erst 1987. Was war in den zwei Jahren dazwischen? Darüber gibt die Personalakte kaum Anhaltspunkte.«

»Kaum, also doch welche?«, fragte Alt nach.

»Später!«, erwiderte Hinrichs. »Jedenfalls legte sie ihr zweites Examen 1989 an der Pestalozzi-Realschule in Freiburg ab. Dort unterrichtete sie bis 1996. Dann zog es sie nach NRW, zuerst nach Neuss, ab 2001 dann nach Grevenbroich, wo sie sich 2005 erfolgreich als Konrektorin bewarb. 5 Jahre später wurde sie Schulleiterin in Moers. Nach nur zwei Schuljahren dort ging sie in den Auslandsschuldienst als Leiterin der Deutschen Schule in Nairobi, Kenia.«

»Moment mal!«, rief Heise aus. »Das kann ich mir nun gar nicht vorstellen nach allem, was wir heute in der Schule über sie erfahren haben. Kompromisslose Umsetzung auch der überflüssigsten rechtlichen Bestimmungen ohne jeden Abstrich im totalen Gegensatz zur lebensfrohen, manchmal auch etwas chaotischen Mentalität vieler Afrikaner, wie konnte das nur zusammenpassen?«

»Anscheinend gar nicht«, erwiderte Hinrichs. »Die vorgeschriebene Mindestdauer für Lehrkräfte an Deutschen Schulen im Ausland beträgt drei Jahre, Frau Hichler kehrte bereits vor Ablauf des zweiten Schuljahres aus Kenia zurück. Da die Schulleiterstelle in Moers inzwischen natürlich wieder besetzt war, kam eine Rückkehr dorthin nicht in Frage. Der langjährige Direktor der Martin-Luther-King-Realschule in Kleve hatte sich entschlossen, mit Ablauf des Schuljahres 2013/2014 in den vorzeitigen Ruhestand zu treten. Daher wurde Frau Hichler von der Bezirksregierung mit der Leitung der MLK-Schule betraut. Den Rest kennt ihr!«

»Da sehe ich auf Anhieb nichts, was uns weiterhelfen könnte!«, bemerkte Alt ein wenig enttäuscht.

»Das Beste kommt ja noch!« Hinrichs machte eine Pause, die anderen blickten ihn erwartungsvoll an.

»Sie wurde geboren als Laura Beate Simons!«

Nach kurzem Zögern meinte der Alte Fritz: »Also war sie vorher schon einmal verheiratet und Hichler nicht ihr Mädchenname. Ob Dautzenberg davon wusste?«

»Erzählt hat er es uns jedenfalls nicht«, stellte Heise fest. »Also sollten wir ihn danach fragen!«

»Du wolltest uns doch etwas über die Zeit zwischen 1985 und 1987 berichten, Klaas«, meinte Alt.

»Ganz kurz dies: 1986 Heirat, 1987 Scheidung!«

»Was? Nur ein Jahr verheiratet?«, rief Alt aus.

»Dann war es anscheinend nicht die große Liebe!«, brachte Marquardt sarkastisch zum Ausdruck.

»Das soll uns Herr Hichler möglichst bald erklären«, forderte Alt. »Wie lautet sein Vorname?«

»Andreas.«

»Andreas Hichler, das klingt nicht so, als ob Tausende mit diesem Namen in Deutschland herumlaufen. Heike, du darfst die Melde- und alle sonstigen Register nach diesem Kerl durchforsten, vorwiegend zunächst im Raum München. Dort befand sich das Kurzzeitpaar. Es wäre ja möglich, dass Andreas Hichler immer noch dort lebt. Vielleicht haben wir ja mal Glück!«

»Was erhoffst du dir von diesem Ritt in die Vergangenheit?«, fragte Hinrichs. »Meinst du, ihr erster Gatte wäre nach fast 30 Jahren auf die spontane Idee gekommen, seine Ex umzubringen?«

»Ich weiß es nicht, aber wir sollten nichts ausschließen. Es hat schon die verücktesten Verbrechen gegeben«, entgegnete Alt.

»Etwas haben wir noch vergessen«, stellte Heise nach einem Blick in seine Notizen fest. Dann berichtete er von dem Streit mit dem Hausmeister, den eine Kollegin, die anonym bleiben wollte, gehört hatte.

»Also Heike«, wandte sich Alt erneut an die Kriminalassistentin. »Die nächste Aufgabe für dich: Wir brauchen alles über den Hausmeister der MLK-Schule, Heiner Schumann. Taucht er im Polizeiregister auf? Wissen die Kollegen aus anderen Abteilungen etwas über ihn? Alles, was du über den Mann finden kannst!«

»Wird gemacht!«

Der Rest des Arbeitstages brachte Routine. Die zahlreichen neuen Erkenntnisse der vergangenen Stunden mussten als Protokolle festgehalten werden, Heike telefonierte mit Herrn Dautzenberg und teilte dem Autor mit, man erwarte ihn am folgenden Morgen um elf Uhr im Präsidium.

Fritz Alt besprach die Ergebnisse des Tages mit der Fliege. Der Kriminaldirektor zeigte sich höchst erstaunt, dass sich der berühmte Autor durch Falschaussagen verdächtig gemacht hatte. Da ein Zusammenhang zwischen den beiden Angriffen auf die Schulleiterin nicht auszuschließen sei, halte er eine Überprüfung der Rechner im Hause Boussoufi für durchaus gerechtfertigt und wolle dies dem zuständigen Ermittlungsrichter auch so erklären.

Und falls der Überfall der Vorwoche wirklich nichts mit dem Mord zu tun habe, könne man erstere Tat möglicherweise auf diesem Wege endgültig aufklären. Das wäre auch ein deutliches Signal an die Öffentlichkeit.

»Ja, ja, die Öffentlichkeit!«, murmelte Alt nachdenklich. »Sie wünscht den schnellen Erfolg, aber bei unserer Ermittlungsarbeit steht Genauigkeit und Zähigkeit im Vordergrund, nicht Schnelligkeit.«

»Ganz meiner Meinung!«, bestätigte Fricke. »Ich melde mich wegen des Durchsuchungsbeschlusses.«

»Tut mir leid zu stören«, wandte sich Fritz Alt an die Kriminalassistentin, die in ihre Recherche-Arbeit vertieft den Monitor anstarrte. »Machst du mir bitte eine Verbindung zum Hotel Nikko in Düsseldorf.«

»Ist das nicht ein japanisches Unternehmen?«, fragte Heike nach.

»Kann sein, ja, ja«, antwortete Alt gedankenverloren.

Weniger als eine Minute später war er mit dem Hotel verbunden, stellte sich kurz vor und kam direkt zur Sache: »Herr Dautzenberg verbrachte bei Ihnen die Nacht von Montag auf Dienstag. Ich hätte gerne gewusst, wie lange im Voraus er das Zimmer gebucht hat.«

»Einen Moment bitte... Dautzenberg, sagen Sie? Tut mir leid, dieser Name kommt am Montag nicht vor!«

Alt reagierte sofort. »Dann sehen Sie bitte unter dem Namen Baselitz nach.«

»Ach so, Herrn Baselitz meinen Sie! Er ist Stammgast bei uns. In der Regel ruft er zwei oder drei Tage vorher an. Außerhalb der Messezeiten ist das auch kein Problem. Richtig, am Samstag bestellte er das Zimmer.«

Einer plötzlichen Eingebung folgend fragte Alt: »Einzel- oder Doppelzimmer?«

»Doppelzimmer.«

»Können Sie mir auch sagen, wer die zweite Person in dem Zimmer war?«

»Einen Augenblick bitte!... Nein, hier ist niemand verzeichnet, tut mir leid!«

»Wer könnte mir da weiterhelfen? Das Zimmerpersonal vielleicht?«

»Schon, aber wer in dem betreffenden Sektor am Montagabend oder in der Nacht Dienst hatte, kann ich Ihnen im Moment gar nicht sagen. Die Personaleinsatzdaten befinden sich nicht auf meinem Rechner hier an der Rezeption.«

»Es wäre sehr nett, wenn sie mir sagen würden, an wen ich mich diesbezüglich wenden könnte.«

»Ja gerne, einen Moment bitte!«

Eine halbe Stunde später verfügte Alt über eine Information, die ihm nicht gefiel. Vom Hotelpersonal hatte niemand in der fraglichen Nacht das Zimmer des Herrn Baselitz betreten, folglich also auch keine andere Person dort gesehen.

Der nächste Anruf allerdings steigerte Alts Laune wieder. Der Kollege von der Kripo Düsseldorf, welcher dem Autor in der Nacht die Todesnachricht überbracht hatte, konnte sich zwar nicht an eine zweite Person in dem Zimmer erinnern, wohl aber an einen bestimmten Duft. »Eindeutig Damenparfüm«, war er sich sicher. »Und zwar teures!«

»Doppelzimmer, Damenparfüm! Wenn da eine Frau übernachtet hat, müssen wir unbedingt ihre Identität herausbekommen!«, erklärte Alt seinem Team wenige Minuten später. »In dem Hotel müssen Überwachungskameras installiert sein. Heike wird sich darum kümmern!«

»Sag mal, Fritz«, wandte sich Hinrichs an seinen Chef. »Warum ist dir soviel daran gelegen, diese Frau ausfindig zu machen? Für das Alibi des Autors spielt sie keine Rolle. Ab ungefähr 19 Uhr besitzt er ein solches, aber der Mord geschah vorher und da hat er keins!«

»Schon richtig«, stimmte Alt zu. »Aber Dautzenbergs Geliebte zu finden würde uns schon ein Stück weiterhelfen.«

»Verstehe!«, meldete sich jetzt Jens Marquardt zu Wort. »Ich habe noch die Worte aus einem meiner letzten Seminare im Ohr. Die allermeisten Tötungsdelikte erweisen sich als Beziehungstaten. Mann und Geliebte räumen störende Ehefrau aus dem Weg, zum Beispiel.«

»Das geht mit einer Scheidung wesentlich einfacher!«, wandte Hinrichs ein.

»Das schon, aber wir dürfen nicht außer Acht lassen, Dautzenberg alias Baselitz ist ein höchst erfolgreicher Autor, besitzt ein stattliches Anwesen, kurz, er dürfte bestimmt als sehr wohlhabend zu bezeichnen sein. Daher würde er bei einer Scheidung, je nach Ehevertrag, sehr viel Geld verlieren«, erklärte Alt.

»Trotz allem sollten wir uns nicht an dem Autor festbeißen«, sagte Heise, »selbst wenn er durchaus über ein Motiv verfügt. Er besitzt für die Tatzeit kein Alibi. Warum nicht? Weil er nicht wusste, dass er eins benötigen würde!«

»Oder aber, weil er der Täter ist!«, erwiderte Alt mit Nachdruck.

»Was ist eigentlich mit diesem Gerlach?«, fragte Heise. »Den sollten wir zur Sicherheit auch einmal überprüfen!«

Hinrichs runzelte die Stirn. »Es kann ja nichts schaden, aber ich sehe beim besten Willen keine Spur eines Motivs.«

»Immerhin befand er sich um die Tatzeit am Tatort!«, erwiderte Heise.

»Und hat uns freiwillig darüber informiert!«

»Das kann auch Kalkül gewesen sein, um ganz und gar unverdächtig zu erscheinen.«

»Aber wenn er uns überhaupt nicht aufgesucht hätte, wüssten wir ja gar nichts von seiner Unterredung mit Frau Hichler kurz vor deren Tod!«

»Wir werden uns den Herrn einmal etwas genauer ansehen!« Damit beendete Alt die Diskussion.

Als Klaas Hinrichs nach dem anstrengenden Arbeitstag recht müde zu Hause ankam, wandte er sich direkt an seine Frau mit der überraschenden Aussage: »Stell dir vor, du heiratest und bist schon ein Jahr später wieder geschieden!«

»Wie meinst du das?«

»Welche Gründe könnte es dafür geben?«

»Scheidung schon nach einem Jahr?«, fragte Petra Hinrichs ungläubig. »Da hat man wohl zu schnell geheiratet, ohne sich richtig zu kennen. Das soll ja gar nicht so selten passieren.«

»Denk mal an unser erstes Ehejahr! Unser wirklicher Kennenlernprozess dauerte doch weitaus länger«, bemerkte Hinrichs lächelnd.

»Es kann aber auch vollkommen andere Gründe geben«, sagte seine Frau nachdenklich.

»Ich höre!«

»Wenn es sich eben nicht um eine Liebesheirat handelt. Darüber habe ich kürzlich einen interessanten Bericht gelesen. Ich staunte, wie viele Ehen nur deshalb geschlossen werden, um ein bestimmtes, meist wirtschaftliches Ziel zu erreichen.«

»So was wie Scheinehe, um eine Abschiebung zu verhindern?«

»Zum Beispiel. Oder um Geld oder Firmenanteile verschieben zu können. Da glaubst gar nicht, was es da alles an Gründen gibt!«

»Nein.«

»Ich erinnere mich da an einen ganz speziellen Fall. Große Liebe, das junge Paar heiratet, man will ein Kind. Man verrichtet die dazu erforderlichen Tätigkeiten. An dem Tag, als die Schwangerschaft feststeht, reicht die Frau die Scheidung ein und zieht aus der Wohnung aus.

»Ich verstehe nicht...«, murmelte Hinrichs.

»Die Frau wollte gar keinen Mann, nur das Kind!«

»Und der arme Mann darf trotzdem Unterhalt zahlen, schätze ich.«

»Die Welt ist schon ungerecht!«

ZWÖLF

Fritz Alt blickte beim Frühstück missmutig aus dem Fenster. »Was soll das? Wolkenverhangener Himmel, Nieselregen, keine Spur von Frühling. Mir reicht dieses Mistwetter jetzt!«

»Bist du etwa immer noch so schlecht gelaunt, weil ihr in dem Fall nicht weiterkommt?«, fragte Gabi Alt.

Am Abend zuvor hatte sich Alt bereits äußerst mürrisch gezeigt, sogar das Essen hatte ihm nicht geschmeckt. Frau und Tochter wussten aus Erfahrung, dass man ihn in einer derartigen Verfassung am besten in Ruhe ließ.

»Wir kommen weiter, wir konnten gestern unzählige Informationen zusammentragen, aber es war nichts wirklich Konkretes dabei!«

30 Minuten später traf Fritz Alt im Präsidium ein. Schon bei der Begrüßung spürte er die miese Stimmung der Kollegen, wobei dies sicherlich nicht am Wetter lag.

»Was ist los?«, wandte er sich an Klaas Hinrichs.

Anstelle einer Antwort warf dieser ihm die Zeitung mit den vier Buchstaben zu. In den üblichen hohen und fetten Lettern war da zu lesen:

STARAUTOR KLAGT KRIPO AN

und weiter:

Der berühmte Schriftsteller Balthasar Baselitz, Gewinner sowohl des Kinderbuchpreises NRW als auch des Deutschen Jugendliteraturpreises, hat harsche Vorwürfe gegen die Kriminalpolizei Kleve erhoben im Zusammenhang mit dem gewaltsamen Tod seiner Frau am Montag.

Baselitz erklärte, nach dem Überfall auf seine Gattin genau eine Woche zuvor, als sie die Nacht gefesselt und geknebelt im Bücherraum der Martin-Luther-King-Realschule verbringen musste, hätte unbedingt ein polizeilicher Personenschutz angesetzt werden müssen. Die Täter hätten ja seiner Frau einen Zettel in die Jackentasche gesteckt, auf dem sie ankündigten, beim ›nächsten Mal ernst zu machen‹. Die Polizei habe dieser Warnung jedoch offenbar keineswegs genügend Beachtung geschenkt.

»Was soll das?«, fasste Hinrichs die Gedanken der anderen in Worte. »Was bezweckt er mit dieser Aktion?«

»Vielleicht wollte er in erster Linie von sich selbst ablenken«, vermutete Heise.

»Und die anderen Zeitungen?«, fragte Hinrichs.

»Nichts Besonderes«, antwortete Heike Buschkamp. »Grob zusammengefasst ein Rätselraten, warum man eine Schulleiterin umbringt, verbunden mit der Vermutung, die Motive lägen offenbar eher im privaten als im

218

beruflichen Bereich. Beim Niederrhein Kurier werden übrigens die ›atmosphärischen Störungen‹ in der MLK-Realschule erwähnt, ohne diese jedoch weiter zu thematisieren.«

»Nun ja«, meinte Alt nachdenklich. »Wenn Dautzenberg nachher kommt, soll er uns diesen Artikel einmal erklären. Darauf bin ich wirklich gespannt!«

Das Telefon klingelte und Heike nahm ab, hörte kurz zu, sagte nur: »Ich werde es ausrichten!« und legte wieder auf.

»Die Fliege erwartet dich«, erklärte sie an Fritz Alt gewandt.

»Ich kann mir schon denken, warum«, erwiderte dieser und begab sich zum Büro des Kriminaldirektors.

»Ich bin noch gar nicht dazu gekommen, mich bei den Kollegen der anderen Abteilungen über diesen Hausmeister zu informieren«, sagte Heike. »Und die Videoaufzeichnungen aus dem Hotel sind uns eben erst übermittelt worden. Ich werde mich sofort damit beschäftigen.«

»Den Hausmeister kann ich ja übernehmen«, schlug der Kommissarsanwärter vor.

»O.K.«

»Bin schon unterwegs!«

Nach erstaunlich kurzer Zeit kehrte Fritz Alt zurück in den K1-Bereich des Großraumbüros.

»Nanu?«, wunderte sich Hinrichs.

»Ich habe der Fliege erklärt, warum aus unserer Sicht keinerlei Notwendigkeit für einen Personenschutz bei Frau Hichler bestand, auch bei den Gesprächen mit Dautzenberg in der vorigen Woche war das kein Thema.«

Die anderen nickten zustimmend.

»Außerdem gibt es noch eine gute Nachricht«, fuhr Alt fort. »Die Fliege hat es tatsächlich geschafft, einen Durchsuchungsbeschluss für die Boussoufis zu erwirken. Klaas, übernimmst du das bitte!«

Also machte sich Klaas Hinrichs zusammen mit zwei Einsatzkräften der Spurensicherung auf den Weg.

»Mit dem Namen Hichler lagst du ziemlich daneben, Fritz«, wandte sich die Kriminalassistentin an Alt, der nur fragend die Stirn runzelte.

»Deutschlandweit habe ich 68 Personen ausfindig gemacht mit dem Namen Andreas Hichler!«

»Das hätte ich nicht gedacht!«, staunte Alt.

»Rund die Hälfte dieser Leute lebt in Bayern, fünf davon im Großraum München. Und genau einer kommt aufgrund seines Alters in Frage. Polizeilich aktenkundig geworden ist der Mann bislang nicht. Seine Telefonnummer liegt mir vor.«

»Super Arbeit, Heike!«, lobte Alt. »München, damit lag ich ja doch nicht so falsch.«

»Falls es denn unser Mann ist!«, meinte Heise. Und jetzt?«

Alt überlegte kurz, dann sagte er: »Am Telefon möchte ich den Mann nicht befragen, für ein höchstens halbstündiges Gespäch macht auch eine Dienstreise nach Bayern keinen Sinn.«

»Also«, fuhr Heise fort, »kommen unsere Kollegen vor Ort zum Einsatz.«

»Genau! Ich werde unverzüglich das Nötige in die Wege leiten. Heike, verbindest du mich bitte mit der Kripo in München?«

Pünktlich um 11 Uhr erschien Diethelm Dautzenberg, auffällig gekleidet in einem sehr langen dunklen Mantel und mit breitkrempigem Hut. Alt führte ihn in das kahle Vernehmungszimmer, wo Heise bereits wartete. Noch bevor man Platz genommen hatte, polterte der Autor los: »Erst werde ich hier einbestellt wie ein Verdächtiger, dann in diesen Raum gebracht, wo normalerweise die Kriminellen verhört werden. Warum behandelt man mich wie einen Verbrecher?«

Ohne auf das Gesagte auch nur mit einem Wort einzugehen, blickte Fritz Alt den Mann scharf an und ging, wie es seine Art war, direkt zum Angriff über.

»Herr Dautzenberg, warum haben Sie uns belogen? Am Montag voriger Woche gab es beim Peltz-Verlag in Düsseldorf kein Meeting, wie Sie es uns erzählten!«

Der Autor zeigte sich einen Sekundenbruchteil lang verblüfft. »Ich habe nicht gelogen«, erklärte er dann. »Es handelte sich nämlich nicht um den Peltz-Verlag!«

»Soweit mir bekannt ist, darf ein Autor nur bei einem Verlag unter Vertrag stehen und nicht bei mehreren gleichzeitig!«

»Das kann man so nicht sagen«, erwiderte Dautzenberg. »Tatsache ist, ich werde in Kürze den Verlag wechseln!«

»Das ist natürlich ganz allein Ihre Angelegenheit. Wir benötigen von Ihnen nur den Namen des Verlages und einer Person, die Ihre Anwesenheit dort bezeugen kann.«

»Tut mir leid! Es handelt sich um Dinge, die noch nicht für die Öffentlichkeit bestimmt sind.«

»Sie dürfen sich darauf verlassen, dass es nicht in unserer Absicht liegt, Ihren neuen Verlag publik zu machen.« Alt wurde zusehends ungeduldiger.

»Ich darf Ihnen trotzdem keine weiteren Auskünfte erteilen!«, beharrte Dautzenberg.

»Ihnen ist schon klar, dass Sie sich dadurch eher verdächtig machen!«, rief Alt.

»So ein Unsinn! Glauben Sie ernsthaft, ich hätte meine Frau in den Bücherraum der Schule gezerrt und vorher mit einer dämlichen Maske erschreckt? Und wer wäre der zweite Mann dabei gewesen?«

»Dann lassen wir uns über Ihr Alibi vom letzten Montag reden!«, erwiderte Alt anstelle einer Antwort. »Sie gaben an, gegen 17 Uhr losgefahren zu sein. Beim Peltz-Verlag kamen Sie jedoch erst nach 19 Uhr an. Können Sie dies bitte erklären?«

»Wieso erklären? Es herrschte eben dichter Verkehr!«

»Genau dies war laut Aussage unserer Kollegen nicht der Fall! Also?« Alt blickte den Autor scharf an.

Dautzenberg schwieg eine Weile. »Ich bin erst nach 18 Uhr gefahren«, räumte er widerwillig ein.

»Warum haben Sie uns dann angelogen?«

»Wegen des Alibis. Ich wollte nicht...«

»...in Verdacht geraten«, führte Alt den Satz zu Ende. »Das Gegenteil haben Sie jetzt erreicht!«

»Ich war jedenfalls bis kurz nach 18 Uhr zu Hause, und zwar allein!«

»Was ich nicht verstehe, warum sollten wir Sie verdächtigen?«, fragte Alt.

»Ich weiß nicht, nur so ein Gefühl.«

»Dieses Gefühl täuscht Sie nicht«, erklärte Alt kühl und blickte den Autor erneut direkt an. »Wer war die Frau, mit der Sie die Nacht im Hotel Nikko verbracht haben?«

Der Schuss ins Blaue saß. Dautzenberg musste sich in

seiner plötzlichen Überraschung erst sammeln, bevor er unwirsch hervorstieß: »Das ist meine Privatsache und geht Sie rein gar nichts an!«

»Sie scheinen zu vergessen, wir haben einen Mord aufzuklären, den Mord an Ihrer Gattin!« Das ›Ihrer‹ betonte Alt besonders deutlich.

»Pah! Dann tun Sie gefälligst Ihre Arbeit!«, rief Dautzenberg mit finsterer Miene. »Wollen Sie mich jetzt verhaften oder kann ich gehen?«

»Weder noch, Herr Dautzenberg, wir haben noch zwei Fragen an Sie«, erwiderte Alt völlig gelassen. »War Ihnen bekannt, dass Ihre Gattin vor Jahren bereits einmal verheiratet und Hichler nicht ihr Mädchenname war?«

»Sie erwähnte es ganz am Anfang unserer Beziehung, ja. Aber wie ich Ihnen bereits sagte, über ihre Vergangenheit wollte sie am liebsten überhaupt nicht reden und ich respektierte diesen Wunsch selbstverständlich.«

»Eine letzte Sache, für heute jedenfalls: Was soll das? Was wollen Sie damit bezwecken?« Noch während er fragte, warf Alt die Zeitung mit den vier Buchstaben auf den Tisch.

»Das habe ich Ihnen bereits erklärt«, meinte der Autor, der nun wieder etwas ruhiger wirkte. »Wenn Sie für einen Personenschutz gesorgt hätten, würde Beate noch leben!«

»Und wir haben Ihnen klarzumachen versucht, dass für eine derartige Maßnahme keine Notwendigkeit bestand. Außerdem müssen wir davon ausgehen, die Täter der Vorwoche, die diesen Zettel schrieben, kommen für den Mord als Schuldige nicht in Frage.«

Alt machte eine kurze Pause, bevor er fortfuhr: »Ist Ihnen eigentlich bewusst, dass Sie durch diesen Artikel unsere Arbeit behindern? Ganz abgesehen von den unrichtigen Behauptungen geben Sie Täterwissen preis, denn bislang war die Existenz dieser Drohung, ich würde sie eher als Einschüchterung bezeichnen, nur Ihnen und uns bekannt!«

»Kann ich jetzt gehen?«, fragte der Autor.

»Auf Wiedersehen, Herr Dautzenberg, ich schätze, wir werden uns sehr bald wiedersehen!«

»Was denkst du?«, wandte sich Alt an seinen Kollegen, nachdem der Autor den Raum grußlos murrend verlassen hatte.

Heise war dem Gespräch schweigend gefolgt, hatte das Wichtigste mitprotokolliert. »Irgendwie kann ich mir keinen Reim darauf machen«, antwortete er. »Warum präsentierte er uns ein falsches Alibi, wo er sich doch denken kann, dass wir es überprüfen würden?«

»Und wenn er tatsächlich die Nacht im Hotel Nikko mit einer anderen Frau verbrachte, würde er uns sogar ein mögliches Motiv liefern! Warum?«

»Vor allem, warum meldete er sich überhaupt von dem Hotel aus bei mir?«, fragte Alt. »Hätte er das nicht getan, wüssten wir doch rein gar nichts von der Nacht mit der anderen Frau. Das spricht gegen seine Täterschaft!«

»Es sei denn, er wollte, dass wir genauso denken!«, stellte Heise nüchtern fest.

»Wie dem auch sei, wir müssen unbedingt herausbekommen, wer die Frau ist. Mal sehen, wie weit Heike inzwischen mit den Videos gekommen ist.«

Alt und Heise begaben sich in den K1-Bereich des Großraumbüros. Dort war Heike Buschkamp intensiv in ihre Recherche-Arbeit am PC vertieft. Sie bemerkte die

Kommissare erst, als diese plötzlich direkt neben ihr auftauchten.

»Na, was geben die Videoaufzeichnungen her?«, fragte Alt.

»Von der Rezeption des Hotels erhielt ich hilfreiche Informationen über Dautzenbergs Ein- und Auscheckzeiten. Daher brauchte ich nicht das gesamte Videomaterial zu durchforsten.«

»Und was ist dabei herausgekommen?« Alt wirkte leicht ungeduldig.

»Unser Starautor checkte am Montag um 19.23 Uhr ein und am Dienstagmorgen um 6.08 Uhr aus. Nach Aussagen der Verlagsmitarbeiter verließ er die Geburtstagsfeier gegen 22.15 Uhr. Also sah ich mir die Aufzeichnungen für genau diese drei Zeiten an und auch für die Minuten nach 19.23 Uhr am Montag. Jedes Mal war Dautzenberg zu der betreffenden Zeit zu sehen, zweimal betrat er das Hotel, zweimal verließ er es.«

»Und?«

»Nichts und!«, stellte Heike nüchtern fest. »Er war jedes Mal allein!«

»Wie? Nicht in Begleitung einer Frau?«, rief Alt aus.

»Begleitung?«, wiederholte Klaas Hinrichs, der inzwischen unbemerkt von den anderen hinzugetreten war. »Das erinnert mich an einen Begleitservice. Vielleicht werden solche Damen ja sogar über das Hotel angeboten!«

»Nutten sagte man früher!«, erklärte Heise. »Glaubst du wirklich, Dautzenberg habe sich so jemand aufs Zimmer kommen lassen?«

»Auszuschließen ist es jedenfalls nicht«, sagte Alt.

»Hast du die Videoaufzeichnungen auch ein paar Minuten vor den in Frage kommenden Uhrzeiten angeschaut?«, wollte Heise wissen.

»Klar! Nachher auch. Keine einzelne Frau zu sehen!«

»Hm, einzelne Frau«, murmelte Hinrichs fast zu sich selbst. »Sie könnte zusammen mit einer oder mehreren anderen Personen das Hotel betreten oder verlassen haben.«

»Wieder Fehlanzeige!«

»Also falls es keine hoteleigene ›Hausdame‹ war, und davon gehe ich aus, dann muss diese Frau doch in das Hotel hinein und auch wieder hinausgekommen sein!«, rief Alt ärgerlich.

»Versetzen wir uns einfach einmal in Dautzenbergs Lage. Wie würden wir vorgehen?«, schlug Heise vor, sah die anderen an und beantwortete seine Frage dann selbst: »Ich checke um 19.23 Uhr ein, gehe nur kurz in mein Zimmer, um meine Reisetasche abzulegen. Ein paar Minuten später verlasse ich das Hotel wieder. Auf dem kurzen Fußweg zum Verlag übergebe ich an einem vorher vereinbarten Treffpunkt der Frau den Zimmerschlüssel.«

Die anderen blickten Heise neugierig an.

»Weiter, Holmes!«

»Sie geht dann vielleicht irgendwo in der Nähe eine Kleinigkeit essen, natürlich nicht im Restaurant des Hotels, und begibt sich danach in das Zimmer. Dort erwartet sie den Mann, der versprochen hat, die Geburtstagsfeier möglichst frühzeitig zu verlassen, im verführerischen Negligé.«

»Also benötigen wir die Videoaufzeichnungen von circa 20.30 Uhr bis 22 Uhr!«, stellte Alt fest.

»Und wie und wann hat sie das Hotel wieder verlassen, Holmes?«, wollte Hinrichs wissen.

»Sie durfte ja auf keinen Fall gesehen werden, also denke ich, sie benutzte irgendeinen Personal- oder Lieferanteneingang.«

»Und dort existieren vermutlich keine Kameras«, ergänzte Alt.

»Außerdem«, fuhr Heise fort, »halte ich es für höchst wahrscheinlich, dass er die Frau aus Kleve oder Umgebung mitgebracht hat.«

»Denn wenn sie aus Düsseldorf wäre, hätte man kein Hotelzimmer gebraucht«, führte Alt den Satz zu Ende.

»Aber was bringt uns das alles in Bezug auf die Tätersuche?«, fragte die Kriminalassistentin. »Glaubt ihr wirklich, Dautzenberg ermordet seine Frau, fährt dann seelenruhig zu der Geburtstagsfeier nach Düsseldorf und verbringt später dort die Nacht mit seiner Geliebten?«

»Solche Menschen gibt es!«, bemerkte Alt. »Gerade in unserem Beruf dürfen wir keine Möglichkeit ausschließen. Aber jetzt sollten wir erst einmal die Kantine aufsuchen und eine Stärkung zu uns nehmen. Wir brauchen einen klaren Kopf!«

»Klare Fleischbrühe für einen klaren Kopf!«, witzelte Hinrichs wieder einmal.

Fritz Alt hatte vor einiger Zeit angeregt, während des Mittagessens über alles andere zu reden, nur nicht über die akut anliegenden Fälle. Eine Zeitlang wirklich abzuschalten, sich zwanglosem Smalltalk hinzugeben, den Kopf wieder freizubekommen, das war das Ziel. Die Idee stammte von einer Fortbildungsveranstaltung, auf der ein Psychologe den Teilnehmern den betreffenden Rat gegeben hatte.

Daher wurde Jens Marquardt von Heise mit einem senkrecht über die Lippen gelegten Zeigefinger gestoppt,

als er sich zu den anderen setzte und loslegen wollte:
»Also, dieser Hausmeister...«

»Später!«, sagte Alt.

»Jetzt wird nur darüber geredet, ob die Schweineroulade oder das Hähnchen Cordon bleu besser schmeckt!«, erklärte Hinrichs.

»Aber um das entscheiden zu können, müsste man beide Gerichte verspeist haben«, wandte Heise ein.

»Typisch Holmes!«, meinte Alt. »Aber recht hat er.«

»Warum gibt es hier eigentlich keine veganen Speisen?«, fragte Marquardt und die anderen sahen ihn verwundert an.

»Mangels Nachfrage, schätze ich«, antwortete Alt.

»Auf Fleisch verzichten, also vegetarisch zu essen, das kann ich durchaus nachvollziehen«, meinte Hinrichs. »Aber auch kein Ei, keinen Fisch, keinen Käse, immer nur Grünzeug? Nein, das wäre nichts für mich!«

»Aber ich las kürzlich, die Zahl der Veganer steigt immer mehr an«, bemerkte Heise.

»Veganer, für mich klingt das außerirdisch«, murmelte Alt.

»Verstehe! Du meinst die Science-fiction Serie ›Invasion von der Wega‹«, erklärte Hinrichs zur Verblüffung der anderen.

»Die Serie lief doch vor deiner Zeit!«, meinte Alt.

»Aber ihr wisst doch, ich bin begeisterter Sci-fi-Anhänger. Da kennt man solche Dinge. Außerdem ist es ganz leicht, die Vega-Aliens in Menschengestalt von den irdischen Veganern zu unterscheiden!«

Fragend blickten ihn alle an.

»Ein kleiner Piekser oder Schnitt genügt, denn die Alien-Veganer bluten nicht!«

Alle lachten. Ziel erreicht, der Fall Hichler ist weit weg, dachte Alt bei sich.

Laut sagte er: »Dann treffen wir uns um zwei im K1.«

Alle waren pünktlich zur Stelle.

»Zunächst ein kurzer Erfahrungsaustausch, damit wir uns alle auf demselben Kenntnisstand befinden«, begann Fritz Alt und fasste das Gespräch mit dem Kinderbuchautor und die bislang unergiebige Auswertung des Videomaterials kurz zusammen.

»Aber vielleicht finden wir die Frau ja doch noch«, meldete sich Heike Buschkamp zu Wort.

Dann berichtet Hinrichs über die Hausdurchsuchung bei den Boussoufis.

»Mutter Boussoufi, der einzig anwesenden Person in der Wohung, wurde der Durchsuchungsbeschluss gezeigt. Sie schien nicht zu verstehen, um was es ging, war demzufolge auch nicht in der Lage, uns die Passwörter für die beiden Rechner zu nennen, die die Kollegen aus der Wohnung trugen. Einer davon war der PC aus Kamal Boussoufis Zimmer. Im Augenblick versucht sich Cuypers an den Rechnern. Falls diese auf die Schnelle nicht zu knacken sind, besteht ja bekanntlich kein Grund zur Sorge. Unsere ganz spezielle Datenverarbeitungstruppe in Lüneburg wird dann übernehmen. Passwortgeschützte oder auch endgültig gelöschte Dateien rufen bei diesen Jungs nur ein müdes Lächeln hervor.«

»Trotzdem wäre es besser, ohne deren Hilfe auszukommen, denn das würde die ganze Angelegenheit weiter verzögern«, gab Alt zu bedenken. Dann wandte er sich an den Kommissarsanwärter: »Und nun zu Hausmeister Schumann!«

»Die Kollegen haben den Mann bereits seit einiger Zeit

im Visier«, begann Marquardt. »Sie halten ihn für ein Mitglied einer weitverzweigten Diebes- und Hehlerbande. In den riesigen Kellerräumen unter der Turnhalle, wo auch altes Schulmobiliar gelagert wird, Pulte, Schränke, Bänke, Stühle und dergleichen, vermuten die Kollegen eine Art Zwischenlager oder Umschlagplatz für gestohlene oder am Zoll vorbeigeschmuggelte Waren, vorwiegend Zigaretten und Unterhaltungselektronik. Dem Mann war leider bislang nichts nachzuweisen. Sogar eine Razzia mit Durchsuchung der Räumlichkeiten erbrachte keinen Erfolg.«

»Tja, schade!«, kommentierte Hinrichs.

»Aber das Beste kommt noch!«, fuhr Marquradt fort. »Wer, meint ihr, hat die Kollegen auf die Spur des Hausmeisters gebracht?«

»Du willst doch nicht sagen, die Hichler?«, fragte Heise.

»Genau die! Sie hat ja oft noch bis in den Abend hinein in der Schule gearbeitet. Dabei muss sie mitbekommen haben, wie mehrfach größere Fahrzeuge die Rampe hinunter in den Bereich unter der Turnhalle verschwanden. Das kam ihr natürlich merkwürdig vor.«

»Das würde ideal zu der Aussage der Lehrerin passen, die den Streit gehört hat«, erklärte Alt. »Der Satz ›Es war meine Pflicht!‹ könnte die Antwort gewesen sein auf Schumanns wütende Vorwürfe, warum sie ihn bei der Polizei angeschwärzt habe.«

»Klingt plausibel. Das soll uns Herr Schumann erklären!«, forderte Hinrichs.

»Warum blieb die Razzia eigentlich erfolglos?«, wollte Heise wissen.

»Das fragen sich die Kollegen auch«, antwortete Marquardt. »Möglicherweise falscher Zeitpunkt oder sogar eine Warnung!«

»Warnung?«, wiederholte Alt kopfschüttelnd. »Aber das würde ja bedeuten....«

»Sag es lieber nicht!«, unterbrach Heise.

»Es war aber nicht so, dass die Kollegen gar nichts gefunden hätten«, meldete sich Marquardt wieder zu Wort. »In den Kellerräumen unter der Sporthalle befanden sich Dutzende Verpackungen von Flachbildschirmen der oberen Preisklasse. Der Hausmeister wusste natürlich nichts über die Herkunft der Kartonagen.«

»Natürlich nicht!«, bemerkte Hinrichs gehässig.

»Einen Erfolg hat die Aktion bestimmt bewirkt«, sagte Alt. »Dieses Schmuggel- und Diebeslager dürfte damit ›verbrannt‹ sein, für die Bande nicht mehr zu benutzen, denn die Polizei weiß ja Bescheid.«

»Eine Sache verstehe ich allerdings nicht«, bemerkte Heise. »Wie kann Schumann wissen, dass es die Hichler war, die ihn bei der Polizei angeschwärzt hat?«

»Entweder sie hat es ihm selbst gesagt, was ich für nicht sehr wahrscheinlich halte«, antwortete Hinrichs.

»Oder aber...«, murmelte Alt.

»... es existiert eine undichte Stelle in unserem Verein!«, führte Hinrichs den Satz zu Ende.

Während die anderen über diesen Verdacht eine lebhafte Diskussion führten, wandte sich die Kriminalassistentin wieder den Videoaufzeichnungen vom Eingang des Hotel Nikko in Düsseldorf zu.

»Kommt ihr mal!«, rief sie plötzlich. »Die einzige Frau, die das Hotel am Montagabend in der Zeit zwischen 20.30 Uhr und 22 Uhr allein betreten hat, ist diese! Seht ihr?«

Alt, Hinrichs und Marquardt betrachteten den Bildschirm mit enttäuschten Blicken, doch Heise zuckte zusammen.

»Kannst du die Frau als Standbild vergrößern, Heike«, rief er aufgeregt.

»Klar doch, einen Augenblick bitte. Hier ist sie!«

»Kennst du sie etwa?«, fragte Alt sichtlich überrascht.

»Nicht nur ich, du kennst sie auch, Fritz. Sieh her!«

Alt und auch Hinrichs und Marquardt sahen das Bild intensiv an, schienen aber ratlos.

»Wer soll das sein?«, fragte Hinrichs.

»Man sieht eine schlanke Figur, das lockige schwarze Haar wird von dieser Kapuze fast völlig verdeckt, auch vom Gesicht erkennt man nur einen kleinen Teil. Aber ich bin mir sicher, es ist Eva Göhlich!«, erklärte Heise.

Die anderen waren vor Überraschung zunächst sprachlos, bevor sie fast gleichzeitig losredeten.

»Die Lehrerin von der MLK-Schule?«

»Das kann doch nicht sein!«

»Dautzenberg hat ein Verhältnis mit einer Lehrerin der Schule, die seine Frau leitet?«

»Und verbringt die Nacht, nachdem seine Frau getötet wurde, mit dieser Geliebten? Das klingt völlig unwahrscheinlich!«, zweifelte Alt.

»So ist es aber!«, beharrte Heise.

»Wieso hast du die Frau nach einer kurzen Befragung direkt identifiziert? Du kennst sie wohl näher!« Hinrichs hatte die Bemerkung als Scherz gemeint, jedoch absolut nicht erwartet, was Heise antwortete: »Sie begann einen Flirt mit mir, daher habe ich sie so genau in Erinnerung!«

Zum zweiten Mal innerhalb weniger Minuten hatte Heise seine Kollegen in Erstaunen versetzt.

»Habe ich das richtig verstanden?«, fragte Alt und fügte hinzu: »Ich glaube, ich muss mal wieder zum Ohrenarzt, zum Hörtest!«

»Es stimmt!«, bekräftigte Heise und berichtete von Frau Göhlichs sonderbarem Verhalten bei der Befragung.

»Die Dame sollten wir uns schnellstmöglich ansehen!«, rief Hinrichs.

»Das auch, aber befragen wäre vielleicht die bessere Wortwahl!«, erwiderte Alt grinsend.

»Am besten, wir rufen den Konrektor an, der verfügt bestimmt über eine Adress- und Telefonliste des Kollegiums«, schlug Heise vor.

Wenige Minuten später befanden sich Alt und Hinrichs unterwegs zum Tannenweg. Lothar Flecken hatte den Beamten die Anschrift und Telefonnummer direkt mitgeteilt, offenbar ohne irgendwo nachschauen zu müssen.

»Wir fahren sofort hin!«, hatte Fritz Alt entschieden. »Sie telefonisch vorzuwarnen könnte dazu führen, dass sie sich mit Dautzenberg abspricht.«

»Falls das nicht schon längst geschehen ist«, hatte Hinrichs zu bedenken gegeben.

Frau Göhlich lebte in einem etwas abgelegenen Haus am Stadtrand mit Blick auf ein kleines Wäldchen. Die Hausherrin empfing die beiden Beamten in knallenger blauer Leggings und atemberaubend tief ausgeschnittenem weißen Pullöverchen, unübersehbar die einzigen Kleidungsstücke, welche sie an diesem Nachmittag anhatte.

Alt und Hinrichs nahmen sofort den aufdringlichen Parfümduft in dem geräumigen Wohnzimmer wahr, in das sie geführt wurden. Alt bewegte nahezu unmerklich seine Nase, aber Hinrichs verstand und nickte.

Mit einem strahlenden Dauerlächeln versuchte Frau Göhlich mehr schlecht als recht zu verbergen, wie unangenehm ihr dieser Besuch war. Während Hinrichs seine Augen kaum von der Frau abzuwenden vermochte, sah sich Alt mit professionellem Blick rasch in dem geschmackvoll eingerichteten Raum um. Heller Parkettboden, weinrote Ledersitzgarnitur, eine Anbauwand mit grauer Lackoberfläche. Dabei handelte es sich jedoch keineswegs um eine Regalwand im herkömmlichen Stil wie im heimischen Wohnzimmer. Vielmehr waren die einzelnen Elemente unterschiedlicher Höhe und Breite scheinbar wahllos an der Wand verteilt angebracht. In einer der offenen Nischen dieses Systems bemerkte Alt eine kleine Figur, eine kunterbunt angemalte Kuh.

»Es scheint, sie haben wohl jemand anderen erwartet«, wandte sich Alt dann an die Frau und ließ seine Augen demonstrativ über ihren Körper gleiten und dann hinüber zu der kleinen bunten Kuhskulptur.

»Wie meinen Sie das?«, fragte sie unsicher.

»Nun, es könnte ja sein, Herr Dautzenberg wollte noch vorbeikommen!«

Nur ein ganz leichtes Flackern in ihren Augen verriet eine kurzzeitige Überraschung.

»Ja, wir sind ein Paar!«, sagte sie dann völlig ruhig.

»Seit wann?«

»Kennengelernt haben wir uns auf der Weihnachtsfeier in der Schule im letzten Jahr. Danach ging alles ganz schnell.«

»Herr Dautzenberg war bis vor ein paar Tagen noch verheiratet«, schaltete sich Hinrichs ein. »Wurde nie über eine Scheidung gesprochen?«

Sie sah die Kommissare kurz an, bevor sie antwortete: »Doch, natürlich! Aber erst nach meinem Schulwechsel im Sommer. Vorher sollte unsere Beziehung absolut geheim bleiben. Denken Sie nur, in welche Situtation ich sonst in der Schule geraten wäre!«

»Deshalb also auch das Versteckspiel im Hotel Nikko Montagnacht«, stellte Hinrichs fest.

»Aber anscheinend nicht gut genug, um Sie hinters Licht zu führen«, erwiderte sie lächelnd mit ihrem herausfordernden Augenaufschlag.

»Wie sind Sie eigentlich nach Düsseldorf gekommen?«, fragte Alt.

»Mit Balti, also Herrn Baselitz. Wir sind natürlich zusammen gefahren, in seinem Wagen.«

»Und wann war das?«

»Wann wir losgefahren sind? Gegen 18 Uhr. Aber wir waren vorher schon zusammen.« Mit einer beiläufig wirkenden raschen Bewegung zog sie die Beine an, spreizte sie kurz und schloss sie dann wieder. Während Hinrichs die Frau noch gespannt anstarrte, fragte Alt ganz ruhig: »Seit wann waren Sie am Montag zusammen?«

»Seit kurz nach vier. Als ich von der Schule heimkam, erschien Herr Baselitz.«

»Und Sie verbrachten die ganze Zeit zusammen, bis Sie nach Düsseldorf fuhren?«, fragte Hinrichs nach.

»Oh ja!«

»Davon hat uns Herr Dautzenberg aber nichts erzählt!«, wandte Alt ein.

»Das war so abgesprochen, er wollte mich da so lange wie möglich raushalten. Aber das haben Sie ja jetzt verhindert!«, erwiderte sie mit einem leicht verärgerten Blick.

»Eine andere Frage: Sind Sie absolut sicher, dass Frau Hichler nichts von Ihrem Verhältnis ahnte?«, sagte Alt.

»Absolut, ich meine, es bestand zwar ganz bestimmt keine herzliche Beziehung zwischen uns, aber in diesem Falle hätte sie es mich garantiert spüren lassen. Leute fertigmachen, das beherrschte sie!«

»Höchst attraktive Frau!«, bemerkte Hinrichs, als die beiden Beamten wieder im Auto saßen.

»Ja, schon«, entgegnete Alt, »ich habe auch keine Knöpfe auf den Augen. Aber leider hat sie unsere Arbeit gewaltig erschwert.«

»Du meinst, weil Dautzenberg jetzt über ein Alibi verfügt und somit als Täter nicht mehr infrage kommt?«

»Ja und nein«, antwortete Alt. »Die beiden geben sich gegenseitig ein Alibi, Dautzenbergs Aussage vorweggenommen, und das macht die Sache für uns garantiert nicht einfacher.«

Diese Ansicht teilten auch Heise und Marquardt, nachdem sie von Hinrichs eine Zusammenfassung des Besuches bei Frau Göhlich erhalten hatten.

»Wenn zwei Verdächtige sich gegenseitig ein Alibi geben, dann stinkt das in der Regel bis zum Himmel!«

Die anderen sahen Heise wegen dessen ungewohnt derber Wortwahl verblüfft an.

»Dautzenberg bringt seine Frau um und seine Geliebte veschafft ihm ein Alibi und ist damit auch selbst aus dem Schneider. Und wir können gar nichts machen«, führte Hinrichs aus.

»Vielleicht sollten wir uns nicht zu sehr auf Dautzenberg und Göhlich als einzige Verdächtige konzentrieren«, erklärte Fritz Alt. »Morgen werden wir Hausmeister und Konrektor mal etwas genauer auf den Zahn fühlen!«

DREIZEHN

Immer noch ließ der Frühling auf sich warten, das ungemütliche Nieselwetter hatte sich offenbar festgesetzt, wollte den Niederrhein so bald nicht wieder verlassen. Ebenso die arktischen Wildgänse, deren Anzahl für Mitte März noch erstaunlich hoch war, wie Klaas Hinrichs allmorgendlich bei der Fahrt von Kranenburg nach Kleve hinein feststellte.

Als Siegfried Heise im Großraumbüro eintraf, fiel im sofort die gute Laune des Kollegen Hinrichs auf. Dieser grinste und erklärte sodann mit feierlicher Stimme: »Hier steht etwas in der Zeitung über unseren kürzlich verblichenen vierbeinigen Freund!«

Verständnislos sah Heise seinen Kollegen an.

»Wen meinst du?«, fragte er.

»Unseren adligen Kater, Graf Maunz.«

»Über den steht etwas in der Zeitung?« Heise wirkte immer noch erstaunt. »Was denn?«

»Der Graf soll möglicherweise exhumiert werden!«, erklärte Hinrichs mit todernster Miene.

»Aber das ist jetzt wieder einer deiner Scherze, nicht wahr?«

»Keineswegs!«, rief Hinrichs und warf Heise die Zeitung zu. »Lies selbst, ganz unten rechts!«

Heise las und stellte fest, ein Scherz seines Kollegen war wirklich nicht im Spiel. Graf Maunz´ Besitzerin hatte den Betreiber des Tierfriedhofs Waldesruh in Twisteden verklagt, weil die Grabfläche der Katze so klein sei, dass das Tier unter den Randsteinen liege und dort nicht die ewige Ruhe finde. Jetzt stehe eine Exhumierung im Raum, um den Rechtsstreit zu klären.

Heise schüttelte befremdet den Kopf.

»Bei manchen Leuten geht die Tierliebe eindeutig zu weit!«, stellte er nachdenklich fest. »Die verlieren doch jegliches Maß an Realität! Wenn man sich vor Augen führt, wie es in großen Teilen der Welt zugeht mit Armut, Hunger, Krieg und Vertreibung, wirkt ein solches Theater um eine tote Katze einfach nur lächerlich!«

Dem konnte Hinrichs nur zustimmen.

Fritz Alt und Klaas Hinrichs hatten wieder einmal den Lehrerparkplatz der Martin-Luther-King-Realschule erreicht und einen der letzten freien Plätze ergattert.

»Dass ich noch einmal so oft eine Schule von innen zu Gesicht bekommen würde, hätte ich mir auch nicht träumen lassen«, sinnierte Hinrichs und Alt konnte dem nur zustimmen.

Rein äußerlich betrachtet schien der Schulbetrieb wie gewohnt zu laufen, die erste große Pause war vorbei, die Schüler und Schülerinnen befanden sich in den Klassen.

Man traf sich wieder im Büro des Konrektors.

»Herr Flecken, was können Sie uns über Herrn Schumann erzählen?«, begann Fritz Alt. »Der Hausmeister spielt bestimmt eine wichtige Rolle im Schulalltag!«

Flecken blickte leicht irritiert. »Ja, schon, aber ich verstehe die Frage nicht.«

»Dann formuliere ich anders: Wie würden Sie das Verhältnis zwischen Herrn Schumann und der Schüler- und Lehrerschaft beschreiben?«

»Nicht gut, wenn Sie mich so fragen«, begann Flecken.

»Er schreit die Kids häufiger mal an. Manche Kollegen beschweren sich, dass er immer wieder mal unangemeldet und ohne Anklopfen den Unterricht stört, nur um mitzuteilen, dass ›die Sibylle‹, seine Tochter, krank sei oder die Hausaufgaben nicht machen konnte, weil sie diese nicht verstanden habe. Und dann ist da noch die Sache mit dem Hund.«

»Erzählen Sie!«

»Herr Schumann besitzt natürlich einen Wachhund, der nachts auf dem Schulgelände frei herumläuft. Nur leider passiert es immer wieder, dass dieser Bello, ein riesiger und furchteinflößender Deutscher Schäferhund, mit seinem Herrchen, aber ohne Leine, während der großen Pausen mitten durch die Schülerschar über den Schulhof Richtung Parkplatz marschiert. Eine Mutter hat sich bereits vehement schriftlich darüber beschwert, weil ihr Sohn eine panische Angst vor Hunden aufweist.«

»Und?«

»Schumann hat nur abgewiegelt. ›Mein Rudi tut nix, der hört auf Wort!‹ Schließlich habe ich mich offiziell bei der Stadt als Schulträgerin beschwert, den Sachverhalt geschildert, auf die Gefahren für die Kids hingewiesen.

Das hat dann wohl gewirkt, denn seit ein paar Wochen habe ich Rudi während der Pausen nicht mehr auf dem Schulhof bemerkt. Damit bin ich allerdings bei Schumann unten durch, wie man so sagt.«

»Interessant!«, kommentierte Hinrichs. »Eine andere Sache, hat Frau Hichler Ihnen gegenüber jemals etwas von möglichen dunklen Geschäften des Hausmeisters erwähnt, die Räume unterhalb der Turnhalle betreffend?«

Flecken sah die Kommissare mit einem verblüfften Gesichtsausdruck an. »Das nicht«, antwortete er, »aber...«

»Ja?«

»Nun ja, im Lehrerzimmer kursieren immer wieder Gerüchte um mögliche Nebengeschäfte des Mannes. Sein Gehalt liegt ja wohl deutlich unter demjenigen einer Lehrkraft.«

»Ja und?«, fragte Alt leicht ungeduldig.

»Haben Sie mal gesehen, welche Nobelkarosse unser Hausmeister sein eigen nennt? Kein Kollege, keine Kollegin an dieser Schule fährt einen solchen Schlitten. BMW 7er, rund 80.000€ geschätzt!«

»Nun ja, viele dieser Nobelfahrzeuge sind heutzutage für einen bestimmten Zeitraum geleast«, entgegnete Alt. »Aber das klingt schon merkwürdig!«

»Dann hätten wir noch die eine oder andere Frage an Sie!«, wandte sich nun Hinrichs direkt an den Konrektor.

»Ja?«

»Herr Flecken, wo befanden Sie sich am Montag zwischen 16 und 19 Uhr?«

Flecken wirkte leicht irritiert. Es dauerte eine Weile, bevor er mit einer Gegenfrage antwortete: »Was soll das? Sie glauben doch nicht....«

»Wir glauben gar nichts«, unterbrach ihn Alt barsch.

»Würden Sie bitte unsere Frage beantworten?«

»Montag ist nicht mein langer Tag, da bin ich wohl gegen drei heimgefahren«, meinte Flecken.

»Und danach?«

»War ich zu Hause.«

»Kann das jemand bestätigen?«

»Meine Frau ist Ärztin. Sie kam erst nach 19 Uhr, wenn ich mich recht erinnere.« Nach einem sonderbaren Blick auf Alt fuhr er fort: »Ich verstehe natürlich den Sinn Ihrer Fragen. Die Hichler hat mich saumäßig behandelt, regelrecht gemobbt, ständig wurde ich kritisiert. Dabei fand sie sogar Unterstützung von dieser Tussi bei der Bezirksregierung!«

Mausgesicht, dachte Hinrichs schmunzelnd.

»Wir haben uns im Kollegium oft gefragt, mit welchem hohen Tier im Schulministerium die Hichler früher mal im Bett war«, fuhr Flecken fort. »Es ist doch höchst seltsam, wie sie von Düsseldorf protegiert und das von ihr angerichtete Chaos anderen in die Schuhe geschoben wurde!«

Er sah die beiden Beamten an. Da diese jedoch schwiegen, redete er weiter: »Ja, ich habe mir oft gewünscht, sie loszuwerden, aber nicht auf diese Weise. Wie Sie wissen, hätte ich ja in paar Monaten durch meinen Schulwechsel nichts mehr mit ihr zu tun gehabt!«

Fleckens Gesicht war vor Aufregung ganz rot geworden, als er mit lauter Stimme rief: »Über den Tod dieser Frau empfinde ich absolut keine Trauer!«

»Glauben wir ihm?«, fragte Hinrichs, als sie sich bald darauf vom Konrektor verabschiedet hatten und sich auf den Weg zum Hausmeister machten.

»Er müsste tatsächlich schön blöd gewesen sein, dieses

Risiko einzugehen, wo er sie ja wirklich binnen weniger Monate losgeworden wäre«, erwiderte Alt. »Aber man weiß ja nie! Gehasst hat er sie auf jeden Fall!«

Hausmeister Schumann reagierte offensichtlich schon verärgert auf den Besuch der Polizei, bevor noch eine einzige Frage gestellt worden war.

»Was wollen Sie von mir? Ich kann Ihnen nicht helfen!«, maulte er.

Fritz Alt kam wieder einmal direkt zur Sache: »Frau Hichler hat von Ihren dunklen Geschäften geahnt, Herr Schumann. Sie hätten also allen Grund gehabt, auf sie sauer zu sein.«

»Unsinn! Es gibt keine dunklen Geschäfte, wie Sie es nennen. Ihre Kollegen haben absolut nichts bei mir gefunden, das dürfte Ihnen bekannt sein. Außerdem, woher sollte ich wissen, dass die Hichler mich angeschwärzt hat?«

Hinrichs und Alt blickten sich vielsagend an.

»Sie haben damit gerade zugegeben, dass Sie es wussten!«, erklärte Alt.

»Ich? Niemals! Sie drehen mir doch die Worte im Mund herum! Ich sage kein Wort mehr!«, rief der Hausmeister mit lauter, sich fast überschlagender Stimme.

»Sie waren zur Tatzeit am Tatort, haben das Opfer ja angeblich selbst gefunden und verfügen über ein starkes Motiv, wie Sie uns gerade eben selbst mitteilten: Rache!«

Das Gesicht des Mannes war rot angelaufen, seine Erregung deutlich spürbar. »Unsinn!«, zischte er nur.

Auf weitere Nachfragen verweigerte er nun jegliche Antwort, sodass das Gespräch damit beendet werden musste.

»Also, auch Schumann dürfen wir getrost in unsere Verdächtigenliste aufnehmen«, erklärte Hinrichs, als man kurze Zeit später wieder im Wagen saß und zurück zum Präsidium fuhr.

»Aber ob seine Wut auf die Schulleiterin wirklich solche Dimensionen erreichte?«, meinte Alt etwas skeptisch.

»Man weiß ja nie. Gehasst hat er sie auf jeden Fall!«, wiederholte Hinrichs lächelnd die Worte seines Chefs.

Im Präsidium unterrichtete Fritz Alt den Kriminaldirektor über den neuesten Stand der Ermittlungen. Die Fliege zeigt sich naturgemäß nicht allzu erfreut, musste als erfahrener Kriminalist allerdings zugeben, dass die Beweislage in dem Fall alles andere als einfach sei. Immerhin schien es ja mehrere ansatzweise Verdächtige zu geben, bei denen man dranbleiben müsse, wie Fricke sich ausdrückte.

Bei der Mittagspause in der Kantine stand zunächst die schwierige Entscheidung zwischen Rotbarschfilet und Reis-Gemüseauflauf an, bevor man sich zwangloser Plauderei zuwandte. Dabei traf das Adjektiv allerdings kaum zu, denn es herrschte sehr wohl ein Zwang, nämlich derjenige, nicht über den Fall zu reden. Der bevorstehende Spieltag der Fußball-Bundesliga bot ja auch genügend Gesprächsstoff.

Fritz Alt als bekennender BVB-Anhänger hatte sich am vorigen Spieltag mächtig darüber geärgert, dass es ›seiner‹ Borussia durch ein 0:0 im direkten Duell gegen die Bayern nicht gelungen war, den Abstand auf den Erzrivalen auf zwei Punkte zu reduzieren. Einen vor Wochen ins Auge gefassten Aufenthalt in seiner Heimatstadt, verbunden mit dem Besuch des Sonntagabendspiels gegen Mainz hatte er bereits abgesagt. In der gegenwärtigen Phase einer Mordermittlung war es selbstverständlich, jederzeit vor Ort erreichbar zu sein.

Am frühen Nachmittag traf sich das K1-Team dann wieder im Büro des Alten Fritz. Zunächst tauschte man sich über die bisherigen Ergebnisse des Tages aus. Dem KTU-Mann Cuypers war es nicht gelungen, die Dateien auf den Boussoufi-Rechnern zu öffnen, also mussten die Spezialisten aus Lüneburg sich der Sache annehmen. Dies würde jedoch erst zu Beginn der folgenden Woche Ergebnisse bringen.

Mitten in das Gespräch über das weitere Vorgehen läutete das Telefon.

»Kommissar Wanninger aus München ist in der Leitung«, verkündete Heike Buschkamp.

»Stell' bitte durch, Heike!«, erwiderte Alt und schaltete auf ›Lautsprecher‹, um alle mithören zu lassen. Der Kollege hatte schnelle Arbeit geleistet, Herrn Hichler noch am selben Tag aufgesucht und berichtete zusammenfassend von dem Gespräch. Der detaillierte Bericht würde folgen.

»Hichler ist Mitte 50, lebt allein und erinnert sich natürlich ganz genau an die damalige Kurzehe. Er zeigte sich immer noch wütend auf die Frau, empfand keinerlei Trauer, als ich ihm von ihrem Tod berichtete. So, wie er es darstellte, war die Frau, eine attraktive Blondine, ganz scharf auf ihn. Man verliebte sich und heiratete schon nach wenigen Wochen. Was dann geschah, hat den Mann zutiefst verbittert. Eine Woche nach der Trauung, während sich Andreas Hichler beim Fußballtraining befand, packte seine Frau ihre Sachen und verließ die Wohnung. Zurück blieb nur ein Zettel, auf dem zu lesen war, sie wolle die Scheidung. Er hat sie danach nur noch einmal gesehen, ein Jahr später, als die Scheidung offiziell vollzogen wurde. Dabei verweigerte sie jedoch jeglichen Kontakt mit ihm, sein ›Warum?‹ blieb ohne Antwort und das bis zum heutigen Tag!«

»Das klingt in der Tat höchst merkwürdig«, stellte Alt nachdenklich fest.

»Den fraglichen Abend verbrachte Hichler übrigens bei der Geburtstagsfeier seines Bruders, Zeugen satt, bombensicheres Alibi!«, ergänzte Wanninger.

»Hat er sonst noch etwas über die Frau gesagt?«, wollte Alt wissen.

»Nein, ich hatte den Eindruck, er wollte nicht mehr dazu sagen, nur einen Satz äußerte er.«

»Ja?«

»Ihre Augen hätten mir eine Warnung sein müssen!«

»Ich glaube, ich kann diese Äußerung nachvollziehen«, erklärte Alt und bedankte sich bei dem Münchener Kollegen für die schnelle Hilfe.

»Beate Simons verdreht vor 30 Jahren einem Mann den Kopf, bringt ihn vor den Traualtar und serviert ihn dann eiskalt ab«, fasste Hinrichs zusammen. »Aber was nutzt uns diese Information?«

»Im Augenblick rein gar nichts!«, antwortete Heise. »Möglicherweise kommt dem später noch eine Bedeutung zu.«

VIERZEHN

Mehr als zwei Wochen waren inzwischen vergangen. Der März bereitete sich auch schon wieder auf seinen Abschied vor, der Frühling hatte eindeutig die Macht übernommen. Nahezu übergangslos waren die Temperaturen auf über 20 Grad geklettert. Das morgendliche Vogelkonzert nahm ständig zu, aber das störte den Hahn kaum noch, denn mit der täglich früher einsetzenden Dämmerung krächzte er auch immer früher los.

Die Tätersuche im Mordfall Hichler war keinen Schritt vorangekommen, die Stimmung im K1 entsprechend mies. Es hatten sich keine neuen Erkenntnisse ergeben, auch Hilfe aus der Öffentlichkeit war nicht eingegangen.

Die Verdachtsmomente gegen Dautzenberg/Göhlich, Schumann und Flecken hatten nicht erhärtet werden können. Alle Lehrkräfte der MLK-Schule waren nochmals intensiv befragt worden, insbesondere diejenigen mit Nachmittagsunterricht am Montag.

Auch die Schüler und Schülerinnen, die normalerweise nach Unterrichtsende noch auf dem Schulhof spielen oder einfach herumhängen, waren interviewt worden, nahezu erfolglos. Einer hatte angeblich zwei dunkel gekleidete Männer mit einer großen Tasche am Seiteneingang wahrgenommen, erinnerte sich aber nicht mehr an die Uhrzeit oder weitere Einzelheiten.

Der Freundes- und Bekanntenkreis des Opfers war befragt worden, ohne neue Erkenntnisse zu erlangen.

Auch Michael Gerlach war inzwischen überprüft worden. Ein Gespräch mit Janniks Klassenlehrer hatte Gerlachs Angaben bestätigt. Janniks Mutter sei alleinerziehend und der Großvater kümmere sich um seinen Enkel, besuche beispielsweise Elternsprechtage, wenn es die Mutter des Jungen zeitlich nicht schaffe. Jannik würde schon mal von ein paar älteren Schülern geärgert, ja, das wisse er natürlich. Aber Untätigkeit demgegenüber, wie Gerlach es ausgedrückt hatte, war vom Klassenlehrer vehement bestritten worden. Vielmehr, so hatte Herr Butz erklärt, habe der Junge ihn angefleht, nichts gegen die betreffenden Schüler zu unternhemen. Das würde es für ihn nur noch schlimmer machen.

Heike Buschkamps Information, Gerlach habe vor seinem Ruhestand viele Jahre lang die Schwanenhals-Apotheke in der Innenstadt geleitet, war von Klaas Hinrichs ganz aufgeregt kommentiert worden: »Dann kennt er sich ja bestens mit Chloroform aus!«

Doch Fritz Alt hatte erwidert: »Nun mal langsam! Heutzutage ist jeder Trottel in der Lage, sich im Internet diesbezüglich kundig zu machen, und zwar in kürzester Zeit. Irgendeinen auch nur halbwegs konkreten Verdacht gegen Herrn Gerlach sehe ich nicht!«

Auch ein erneutes Gespräch mit Gerlach selbst war ergebnislos verlaufen. Er vermochte sich an keine weiteren Einzelheiten mehr zu erinnern, außer eben, dass die Frau ihm irgendwie unkonzentriert, fahrig vorgekommen sei.

Selten zuvor hatte auch die KTU so wenig zur Lösung des Falles beitragen können wie diesmal. Die intensive Tatortuntersuchung war ja schon weitgehend ergebnislos verlaufen, neue Erkenntnisse hatten sich nicht ergeben.

Fritz Alt hatte Kontakt aufgenommen mit der Realschule in Moers, die Frau Hichler vor ihrem Auslandsaufenthalt geleitet hatte. Die Aussage, an der Schule sei man erleichtert und froh über Frau Hichlers Weggang gewesen, überraschte Alt keineswegs, erbrachte für die Aufklärung jedoch nichts Neues.

Auch in Griethausen war Fritz Alt wieder zu Besuch gewesen, aber der pensionierte Hauptkommissar hatte sich ebenfalls ratlos gezeigt. Er hatte Alt sogar einen gehörigen Schrecken eingejagt, als er die Möglichkeit eines Serientäters an die Wand malte. »Hoffentlich findet man nicht in zwei Wochen oder drei Monaten den nächsten ermordeten Schulleiter!«, hatte der alte Herr geunkt.

Sogar Kriminaldirektor Benjamin Fricke war das Stocken der Ermittlungen im Fall Hichler deutlich anzumerken, selten hatte man ihn so übel gelaunt erlebt. Anfragen von Journalisten zu einer neuerlichen Pressekonferenz hatte er brüsk abgelehnt, es gäbe nichts zu berichten. Kein Wunder, dass die Polizei in den Zeitungen für die Ergebnislosigkeit ihrer Arbeit kritisiert wurde. Aber nach und nach spielte der Fall Hichler in der medialen Berichterstattung eine zunehmend untergeordnete Rolle. Die Journalisten hatten bei ihren Recherchen zwar bald die

Situation an der MLK-Realschule aufgedeckt, insbesondere die Unzufriedenheit mit der Schulleiterin, aber auch das führte zu nichts. Merkwürdig kam es dem Team des K1 allerdings vor, dass das Verhältnis des Herrn Dautzenberg mit einer Lehrerin der Schule seiner Frau nicht aufgedeckt wurde.

»Was haben wir nur übersehen?«, fragte nicht nur Siegfried Heise ständig. »Die Tat und somit der Täter muss in direktem Zusammenhang mit der Person Hichler stehen, sie stellte ganz bestimmt kein zufällig ausgewähltes Opfer dar!«

Über einen Mangel an Beschäftigung durfte sich das Team des K1 dennoch nicht beklagen. Der erste Überfall auf Frau Hichler war so gut wie aufgeklärt. Mit den auf seinem Rechner von den Spezialisten in Lüneburg gefundenen Fotos der gefesselten Frau konfrontiert, knickte Kamal Boussoufi ein und gab zu, an der Tat beteiligt gewesen zu sein. Auf keinen Fall jedoch wollte er den Namen seines oder seiner Komplizen preisgeben. Das sei eine Frage der Ehre, hatte er gesagt. Man verpfeife keinen Kumpel.

Es war zwar mehr als wahrscheinlich, dass Rachid Ben Habib der Haupttäter gewesen war, dies vor Gericht zu beweisen erschien allerdings nahezu ausgeschlossen. Der inzwischen wieder aufgetauchte und intensiv verhörte Junge leugnete hartnäckig jedwede Beteiligung an der Tat.

Der Fall des angefahrenen Privatdetektivs war derweil zu den Akten gelegt worden. Fleischer Jochimsens Alibi hatte sich als bombensicher erwiesen, an seinem Fahrzeug waren von der Spurensicherung keine Hinweise auf einen Unfall entdeckt worden. Andere Verdächtige konnten nicht ermittelt werden. Helmut Ropertz, dem es wieder viel besser ging, hatte sich eben doch zur falschen Zeit am falschen Ort befunden, purer Zufall!

Eine Serie von Scheuneneinbrüchen auf dem Emmericher Eyland hielt die Kommissare auf Trab. Gestohlen wurden dabei hochwertige landwirtschaftliche Maschinen, in einem Fall auch drei teure E-Bikes.

Jens Marquardt, dessen Praktikum beim K1 sich dem Ende näherte, beschäftigte sich vorwiegend mit ›seinen‹ Metalldieben. Bei der von den Kollegen als ›Sträflingsarbeit‹ bezeichneten Suche ging Marquardt alle Verkaufsportale im Netz durch, um herauszufinden, ob einige der auf den Klever Friedhöfen gestohlenen Gegenstände dort zum Verkauf angeboten wurden.

Daher fanden es die Kollegen keineswegs überraschend, wie müde der Kommissarsanwärter an manchen Tagen wirkte. Es sollte sich jedoch bald zeigen, dass der wahre Grund dafür ein ganz anderer war.

»Ich habe tage-, ja oft sogar nächtelang alle möglichen Register und andere Informationsquellen im Netz durchforstet, um mehr über die Person Laura Simons herauszufinden«, erklärte Marquardt den Kollegen.

Fritz Alt freute sich zwar über den Einsatz des jungen Kollegen, erwartete jedoch keine umwerfenden Ergebnisse.

»Und?«, fragte er deshalb eher beiläufig.

»Schön, dass alle sitzen!«, antwortete Marquardt mit einem Anflug von Lächeln. »Sonst würde es euch umhauen!«

Gespannt blickten alle den Kommissarsanwärter an.

»Leg schon los!«, forderte Hinrichs.

Marquardt genoss seinen Auftritt sichtlich. Mit leiser Stimme sagte er langsam und bedächtig: »Beate Simons ist tot!«

»Na toll, das wissen wir doch!«, entgegnete Hinrichs spürbar enttäuscht.

»Laura Beate Simons ist tot!«, wiederholte Marquardt und fügte dann, jedes Wort deutlich betonend, hinzu: »Und zwar seit 30 Jahren.«

Ungläubiges Staunen erfüllte den Raum. Keiner sagte etwas. Dann fragte Heise: »Wie meinst du das?«

»Im August 1985 ereignete sich in den Zillertaler Alpen ein bedauerlicher Unfall. Bei einer Bergtour gerieten zwei junge Frauen aus Deutschland in ein schweres Unwetter. Eine überlebte, die andere blieb verschwunden, höchstwahrscheinlich in eine Fels- oder Gletscherspalte gestürzt. Sie wurde zehn Jahre später für tot erklärt.«

»Und diese Frau hieß Beate Simons?«, fragte Hinrichs, dem die Geschichte irgendwie merkwürdig vorkam. »Den Namen Beate Simons dürfte es hunderte Male in Deutschland geben!«

»Das ganz sicher«, antwortete Marquardt, »aber ich wage zu bezweifeln, dass es zwei verschiedene Personen mit diesem Namen gibt, die beide am 5. Februar 1962 geboren wurden. Meint ihr nicht auch?«

Wieder hatte der Kommissarsanwärter die anderen sichtlich überrascht.

»Woher wissen Sie das alles?«, fragte ein staunender Fritz Alt.

»Nun, das Geburtsdatum unseres Mordopfers kennen wir, der 5.2.1962. Den Geburtstag der verunglückten und verschollenen jungen Laura Beate Simons haben mir unsere österreichischen Kollegen übermittelt: der 5.2.1962! Damit dürfte ein Zufall ausgeschlossen sein!«

»Also ist sie damals doch nicht umgekommen, in eine Gletscherspalte gestürzt...«, begann Hinrichs.

»...sondern hat einfach so zwei Jahre danach ihr Refendariat aufgenommen? Glaubst du das wirklich?«, fragte Heise und schüttelte den Kopf. »Da ist etwas faul an der Geschichte!«

»Was bedeutet das für unsere Ermittlungen?«, fragte Hinrichs und gab sich selbst die Antwort: »Wir suchen nicht nur den Täter, wir kennen nicht einmal die genaue Identität des Opfers!«

»Wir benötigen unbedingt weitere Details über das damalige Unglück«, meinte Alt. »Besonders über die andere Frau!«

»Die Kollegen aus Innsbruck haben versprochen, uns zeitnah mit Informationen zu versorgen.«

Im weiteren Verlauf des Nachmittags wartete man gespannt auf weitere Nachrichten aus Österreich, doch die Kollegen schienen mehr Zeit als erhofft zu benötigen.

Stattdessen war Heike Buschkamp bei ihren Recherchen unerwartet schnell erfolgreich. Sie hatte tatsächlich eine Person ausfindig gemacht, die über Laura Beate Simons viel wissen musste.

»Klaas, du fährst morgen früh Richtung Heimat!«, informierte Fritz Alt einen völlig überraschten Hinrichs, der nur ein »Wie bitte?« hervorbrachte.

»Heike hat herausgefunden, dass Laura Simons´ Mutter noch lebt, und zwar in einem Hamburger Altenheim. Wir müssen unbedingt mehr über die Zeit vor 30 Jahren erfahren, Personen, mit denen Laura Simons verkehrte, befragen, verstehst du?«

»Ehrlich gesagt, nein!«, entgegnete Hinrichs. »Bei dem Fall zieht es dich ständig in die Vergangenheit. Warum? Und sag bitte nicht ›Bauchgefühl‹!«

Ehe Alt etwas erwidern konnte, hatte sich Heise eingeschaltet: »Ich bin auch der Meinung, wir sollten uns bei der Tätersuche mehr auf die Gegenwart konzentrieren. Ich bin mir sicher, wir haben dabei etwas übersehen, irgendeine unbedeutend scheinende Kleinigkeit.«

»Klaas freut sich bestimmt, mal wieder in Hamburg zu sein«, erklärte Fritz Alt lächelnd, ohne auf die Einwände der anderen einzugehen.

FÜNFZEHN

Das angenehme Frühlingswetter hielt an, zarte Grüntöne bestimmten weite Teile der Landschaft, auch wenn die Laubbäume sich noch weitgehend kahl in den niederrheinischen Himmel reckten. Wildgänse waren seit Tagen nicht mehr gesehen worden.

»Na endlich!«, murmelte Heike Buschkamp. »Die Kollegen aus Innsbruck haben sich gemeldet!«

»Und?«, fragte Marquardt gespannt.

»Moment noch, ich muss die gefaxten Unterlagen erst einmal grob überfliegen. Also, am Morgen nach dem Unwetter wurde eine der beiden Frauen durchfroren und entkräftet von den Suchtrupps aufgespürt und ins Spital gebracht. Sie erlitt keine dauerhaften gesundheitlichen Schäden und konnte das Krankenhaus schon nach zwei Tagen wieder verlassen. Die großangelegte Suche nach der anderen Frau blieb ergebnislos. Der Name der Geretteten lautete Kerstin Möhwald, geboren 8.11.1960.«

»Diese Frau müssen wir unbedingt ausfindig machen!«, rief Fritz Alt und sah die Kriminalassistentin an.

»Bin schon dabei«, rief Heike, »aber dir ist auch klar, wie schwer sich das gestalten kann. Wenn sie inzwischen verheiratet ist und anders heißt, wird die Sache nahezu aussichtslos.«

Es kam genau, wie Heike Buschkamp es befürchtet hatte: Den Namen Möhwald fand sie deutschlandweit hundertfach, nicht jedoch den passenden Vornamen Kerstin. Es blieb ihr nichts anderes übrig, als diejenigen Möhwalds, über deren Telefonnummer sie verfügte, der Reihe nach anzurufen und nach Kerstin zu fragen. Irgendwie vorsintflutlich, dachte die Kriminalassistentin.

»Wir sollten übrigens Klaas den Namen durchgeben, vielleicht kann er von der Mutter mehr erfahren«, schlug Heise vor.

Die Dienstreise nach Hamburg begann für Klaas Hinrichs zunächst mit der Etappe vom Bahnhof Kleve nach Düsseldorf. Hinrichs freute sich darüber, dass er nicht in Duisburg Station zu machen brauchte, denn den dortigen Hauptbahnhof hatte er als einen der gruseligsten überhaupt in Erinnerung. Vielfach restaurierungsbedürftig und bevölkert von zahlreichen Personen, denen nicht nur der erfahrene Kriminalist auf den ersten Blick ansah, auf welcher Seite des Gesetzes sie standen.

In Düsseldorf wartete er 30 Minuten auf den Intercity in die Hansestadt. Er spazierte auf dem Bahnsteig auf und ab und spürte Erinnerungen an seine Vergangenheit hochsteigen. Für seine Heimat Nordfriesland war Hamburg immer schon DIE Stadt gewesen. Wenn seine Eltern sich mit ihm und seinem zwei Jahre älteren Bruder Hauke nach Hamburg aufmachten – natürlich mit dem Zug – ,war das immer etwas Besonderes gewesen. Von der ländlichen Abgeschiedenheit der Halbinsel Eiderstedt in die pulsierende Metropole. Der Hafen und die riesigen Schiffe hatten dem kleinen Klaas ganz besonders imponiert.

Am Niederrhein fühlte er sich wirklich wohl, das weitläufige, flache Land wies schließlich eine große Ähnlichkeit zu den tischebenen, vielfach dem Meer abgerungenen Flächen Nordfrieslands auf. Und dennoch vermisste er die Küste und das Meer.

»Nä, dä Zuch fährt nach Hambursch-Alona, Caro, dat is nich unsera«, hörte Hinrichs eine Frauenstimme, die ihn aus seinen Gedanken riss. Er wandte sich um und erblickte eine erschreckend junge Mutter mit grün gefärbten strähnigen Haaren und mehrfach gepiercter Lippe und Nase. Daneben hockte ein circa anderthalb Jahre altes Mädchen.

Ich sollte mich beherrschen und nicht von den Äußerlichkeiten über einen Menschen urteilen, aber die kleine Caro wird es schwer haben im Leben, dachte Hinrichs und verkniff es sich, der jungen Mutter das fehlende ›t‹ zu erklären.

Als er wenige Minuten später nach einem Gang zum nördlichen Bahnsteigende wieder in den Haltebereich D zurückkehrte, musste Hinrichs die Luft anhalten. Grünhaar saß auf dem Boden des Bahnsteigs und telefonierte. Von einer geilen Party am Wochenende in Amsterdam war die Rede. Neben der Frau, auf einem ausgebreiteten Schal oder Tuch, krabbelte Caro sabbernd auf allen Vieren umher, verließ auch den Bereich des Tuches und berührte mit ihren kleinen Fingerchen den garantiert nicht sauberen und keimfreien Bahnsteigboden, steckte sogar anschließend das Däumchen in den Mund. Grünhaar war offensichtlich so sehr in ihr Gespräch vertieft, dass sie ihrer Tochter keinerlei Beachtung schenkte.

So ganz falsch lag ich dann ja nicht, arme Caro, dachte Hinrichs bei sich. Kurz darauf nahm er mit einer Mischung aus Freude und Überraschung zur Kenntnis, dass der ICE nach Hamburg-Altona pünktlich zur Einfahrt freigegeben wurde.

Das Taubenpärchen ganz oben unterhalb des Daches der Bahnsteighalle blickte recht gelangweilt auf die zahlreichen Menschen hinab. Als der Intercity jedoch einlief und schließlich zum Stillstand kam, wurden die Tauben Zeugen eines für sie unerklärlichen Spektakels auf dem Bahnsteig. Sowohl vom nördlichen als auch vom südlichen Ende des Zuges bewegten sich Dutzende von Menschen mitsamt ihren Gepäckstücken schnellen Schrittes aufeinander zu. In der Mitte schienen sie sich zu einem großen Knäuel zuammenzuballen, das sich dann jedoch rasch wieder entwirrte und die Menschen eilten nun in die jeweils entgegengesetzte Richtung, nämlich zum nördlichen bzw. südlichen Zugende den Bahnsteig entlang. Belustigt schüttelten die Tauben den Kopf.

Als Klaas Hinrichs endlich seinen reservierten Platz im Wagen 14 ganz am Ende des Zuges – laut Wagenstandanzeiger hätte er viel weiter vorn laufen sollen – erreichte, ließ er sich völlig genervt in den Sitz fallen und hörte bald über den Zuglautsprecher die gewohnt überfreundliche Stimme: »Wir bitten unsere verehrten Fahrgäste um Entschuldigung. Die geänderte Wagenreihung konnte auf den Bahnsteigen nicht mehr rechtzeitig dargestellt werden!«

»Der vorige Halt war in Köln, 20 Minuten vor Düsseldorf. Seit Köln dürfte sich die Wagenreihung ja kaum noch geändert haben. Also bestand genügend Zeit für eine Information am Bahnsteig!«, murrte Hinrichs.

Dann wollte er sich endlich auf eine ruhige Fahrt nach Hamburg einrichten, da hörte er in der Sitzreihe vor sich eigenartige klirrende, piepsende und kreischende Töne. Durch den Spalt zwischen den beiden Sitzen vor ihm sah Hinrichs gewaltige, zähnefletschende, mit Flügeln ausgestattete Kampfpudel, die vom tapferen Ritter mit seinem Superschwert vernichtet werden mussten. Die beiden Jungen, etwa 12 und 13 Jahre alt, beschäftigten sich während der gesamten dreieinhalb Stunden bis Hamburg mit nichts anderem als Computerspielen. Eine Kommunikation untereinander oder mit der auf der anderen Gangseite sitzenden Großmutter fand nicht statt.

Hinrichs konnte nur den Kopf schütteln und dachte: Die sicherste Methode, doofe Kinder noch doofer werden zu lassen, sind derartige Computerspiele.

Nach der Ankunft in Altona verspürte er große Lust, einige seiner früheren Lieblingsplätze in der Stadt aufzusuchen, etwa die St.Pauli-Landungsbrücken oder die Binnenalster. Der Dienst jedoch rief ihn zum KSB Wilhelmsburg, dem Kompetenzzentrum für Seniorenbetreuung im gleichnamigen Stadtteil. Die Befragung der dort lebenden Frau Simons hatte natürlich absoluten Vorrang.

In der Station wurde er bereits von der Leiterin der Pflegegruppe vier, Schwester Maria, erwartet. Maria Machulla war groß und kräftig gebaut mit einem auffallend runden Gesicht, welches durch ihr kurzgeschnittenes schwarzes Haar zusätzlich betont wurde. Ihre Stimme wies einen liebenswerten polnischen Akzent auf, sie klang hart, jedoch keineswegs unfreundlich und auf jeden Fall sehr laut. Hinrichs führte das auf den jahrelangen Umgang mit schwerhörigen und demenzkranken Menschen zurück.

Nachdem man sich einander vorgestellt hatte, kam Schwester Maria gleich zur Sache: »Frau Simons nicht dement, lebt sie in Vergangeneheit. Für sie Tochter nicht tot, bald kommt zuruck. Bitte, Sie nicht erwähnen Tochter tot, sie nicht verstehen wurde. Ganz vorsichtig fragen!«

All dies wusste Hinrichs natürlich aus dem Gespräch mit der Heimleiterin, das am Abend zuvor per Telefon geführt worden war.

Hinrichs hatte auch kurz Rücksprache mit dem Polizeipsychologen halten können, wenngleich diesem ein Fall wie Frau Simons noch nicht untergekommen war. Jedenfalls war Hinrichs vorbereitet, was er die alte Frau fragen sollte, durfte und auf keinen Fall zur Sprache bringen sollte.

So betraten Klaas Hinrichs und Schwester Maria bald darauf das Zimmer 74, in dem Frau Simons schon seit vielen Jahren lebte. Der Raum war nicht allzu groß. Das Mobiliar bestand aus einem kleinen Kleiderschrank, einer Anrichte, dem wuchtigen höhenverstellbaren Krankenbett und einem kleinen Tisch mit dem Fernsehgerät. Diesem gegenüber saß in einem gemütlichen Ohrensessel eine alte Frau, die gerade zu dösen schien. Sie wirkte klein und zerbrechlich mit solch feinem, dünnem Haar, dass man die Kopfhaut durchschimmern sah, und einem faltenzerfurchten Gesicht.

»Frau Simons, Sie haben Besuch!«, rief Schwester Maria mit lauter Stimme.

Daraufhin öffnete die alte Frau ihre Augen und sah Hinrichs verwundert an.

»Guten Tag, Frau Simons«, begann er und stellte dann die zuvor mit dem Psychologen abgesprochene erste Frage: »Ich bin ein Bekannter von Laura von der Uni. Ich habe längere Zeit nichts mehr von ihr gehört. Wissen Sie, wie es Laura geht?«

In den Augen der alten Frau schien etwas aufzublitzen.

»Laura ist doch in Österreich auf einer Bergtour, wissen Sie das denn nicht?«

»Doch, natürlich«, beeilte sich Hinrichs zu sagen, »zusammen mit einer Freundin.«

»Ja, mit Kerstin.«

»Kennen Sie Kerstin? Haben Sie sie mal gesehen?«

Noch bevor Frau Simons antworten konnte, ertönte vom Gang her eine laute, flehende Stimme: »Hilfe! Hilfee! Hilfee! Wäspä! Wäspää!«

Schwester Maria stürzte aus dem Raum.

»Das ist der alte Hübbers«, erklärte Frau Simons und Hinrichs konnte sich nur wundern, wie klar im Kopf die alte Frau nun wirkte.

»Das passiert ständig«, fuhr sie fort. »Wenn ein Stäubchen durch die Luft fliegt, glaubt er eine Wespe zu sehen und schreit los. Der ist nicht ganz dicht!«

»Er hat bestimmt große Angst vor Wespen.«

»Oh, ja! Was war noch Ihre Frage gewesen?«

»Ob sie Kerstin kennen, sie mal gesehen haben.«

»Nein, das nicht, aber in dem Karton im Wohnzimmer muss ich noch ein Foto von ihr haben. Soll ich es eben holen?«

»Nein, nein, das ist nicht nötig«, erwiderte Hinrichs,

erstaunt über den plötzlichen Wechsel der Realitätsebenen bei der Frau.

»Laura sagt immer, wie ähnlich sie sich sehen, sie wirken wie Schwestern.«

Hinrichs hatte bereits seit einigen Minuten eines der Fotos an der Wand über der Anrichte mit einem eigenartigen Gefühl betrachtet. »Das ist aber ein schönes Bild von Laura. Sie haben sicher nichts dagegen, wenn ich es abfotografiere«, stellte Hinrichs fest und zückte sein Handy.

In diesem Moment kam die Schwester zurück. »Na, wurde die Wespe eingefangen?«, fragte Hinrichs lächelnd.

»Das ist schlimm! Herr Hubbers immer sieht Wespe, auch wenn keine ist da, und schreit und schreit. Hat Leben lang Angst vor Wespe. Ich nicht verstehe. Ist verruckt!«

»Frau Simons«, wandte sich Hinrichs jetzt wieder an die alte Frau. »Wissen Sie, wie lange Laura noch in Österreich bleiben wird?«

»Ich habe vorgestern zuletzt mit ihr telefoniert. Sie ist so begeistert von den Bergen und den Wanderwegen, dass sie noch ein, zwei Wochen bleiben möchte. Mit dem Studium ist sie ja fertig, sie hat viel Zeit.«

»Ja klar!«, konnte Hinrichs nur erwidern, dem es nicht in den Kopf wollte, dass sich Frau Simons einerseits völlig klar und logisch zu Herrn Hübbers äußerte, bei allem, was ihre Tochter betraf, sich jedoch weitab jeglicher Realität befand.

»Hat Laura Ihnen eigentlich von ihrem Freund erzählt?« Das war auch eine vorher mit dem Polizeipsychologen abgestimmte Frage.

»Sie meinen den Jonas?«

»Ja, genau«, antwortete Hinrichs erleichtert, denn die Frage nach dem Freund war ein Schuss ins Blaue gewesen. »Jonas Jansen, ein netter Kerl, nicht wahr?«

»Jansen?«, murmelte Frau Simons nachdenklich. »Ich glaube, ich kenne seinen Nachnamen gar nicht, ich habe ihn auch nicht kennengelernt.«

Schade, dachte Hinrichs, denn über den vollständigen Namen hätte man bestimmt mehr über die Vergangenheit der Laura Simons herausfinden können.

»Ja, Frau Simons, dann möchte ich Sie auch nicht länger stören«, begann Hinrichs. »Bitte richten Sie Laura meine Grüße aus, wenn Sie wieder einmal mit ihr sprechen.«

Bei diesem Satz kam er sich irgendwie schäbig und niederträchtig vor, wie ein gemeiner Lügner.

»Wie war noch Ihr Name?«, wollte Frau Simons wissen.

»Sagen Sie Klaas, dann weiß sie Bescheid! Auf Wiedersehen und alles Gute für Sie!«

Zusammen mit Schwester Maria verließ er den kleinen Raum. »Arme Frau!«, sagte Hinrichs nachdenklich.

»Aber hat sie Weg gefunden, mit Tod von Tochter zu leben«, entgegnete Schwester Maria.

»Sie meinen, indem sie ihn leugnet? Und das seit 30 Jahren! Einfach unvorstellbar!« Hinrichs konnte es nicht fassen, hatte Derartiges noch nie erlebt.

Nachdem er das Haus wieder verlassen hatte, begab sich Klaas Hinrichs zurück zum Bahnhof. Dort nahm er einen kleinen Imbiss ein und protokollierte kurz das Gespräch mit Frau Simons. Sein ICE nach Berlin lief pünktlich ein. Während der nur etwa anderthalbstündigen

Fahrt ging ihm die alte Frau nicht aus dem Kopf. Wie ist so etwas nur zu erklären, fragte er sich halblaut.

Da sich Fritz Alt am Vortag noch mit der Freien Universität Berlin in Verbindung gesetzt und sein Anliegen vorgebracht hatte, waren die zur Einsichtnahme gewünschten Akten aus dem Archiv herausgesucht worden und warteten auf Hinrichs. Laura Simons hatte ihr Staatsexamen nach dem Lehramtsstudium im Frühsommer des Jahres 1985 abgelegt, und zwar für die Unterrichtsfächer Deutsch und Geschichte, das hatte man der Personalakte entnommen. Nun sollte Hinrichs die Listen mit den Lehramtsstudenten der Jahre 1984 und 1985 durchforsten, möglichst Kommilitonen von Laura Simons ausfindig machen.

Zunächst war man im K1 davon ausgegangen, diese Namenslisten aus Berlin einfach zugemailt zu bekommen. Da diese jedoch nicht digitalisiert worden waren, musste die althergebrachte Methode zur Anwendung gelangen. Hinrichs suchte in erster Linie nach männlichen Namen, denn die ehemaligen Studentinnen dürften inzwischen mehrheitlich verheiratet und unter ihrem damaligen Mädchennamen kaum noch auffindbar sein.

Nach dem Gespräch im Altenheim hoffte Hinrichs ganz besonders darauf, einen Studenten mit dem Vornamen Jonas zu finden. Hoffentlich kein Jonas Deppermanns oder ein derartiger Nachname, der bei der Heirat bestimmt durch den Namen der Frau ersetzt worden wäre, dachte Hinrichs. Außerdem sollte es ein nicht alltäglicher Name sein, denn einen Jonas Müller oder Jonas Hoffmann ausfindig zu machen, wäre wahrscheinlich nahezu unmöglich. Wie viele Männer, die Jonas Hoffmann heißen, mag es wohl in Deutschland geben, sinnierte Hinrichs und vermutete als Antwort mehrere Hunderte, falls nicht sogar Tausende.

Als Ergebnis hatte er schließlich zwei Namen herausgefunden, mit denen er ganz zufrieden war, weder zu alltäglich noch zu unangenehm: Jonas Ruppenthal und Jonas Dux. Ob allerdings einer dieser beiden Männer der Freund von Laura Simons gewesen war? Ob es sich überhaupt um einen Kommilitonen gehandelt hatte? Dies wäre natürlich nur zu klären, falls es gelänge, die Männer ausfindig zu machen. Die ganze Angelegenheit wollte dem Kommissar im Moment wenig aussichtsreich erscheinen. Was hatte den Alten Fritz nur dazu bewogen, das mögliche Motiv im Mordfall Hichler/Simons so tief in der Vergangenheit zu vermuten? Bauchgefühl? Intuition? Klaas Hinrichs seufzte und vergrub sich wieder in die Akten der FU Berlin aus den 80er Jahren des vorigen Jahrhunderts.

Als er schließlich am Abend das vorgebuchte Hotelzimmer in einer Seitenstraße des Kudamms bezog, fühlte er sich ganz zufrieden, hatte er doch eine weitere Person ausfindig gemacht, die ihm hoffentlich etwas über Laura Simons und ihre damaligen Mitstudenten erzählen konnte. Er hatte sie sogar telefonisch erreicht und einen Gesprächstermin für den kommenden Vormittag abgemacht. Dem Berliner Telefonbuch sei Dank! In diesem Falle wenigstens, denn einen Jonas Ruppenthal oder Jonas Dux hatte er dort nicht gefunden, dies aber auch kaum anders erwartet.

SECHZEHN

Hinrichs vernahm eigenartige Geräusche. Als sie näher kamen, wusste er, worum es sich handelte: eine Lautsprecherdurchsage. Wohl wieder eine Entschärfung einer Weltkriegsbombe in der Nähe, dachte er. Derartige Aktionen hatte es in den letzten Jahren immer wieder gegeben, erstaunlich nach so langer Zeit. Aber der Lautsprecher sprach nicht von einer Bombe, sondern von Wespen. Hinrichs hörte genauer hin.

»Bitte bleiben Sie in Ihren Häusern und Wohnungen, halten Sie auf jeden Fall sämtliche Türen und Fenster geschlossen. Eine Wespeninvasion ungeheuren Ausmaßes hat die Stadt betroffen. Millionen von Tieren fliegen umher, lassen sich überall nieder. Es besteht Lebensgefahr, denn aufgrund der riesigen Menge an Tieren würde man nicht nur einen einzigen Stich bekommen, sondern gleich eine größere Anzahl. Es ist bereits zu Todesfällen gekommen. Ich wiederhole...«

Hinrichs konnte nur staunen. Davon hatte er noch nie gehört. Plötzlich merkte er auf. Was war das? Er vernahm ein eigenartiges Geräusch, welches er sofort als äußerst unangenehm empfand, ein ganz leichtes Summen oder Brummen. Es wurde lauter und noch unangenehmer. Er konnte sich nicht erinnern, jemals ein derartig schreckliches Geräusch gehört zu haben. Als Nächstes fühlte er Panik in sich hochsteigen, blickte zum Fenster und erlitt einen Schock. Das Fenster war gekippt und durch die schmale Öffnung bewegte sich eine Wespe nach der anderen in den Raum hinein. Die ersten Tiere flogen bereits auf ihn zu. Hinrichs wollte weglaufen, um Hilfe schreien, aber es gelang nicht.

Schweißgebadet wachte er auf, blickte als Erstes zum – geschlossenen – Fenster seines Zimmers in der kleinen Pension unweit des Kudamms. Es gelang ihm kaum, sich von dem Traum zu lösen, so absolut bedrohlich hatte die Situation gewirkt. Er mochte sich nicht vorstellen, ein derartiges Horrorszenario einmal in der Realität erleben zu müssen.

Langsam sortierte er sich wieder. Ja, der alte Mann mit der Wespenphobie in dem Hamburger Altenheim, das musste der Auslöser für diesen Alptraum gewesen sein. Hinrichs atmete tief durch.

Pünktlich um 10 Uhr am Morgen setzte das Taxi Klaas Hinrichs in der Furkastraße ab. Es handelte sich um eine gehobene Wohngegend, wie er sofort feststellte. Große, parkähnliche Grundstücke mit alten Baumbeständen, weitläufigen Rasenflächen und villenartigen Gebäuden prägten das Bild. Dazu gehörten natürlich auch diverse Sicherheitsmaßnahmen.

Nachdem Hinrchs den Klingelknopf am Eingangstor betätigt hatte, fühlte er sich zunächst von einer Überwachungskamera betrachtet. Er nannte seinen Namen, den vereinbarten Besuchstermin und wurde sodann aufgefordert, seinen Dienstausweis in die Höhe zu halten, damit die Kamera diesen erfassen könne. Schließlich öffnete sich das Tor und Hinrichs näherte sich auf einem gepflegten breiten Kiesweg der Haustür. Dort wurde er von einer Bediensteten empfangen, die ihm seinen Mantel abnahm und ihn in den Salon führte. Ein wenig fühlte er sich dabei wie ins vorige Jahrhundert zurückversetzt.

Im Salon begrüßte ihn eine alte Dame, der man Niveau und Bildung auf den ersten Blick ansah. Hinrichs schätzte sie auf Anfang achtzig. Sie war von schlanker aufrechter Statur, ihr faltenzerfurchtes Gesicht mit den wachen blauen Augen strahlte Freundlichkeit aus. Professorin Tinnefeld war Germanistin an der Freien Universität gewesen. Bei ihr hatte Laura Simons im Frühsommer 1985 das Erste Staatsexamen abgelegt. Nach Austausch einiger Höflichkeitsfloskeln bekam Hinrichs keine Gelegenheit zu seiner ersten Frage, denn die alte Dame ergriff sofort die Initiative.

»Ja, es war furchtbar damals, als wir von dem tragischen Vorfall hörten. Wenn sich jetzt, nach 30 Jahren, die Polizei wieder damit beschäftigt, kann das nur bedeuten, dass es etwas Neues gibt. Ist Laura gefunden worden?« Sie verstummte, schien einen Moment zu überlegen, bevor sie fortfuhr: »Aber nein, deswegen wären Sie wohl kaum zu mir gekommen.«

Sie blickte ihn fragend an und Hinrichs berichtete von der ermordeten Schulleiterin, deren Geburtsname Laura Simons gewesen war.

»Aber das kann doch nicht sein!«, rief Frau Tinnefeld erregt. »Es muss sich um einen Zufall handeln.«

»Das erscheint höchst unwahrscheinlich«, erwiderte Hinrichs. »Das Geburtsdatum der Ermordeten ist identisch mit dem Ihrer ehemaligen Studentin!«

Die Überraschung war der alten Dame deutlich anzumerken. »Was bedeutet das?«, stieß sie schließlich hervor.

»Wir wissen es noch nicht«, erklärte Hinrichs langsam. »Ich komme zu Ihnen, um etwas mehr über Laura Simons zu erfahren.«

»Würden Sie mich fragen, was ich gestern zu Mittag gegessen habe, ich wüsste es auf Anhieb nicht zu sagen. Dinge aus der Vergangenheit, viele Jahre zurückliegend, scheinen mir hingegen eher präsent zu sein. Nun ja«, seufzte sie, »das ist das Alter. Aber ich schweife ab, wie kann ich Ihnen genau helfen?«

»Was für ein Mensch war Laura Simons?«

»Wissen Sie, ich habe während meiner Tätigkeit an der FU etliche Hundert Studenten und Studentinnen begleitet, vielleicht sogar noch mehr. An die allermeisten kann ich mich kaum erinnern. Aber Laura Simons sehe ich heute noch vor mir, wie vor 30 Jahren, und das nicht wegen ihres tragischen Verschwindens. Sie war eine ausgesprochen nette, freundliche junge Frau, sehr ehrgeizig und fleißig, dazu wirklich hübsch. Wir waren damals alle tief betroffen, als wir von dem Unfall hörten.«

»Die andere Studentin, die das Unwetter überlebte, Kerstin Möhwald, kannten Sie die auch?«, fragte Hinrichs gespannt, doch Frau Tinnefeld dämpfte seine Erwartungen.

»Ich hatte jedenfalls nicht direkt mir ihr zu tun. Möglicherweise saß sie in einer meiner Vorlesungen, aber Genaueres kann ich da leider nicht sagen«, erklärte die alte Dame. Sie verstummte, schien nachzudenken, dann fuhr sie fort: »Was mir zu damals noch einfällt, Lauras Freund hat einen ziemlichen Aufstand betrieben, wenn ich so sagen darf. Er stellte diese andere junge Frau, die gerettet wurde, öffentlich an den Pranger. Er unterstellte ihr, Schuld oder zumindest Teilschuld an Lauras Tod zu tragen.«

»Wie kam er zu der Auffassung?«

»Dazu weiß ich nichts. Aber diese Frau hat dann unsere Uni bald verlassen, glaube ich.«

An den Namen des damaligen Freundes von Laura Simons vermochte sie sich nicht zu erinnern.

Nachdem sich Hinrichs kurz darauf bei Frau Tinnefeld herzlich bedankt und danach verabschiedet hatte, verspürte er ein Gefühl leiser Enttäuschung. Von dem Gespräch mit der Professorin hatte er sich mehr erhofft, insbesondere in Bezug auf Lauras Freundin Kerstin Möhwald. Aus den Archivunterlagen hatte Hinrichs am Tag zuvor nur entnehmen können, dass sie im Wintersemester 1985/86 an der FU Berlin weiterstudiert hatte, danach allerdings nicht mehr. Es lag keine Exmatrikulation vor, kein Wechsel der Universität, die Frau hatte anscheinend ihr Studium abgebrochen, ohne sich von der Hochschule abzumelden.

Der Sonnenschein, der den Alten Fritz schon früh am Morgen bei der Fahrt ins Präsidium begleitete, ließ den Hauptkommissar durchaus optimistisch in den Tag blicken. Vielleicht helfen uns die von Klaas in Hamburg und Berlin gesammelten Informationen tatsächlich ein Stück weiter, dachte er bei sich.

Im K1 herrschte rege Betriebsamkeit. Am Abend zuvor hatte Klaas Hinrichs das Foto der jungen Laura Simons sowie die wichtigsten Namen und Fakten geschickt.

Ein erster Erfolg trat ein, als Klaus Cuypers die anderen über die Auswertung des Fotos informierte.

»Das spezielle Computerprogramm vergleicht die genauen unveränderlichen Merkmale des Gesichts, Stellung der Augen, Größe und Anordnung der Nase, Mundwinkel, Lippen, Backenknochen und vieles mehr.«

»Genug doziert, das Ergebnis bitte!«, rief ein ungeduldiger Fritz Alt.

»Die Sache ist eindeutig: Die ermordete Frau war definitiv nicht Laura Simons!«

Marquardt schien daran zu zweifeln. »Und wenn die Frau sich inzwischen – warum auch immer - einer Gesichts- oder Schönheitsoperation unterzogen hat?«

»Das spielt keine Rolle«, erwiderte Cuypers. »Das Programm checkt eine solche Vielzahl an Parametern ab, da ist es unerheblich, ob an der einen oder anderen Stelle im Gesicht herumgeschnippelt wurde. Außerdem sind beispielsweise bei der Stellung der Augen, ihrem Abstand zueinander, operative Veränderungen so gut wie ausgeschlossen!«

»Apropos Augen«, schaltete sich Heise ein. »Dafür benötige ich kein Computerprogramm. Die junge Frau auf dem Foto weist eindeutig nicht die eiskalten grau-blauen Augen der Toten auf!«

»Bei der Ermordeten handelte es sich demnach nicht um Laura Simons«, stellte Marquardt nachdenklich fest.

»Das war auch nicht anders zu erwarten«, erklärte Heise. »Schließlich ist Laura Simons vor 30 Jahren bei einer Bergtour in einem Unwetter verschwunden, mit an Sicherheit grenzender Wahrscheinlichkeit dabei umgekommen.«

»Und wer ist dann die Tote, Holmes?«, fragte Alt, obwohl ihm die Antwort dämmerte.

»Kerstin Möhwald natürlich!«

Jens Marquardt staunte und sah Heise fragend an.

»Die Fakten sprechen eindeutig dafür«, begann Heise. »Ich stelle es mir folgendermaßen vor: Möhwald überlebt bekanntlich das Unwetter im Gebirge, bei dem Simons umkommt. Nicht lange danach verschwindet sie von der Bildfläche, wie Klaas uns mitteilte. Und Heike konnte bei der Suche nach ihr ja auch keinen Erfolg vermelden. Da Möhwald offenbar über keinerlei Verwandtschaft oder sonstige Bindungen verfügt, meldet sie niemand als vermisst. Sie taucht einfach unter. Wie wir ebenfalls von Klaas erfuhren, sehen sich Laura Simons und Kerstin Möhwald erstaunlich ähnlich. Das dürfte Möhwald auf die Idee gebracht haben, die Identität der toten Freundin anzunehmen. Sie gelangt mühelos an den Ausweis und andere Papiere der Laura Simons, vor allem deren Examensurkunde. Da kommt ihr die Idee, warum soll sie eigentlich weiterstudieren? Als Laura Simons verfügt sie ja über ein abgeschlossenes Studium. Ob sie diesen Plan direkt nach dem tragischen Bergunglück entwickelt oder später, werden wir vermutlich nie erfahren. Sie muss jedoch darauf achten, niemand zu begegnen, der Laura Simons kennt. Also weit weg von Hamburg und Berlin, am besten in den Süden Deutschlands ziehen. Um ihre Spur sicherheitshalber weiter zu verwischen, heiratet sie möglichst bald und ist damit auch den Namen Simons los. Von der Verstorbenen übernimmt sie den zweiten

Vornamen und kann nun als Beate Hichler sicher vor einer Entlarvung sein. In Freiburg legt sie ihre Examensurkunde vor, absolviert das Referendariat und beginnt ihre Lehrtätigkeit.

»Das klingt alles sehr plausibel, Holmes«, durchbrach Alt das kurze Schweigen nach Heises Schilderung. »Aber was geschah in den fast zwei Jahren zwischen ihrem Verschwinden aus Berlin und dem Beginn des Referendariats?«

»Heirat, wie wir wissen. Ansonsten kann nur spekuliert werden. Versuchtes Zweitstudium, Auslandsaufenthalt, irgendein Job, alles ist möglich!«

»Die entscheidende Frage für unsere Suche nach dem Mörder bleibt allerdings: Was bringt uns dieser Ausflug in die Vergangenheit, selbst wenn es sich bei der Toten um Kerstin Möhwald gehandelt haben sollte?«, fragte ein immer noch skeptischer Jens Marquardt.

Darauf erfolgte zunächst keine Antwort. Schließlich bemerkte Heise: »Wir wissen ja noch nicht einmal, ob die Frau als Kerstin Möhwald oder als Beate Hichler ermordet wurde.«

»Ich bleibe bei meiner Ansicht, Version eins. Wir müssen unbedingt mehr über die Frau herausbekommen!«

Damit blickte er die Kriminalassistentin fragend an.

»Diese Möhwald-Suche macht mich noch wahnsinnig!«, seufzte Heike Buschkamp. »Bis die Leute kapieren, dass wir eine Kerstin Möhwald suchen, die 1960 geboren wurde und Mitte der 80er Jahre in Berlin studiert hat, vergeht schon eine ganze Zeit. Dann wird gefragt, warum wir diese Frau suchen und was sie verbrochen hat und schließlich antwortet irgendein Hartmut Möhwald aus Hanau, dass er keine Kerstin kennt!

Und so weiter, ich komme da einfach keinen Schritt voran.«

»Dann bekommst du Unterstützung. Herr Marquardt wird die Suche fortführen und du nimmst dir die beiden Jonasen vor, natürlich eine Wortschöpfung des Kollegen Klaas!«

Nach erstaunlich kurzer Zeit hörte man einen Aufschrei der Kriminalassistentin. »Kommt ihr mal ganz schnell!«, rief sie aufgeregt und die anderen eilten herbei.

»Was gibt es denn?«, fragte Fritz Alt.

»Bei meiner Suche nach den von Klaas übermittelten Namen habe ich mit Leuten angefangen, die Jonas Ruppenthal heißen.«

»Und davon existiert in Deutschland nur ein einziger«, unterbrach Heise.

»Das weiß ich nicht, aber ich bin sofort auf eine Person dieses Namens gestoßen, ein bekannter Natur- und Landschaftsfotograf!«

Leichte Enttäuschung zeigte sich in den Gesichtern der anderen.

»Ein Fotograf, na toll! Ja und?«, murmelte Alt mehr zu sich selbst.

Doch dann zog Heike Buschkamp ihren Trumpf: »Ratet mal, in welchem Verlag dieser Fotograf seine Bildbände veröffentlicht!«

Heise schaltete als Erster: »Du meinst doch nicht...«

»Genau!«, unterbrach Heike. »Im Peltz-Verlag in Düsseldorf! Was sagt ihr jetzt?«

Ungläubiges Staunen machte sich breit. Dann ergriff Fritz Alt das Wort: »Das kann kein Zufall sein. Dautzenberg und dieser Ruppenthal kennen sich also, davon muss man ausgehen.«

»Und was bringt das für unseren Fall?«, bremste Heise die aufkommende Euphorie.

»Wir müssen unverzüglich mit dem Mann reden!«, erwiderte Alt. »Feststellen, wo er sich zur Tatzeit aufgehalten hat!«

»Bin schon bei der Arbeit!«, rief die Kriminalassistentin und wandte sich wieder ihrem Rechner zu.

Es stellte sich jedoch bald heraus, dass es gar nicht einfach war, an den Mann heranzukommen. Ein Jonas Ruppenthal war nirgendwo in Deutschland gemeldet, keine Anschrift lag vor. Auch sein Internetauftritt half nicht weiter, aber wenigstens eine Mail-Adresse war dort zu finden, eine norwegische. Schließlich wandte sich Heike Buschkamp telefonisch an den Peltz-Verlag. Auch dabei benötigte sie eine große Portion Ausdauer, bevor sie endlich den passenden Ansprechpartner in der Leitung hatte.

»Also, Jonas Ruppenthal lebt in Norwegen«, berichtete Heike später am Nachmittag. »Das heißt, wenn er überhaupt mal zu Hause weilt. Denn er befindet sich fast ständig auf Achse, reist in der Welt umher, fotografiert. Die abgelegenen, lebensfeindlichen Gebiete scheinen es ihm besonders angetan zu haben: Alaska, Himalaya, die Sahara und so weiter.«

»Schön für ihn«, kommentierte Heise mit leicht ironischem Unterton.

»Wenn er sich in Deutschland aufhält, wohnt er meist in Hotels oder Pensionen, bei seinen Besuchen in Düsseldorf ist es das...«

»...Hotel Nikko!«, unterbrach Marquardt.

»Nein, das Hotel Düsseltal, ein kleines Hotel garni im Zooviertel außerhalb der eigentlichen Innenstadt.«

»Ein Zoo in Düsseldorf?«, wunderte sich Alt. »Davon habe ich noch nie gehört!«

»Doch, doch!«, erklärte der in Düsseldorf geborene Marquardt. »Da existierte im vorigen Jahrhundert ein Tierpark, der einmal zu den schönsten Anlagen dieser Art in ganz Deutschland zählte. Ende des Zweiten Weltkriegs wurde das Zooviertel in Schutt und Asche gelegt, der Zoo selbst danach nie wieder aufgebaut.«

»Das ist ja alles ganz gut und schön, aber wie und wann kommen wir an den Mann ran?«, fragte ein sichtlich ungeduldiger Fritz Alt.

»Wir haben Glück!«, antwortete Heike Buschkamp. »Übermorgen hat er einen Termin im Verlag, um 10 Uhr. Also dürfte er spätestens morgen Abend im Hotel Düsseltal eintreffen. Das habe ich allerdings noch nicht gecheckt, das Hotel noch nicht kontaktiert. Ich wollte euch zuerst informieren.«

»Gute Arbeit, Heike!«, lobte Alt und fuhr fort, an seine Mitarbeiter gewandt: »Ich habe ja immer geahnt, der Schlüssel zu dem Fall liegt in der Vergangenheit!«

SIEBZEHN

Kurz vor dem Wochenende schien das Wetter wieder in den sprichwörtlichen April-Modus zu verfallen. Dicke Bewölkung und blauer Himmel, Regenschauern, Sturmböen und Sonnenschein wechselten sich im Verlauf des Tages ständig ab. Die Temperaturen waren wieder in den einstelligen Bereich gesunken.

Hinrichs berichtete den anderen detailliert von seinen Erkundungen in Hamburg und Berlin, die wichtigsten Ergebnisse hatte er bereits von unterwegs übermittelt. Insbesondere die unterschiedlichen Wahrnehmungsebenen der alten Frau Simons beschäftigten ihn immer noch sehr. Seinen ›Wespenalptraum‹ erwähnte er nicht.

Hocherfreut nahm er die Information auf, ein Jonas Ruppenthal sei bereits ausfindig gemacht worden und sollte am Abend in Düsseldorf vernommen werden.

»Hoffentlich ist er der Richtige!«, merkte er an. »Ich bin sehr gespannt!«

Am frühen Abend machten sich Fritz Alt und Klaas Hinrichs auf den Weg nach Düsseldorf, zu dieser Zeit des Tages ohne Staugefahr.

Das Hotel Düsseltal erwies sich als eine kleine, aber feine Unterkunft im nördlichen Randbereich der Innenstadt mit Bushaltestelle direkt am Haus. Der Hotelchef, Herr Gebert, ein kleiner nervös wirkender Mann in den Vierzigern, empfing die Beamten in der Lobby, die den Charakter eines großen, gemütlichen Wohnzimmers besaß, mit bequemen altertümlichen Plüschsesseln und hohen gebogenen Stehlampen, hölzernen Couchtischchen sowie offenen Wandregalen mit allerlei Nippes.

»Ja, der Herr Ruppenthal«, begann Gebert sofort, nachdem Alt und Hinrichs sich vorgestellt und nach dem Fotografen gefragt hatten, »der kommt schon seit vielen Jahren zu uns. Manchmal ist es mit den Terminen etwas schwierig, denn zu Messezeiten sind wir immer völlig ausgebucht, oft weit im Voraus. Das Messegeschäft macht weit mehr als die Hälfte unseres Umsatzes aus. Zum Glück finden alljährlich etliche große Messen hier statt.«

Endlich schien der Mann eine Pause zu machen, fuhr dann jedoch fort, denn seine Neugier ließ sich nicht länger zurückhalten: »Was hat eigentlich der Herr Ruppenthal mit der Kriminalpolizei zu tun?«

»Ist er schon eingetroffen?«, fragte Hinrichs, ohne auf Gebert einzugehen.

»Nein..., das heißt ja!«, antwortete dieser und wies auf die Tür, durch die im selben Moment ein Mann das Hotel betrat, den Alt spontan für den jüngeren Bruder des Bergsteigers Reinhold Messner gehalten hätte, groß, breitschultrig, wilde graue Lockenmähne, dunkelgrauer wuscheliger Vollbart. Statt eines Koffers schleppte er einen großen Rucksack in den Raum.

Die Befragung von Jonas Ruppenthal fand im Frühstücksraum des Hotels statt. Der Fotograf schien keineswegs überrascht, von der Kriminalpolizei befragt zu werden, augenscheinlich war er von Mitarbeitern des Verlages informiert worden.

»Sie haben doch nichts dagegen, wenn wir das Gespräch aufnehmen«, begann Hinrichs und stellte sein Smartphone ein. Ruppenthal zögerte nur ganz kurz, bevor er antwortete: »Ich habe nichts zu verbergen, bitte sehr!«

Wieder einmal hatte sich Fritz Alt in Absprache mit Hinrichs für seine bevorzugte Vorgehensweise entschieden: »Herr Ruppenthal, würden Sie uns bitte sagen, wann Sie Kerstin Möhwald zuletzt gesehen haben?«

Alt und Hinrichs blickten den Mann direkt an, nahmen einen winzigen Augenblick der Überraschung wahr, ein kaum merkbares Zucken in den Augen. Ruppenthal schien zu überlegen. »Kerstin Möhwald?«, meinte er dann. »Kerstin Möhwald? Warten Sie...! Ja genau, das muss vor rund 30 Jahren gewesen sein, in Berlin während des Studiums.«

»Wissen Sie, ganz ehrlich, da haben wir schon wesentlich überzeugendere Lügengeschichten gehört«, stellte Alt fest und sah den Mann ein paar Sekunden lang an, bevor er mit deutlicher Schärfe in der Stimme fortfuhr: »Herr Ruppenthal, wir würden jetzt gern von Ihnen die Wahrheit hören!«

Der Mann schien mit sich zu kämpfen, schwieg, blickte von Alt zu Hinrichs und zurück. Schließlich hatte er seine Entscheidung getroffen. »Wie haben Sie das mit Kerstin Möhwald nur so schnell herausgefunden?«, fragte er und redete weiter, ohne eine Antwort abzuwarten: »Dann würden Sie den Rest bestimmt auch bald wissen, also kann ich Ihnen auch gleich alles sagen.«

»Wir hören!« Alt und Hinrichs betrachteten den Mann voller Spannung.

»Ich war vor 30 Jahren mit Laura Simons eng befreundet, das dürfte Ihnen bekannt sein. Ihr Verschwinden respektive ihr Tod bei diesem furchtbaren Unwetter in den Bergen traf mich hart, wirbelte mein ganzes Leben durcheinander. Lauras Freundin Kerstin war mir vom ersten Moment an unsympathisch, ich verstand überhaupt nicht, warum Laura sie mochte. Jedenfalls kam mir sofort der Gedanke, diese Frau habe etwas mit Lauras Tod zu tun, in welcher Weise auch immer. Dabei handelte es sich keineswegs nur um irgendwelche Hirngespinste, ich spürte es, wusste es einfach!«

Er verstummte kurz, man merkte ihm seine psychische Anspannung deutlich an. »Als sie im Wintersemester wieder in Berlin war, sprach ich sie an, fragte sie, was in den Bergen geschehen sei. Sie wich mir aus, wollte nicht mit mir reden. Dann griff ich sie an, streute Gerüchte, sorgte dafür, dass niemand mehr etwas mit ihr zu tun haben wollte. Mobbing würde man das heute nennen.«

»Wie reagierte sie?«, wollte Alt wissen.

»Gar nicht! Sie lehnte es weiterhin ab, mit mir zu sprechen und eines Tages war sie weg! Komplett von der Bildfläche verschwunden. Niemand wusste etwas über sie, keiner sah sie jemals wieder.«

»Das wissen wir alles schon!«, rief ein ungeduldiger Klaas Hinrichs.

»Ich habe die Frau dann aus meinem Gedächtnis gestrichen sozusagen, nicht jedoch Laura. An sie denke ich nahezu täglich, habe auch nie geheiratet. Für mich gab es immer nur Laura, niemand sonst!« Er machte eine Pause, bevor er fortfuhr: »Ja, und dann geschah das Unfassbare. Auf einer Verlagsfeier in Düsseldorf vor einigen Wochen sah ich aus gewisser Entfernung eine Frau und wusste sofort: Das ist Kerstin Möhwald!«

»Wie konnten Sie da so sicher sein, nach 30 Jahren?«, fragte Alt.

»Sie hatte sich gar nicht so furchtbar stark verändert. Die Haare waren nicht mehr blond, sondern braun, das Gesicht zwar älter geworden, aber was ich sofort wiedererkannte, waren ihre eiskalten, heimtückischen Augen, kein bisschen anders als vor 30 Jahren!«

»Hat sie Sie auch erkannt?«

»Ich hielt mich bewusst im Hintergrund, nicht zu sehr in ihrer Nähe. Außerdem hat sich mein Äußeres im Vergleich zu damals gewaltig verändert.«

»Was taten sie dann?« Alt war die gespannte Neugier deutlich anzumerken.

»Ich beschaffte mir Informationen über diese Frau, auf allen möglichen legalen und anderen Kanälen. Was ich erfuhr, entsetzte mich zutiefst: Diese Person hatte tatsächlich Lauras Identität angenommen, sogar ihr Examen gestohlen. Ich war rasend vor Wut, das können Sie sich vorstellen, nicht wahr?«

»Also beschlossen Sie, Rache zu üben!«

»Ja, aber ich wusste nicht, wie. Daher kam ich auf die Idee, sie zunächst einmal kräftig zu erschrecken.«

»Wie?«

»Ich schickte ihr kleine Mitteilungen.«

»Wie dürfen wir uns das vorstellen?«

»Kleine Briefchen eben mit Texten wie ›Hallo Kerstin!‹, ›Wir haben dich gefunden, Kerstin!‹ oder ›Der Tag der Rache naht, Kerstin!‹. Ich war sicher, sie würde damit nicht zur Polizei gehen, sie musste ja ihre Vergangenheit weiterhin verschweigen.«

»Weiter!«, rief Alt, die Lösung des Falles vor Augen.

»Ein paar Mal verfolgte ich sie mit meinem Wagen. Und zwar so, dass sie es merken musste. Alles, um ihr Angst zu bereiten!«

»Davon hat sie uns berichtet.«

»Ja, und als ich noch an einem Plan arbeitete, wie ich sie öffentlich als Betrügerin und Schwindlerin vorführen könnte, pfuscht einfach irgendjemand dazwischen und bringt sie um! Ich konnte es nicht fassen.«

Verblüfft blickten sich Alt und Hinrichs an.

»Da hat Ihnen also jemand die Arbeit abgenommen«, meinte Alt ironisch.

»Arbeit abgenommen? Hah!« Ruppenthal ließ ein verächtliches Lachen vernehmen und sah Alt scharf an. »Glauben Sie wirklich, ich würde wegen dieses Miststücks das Risiko eingehen, den Rest meines Lebens hinter Gittern verbringen zu müsen?«

»Sie haben also mit dem Tod dieser Frau nichts zu tun?«, insistierte Alt.

»So ist es! Ich hatte, wie erwähnt, andere Pläne, wollte sie öffentlich bloßstellen, war nur leider zu langsam.«

Dann stellte Alt endlich die von Hinrichs längst erwartete Frage: »Herr Ruppenthal, wo befanden Sie sich am Montag, dem 7. März, zwischen 16 und 19 Uhr?«

ACHTZEHN

Der Wettergott hatte sich zum Wochenende tatsächlich für die unangenehme Variante des Aprils entschieden: Nieselregen, dichte Bewölkung, heftiger Wind. Ein Wetter, welches vollkommen zu der im Klever K1 herrschenden trüben Stimmung passte.

Für 9 Uhr an diesem Samstagmorgen hatte Kriminaldirektor Fricke eine außerplanmäßige Dienstbesprechung zum vermeintlich gelösten Fall Hichler angesetzt, in seinem Büro. Die Informationen der letzten Tage sollten gebündelt, die weiteren Schritte koordiniert werden. Die miese Laune bezog sich im Wesentlichen auf das Ende des Gesprächs mit Jonas Ruppenthal am Vortag.

Klaas Hinrichs hatte sich noch immer nicht darüber beruhigt. »Ich war so sicher, wir haben ihn!«, fauchte er einmal mehr.

»Und dann präsentiert der uns ein Alibi, an dem es offenbar nichts zu rütteln gibt!«, ergänzte ein ebenfalls noch ziemlich übelgelaunter Fritz Alt. »Vortragsreihe in Hamburg! Heike hat das schon nachgeprüft. An besagtem Montag präsentierte er Geschichten und Fotos von seiner Reise zur ostsibirischen Halbinsel Kamtschatka, um 19 Uhr. Selbst wenn er ein superschnelles Auto und eine leere Autobahn gehabt hätte, wäre das kaum zu schaffen gewesen.«

»Zumal er bereits um 18.30 Uhr in dem Saal ankam, um sicherzustellen, dass mit der Technik alles in Ordnung war«, führte Heike Buschkamp aus.

»Dabei hätte alles so toll gepasst«, ärgerte sich Hinrichs erneut.

»Dann bestehen genau drei Möglichkeiten«, konstatierte Siegfried Heise in gewohnter Ruhe.

»Wir hören, Holmes!«, erwiderte Alt.

»Erstens, der Vortrag in Hamburg wurde von einer anderen Person gehalten, einem Komplizen. Zweitens, Ruppenthal hat den Mord von jemand anderem durchführen lassen.«

»Wie bitte?«, rief ein sichtlich aufgeregter Kriminaldirektor. »Ein Auftragsmord, womöglich sogar ein Profikiller bei uns in Kleve?«

»Immerhin nicht völlig ausgeschlossen«, meinte Fritz Alt. »Und drittens, Holmes?«

»Ganz einfach. Ruppenthal hat mit der Tat nichts zu tun!«

»Hm«, seufzte Alt. »Deine Möglichkeit Nummer eins sollten wir genau untersuchen. Wir benötigen Zeugen, die Ruppenthal kennen, uns zweifelsfrei bestätigen, dass er an jenem Abend den Vortrag in Hamburg gehalten hat! Und das muss vor Ort geklärt werden, nicht per Telefon!«

»Da hätte ich ja gleich in Hamburg bleiben können«, stellte Hinrichs fest. »Soll ich wieder hinfahren?«

»Nein, diese Überprüfung übernehmen unsere Kollegen in Hamburg!«, entschied Benjamin Fricke. »Wir benötigen alle Kräfte hier vor Ort!«

»Ich meine, ein Profikiller hätte die Frau dort erschossen, wo keine Zeugen zu erwarten gewesen wären«, meldete sich Kommissarsanwärter Marquardt zu Wort. »Das Risiko, in das Schulgebäude einzudringen und dabei gesehen oder überrascht zu werden, wäre so jemand nicht eingegangen.«

Marquardt las Zustimmung in den Gesichtern der anderen.

»Dann müssen wir eben Ruppenthals Freundes- und Bekanntenkreis genauer unter die Lupe nehmen!«, schlug Hinrichs vor.

»Abgesehen davon, dass es diesen vielleicht gar nicht gibt, er lebt ja in Norwegen, wenn er nicht gerade in einem abgelegenen Winkel der Welt unterwegs ist. Wie sollen wir uns das vorstellen? ›Ich habe da eine Bitte, könntest du für mich eine bestimmte Frau umbringen?‹ Wohl kaum«, erklärte Heise.

»Das heißt?«, fragte Hinrichs.

»Ich favorisiere Möglichkeit drei, er war es nicht!«, sagte Heise.

»Ich gehe demnach recht in der Annahme, der Fall Hichler ist von seiner Lösung immer noch weit entfernt«, lautete das Schlusswort des Kriminaldirektors.

NEUNZEHN

Auch vier Tage später hatten sich weder das Wetter noch die Laune im K1 gebessert. Alt, Hinrichs und Heise hockten mit der Kriminalassistentin zusammen im Großraumbüro, während Jens Marquardt seine Augen keine Sekunde vom Bildschirm abwandte, immer noch auf der Spur der Metalldiebe. Dies wurde von den Kollegen inzwischen mitleidig belächelt, auch wenn sie seinen Eifer durchaus positiv bewerteten.

Der Anruf der Hamburger Kollegen , die Ruppenthals Alibi genauestens überprüft hatten, bestätigte die Befürchtungen der Kommissare: An den Aussagen des Fotografen bestand nicht der geringste Zweifel, er hatte sich während der Tatzeit, sowie auch einige Tage vorher und nachher, in der Hansestadt aufgehalten und mehrere Bildvorträge gehalten. Etliche Zeugen bestätigten das, vor allem der zuständige Abteilungsleiter der

VHS, dem Ruppenthal von früheren Veranstaltungen her bekannt war.

»Und jetzt?«, fragte Hinrichs ratlos und gab sich selbst die Antwort: »Alles auf Null, wir können wieder ganz von vorne anfangen!«

»Alle Verdächtigen erneut befragen und auf den großen Zufall hoffen?«, meinte Fritz Alt skeptisch. »Ich will es einfach nicht wahrhaben!«, schnaubte er dann. »Es hätte alles so schön zusammengepasst. Der Mann sieht nach 30 Jahren die Frau wieder, die er für den Tod seiner damaligen Liebe verantwortlich macht. Die Vergangenheit steigt in ihm hoch. Außerdem findet er heraus, dass diese Frau sowohl die Identität als auch das Examen seiner Freundin gestohlen hat. Er kennt nur noch einen Gedanken: Rache! Ihr könnt jetzt darüber lachen oder auch nicht, mein Gefühl sagt mir nach wie vor: Er war es! Wie hat er es nur angestellt?«

Siegfried Heise, der immer schon mehr auf messerscharfen Verstand als auf Gefühle gesetzt hatte, schüttelte den Kopf. »Dein berühmtes Bauchgefühl in allen Ehren, Fritz. Es hat dich ja schon oft genug zum Ziel geführt. Aber diesmal? Nein, ich sehe den Schlüsel zu diesem Fall nach wie vor nicht in der Vergangenheit. Wir müssen einfach noch mehr über die Ermordete herausfinden, über Beate Hichler, nicht über Kerstin Möhwald!«

»Fragt sich nur wie?«, erwiderte Hinrichs. »Wir haben doch schon alles Mögliche versucht!«

In die allgemeine Ratlosigkeit hinein fragte Heike Buschkamp: »Habe ich euch eigentlich erzählt, dass ich mit dem Joggen angefangen habe? Ich schleppe einfach zu viele Kilos mit mir herum.«

»Deshalb erkenne ich dich in letzter Zeit kaum wieder«, grinste Hinrichs.

»Quatsch, ich mache das ja erst seit ein paar Tagen«, erwiderte Heike. »Und zwar morgens vor der Arbeit.«

»Alle Achtung!«, staunte Heise. »Die Ausdauer würde ich nicht aufbringen.«

»Was ich aber eigentlich sagen wollte«, fuhr die Kriminalassistentin an Heise gewandt fort, »du bist doch ein großer Anhänger der Marx-Brothers. Hast du schon einmal davon gehört, dass ein Hund den Namen Groucho trägt? Heute früh beim Joggen hörte ich, wie ein Mann seinen Hund so rief. Sehen konnte ich den Mann nicht, er befand sich wohl hinter ein paar Büschen, als ich vorbeilief, aber irgendwie hatte ich das Gefühl, als ob mir seine Stimme nicht unbekannt wäre.«

»Wir haben ihn! Wir haben ihn!«, rief Jens Marquardt in diesem Augenblick so laut, dass alle erschraken.

»Wen meinst du?«, fragte Hinrichs als Erster.

»Wir haben ihn!«, wiederholte der Kommissarsanwärter, der völlig außer Rand und Band geraten schien, sich freute wie ein Kind.

»Einen der Metalldiebe«, brachte er schließlich hervor und beruhigte sich langsam. »Ein Mann rief uns an, er hatte bei einem Verkaufsportal im Netz genau die Engelsfigur zum Angebot entdeckt, die vor kurzem auf dem Hauptfriedhof vom Grab seiner Mutter gestohlen worden war.«

»So blöd kann doch niemand sein!«, kommentierte Hinrichs.

»Doch! Vom Betreiber der Verkaufsplattform erhielten wir gerade die Daten. Der Mann wohnt in Brienen und da fahre ich jetzt hin!«

»Aber Vorsicht!«, gab der Alte Fritz zu bedenken. »Siggi, du fährst mit und zur Sicherheit nehmt ihr noch einen Streifenwagen mit. Man weiß ja nie, mit wie vielen Leuten man es zu tun bekommt!«

Das Anwesen in Brienen, nahe beim Griethauser Altrhein, machte schon aus der Entfernung einen ziemlich verwahrlosten Eindruck. Neben dem Wohngebäude befanden sich auf dem Grundstück noch zwei Bretterschuppen, die so ramponiert wirkten, dass das nächste Sturmtief sie vermutlich komplett zum Einsturz bringen würde. Dazwischen lag und stand allerlei Gerümpel herum, mehrere Kübel, Kisten, Leitern, eine ausrangierte Badewanne, sogar ein vor sich hin rostender Wohnwagen und ein hellgrauer Kleintransporter.

Marquardt drückte die Haustürklingel. Nichts tat sich. Ein erneutes Klingeln verband er mit der lauten Aufforderung: »Polizei! Bitte öffnen Sie die Tür!«

Daraufhin waren im Haus Geräusche zu vernehmen und kurze Zeit später öffnete ein ungepflegt wirkender Mann mittleren Alters, bekleidet mit Boxershorts und Unterhemd, die Tür. Im selben Moment sahen die Beamten einen zweiten Mann, der aus einer Seitentür das Haus verließ, sich einen Weg durch das Gerümpel bahnte und eilig davonrannte. Auf einen Wink von Heise nahmen die beiden Streifenpolizisten sofort die Verfolgung auf. Der Flüchtige, dessen Gesicht und Alter wegen seines Kapuzenpullovers nicht auszumachen waren, überquerte die auf dem Deich verlaufende Straße, setzte über einen Weidezaun und sprintete zur Verblüffung aller Betrachter geradewegs in Richtung Altrhein. Kurz bevor er diesen erreichte, streifte er im Laufen Hose und Kapuzenpullover ab, dann sprang er ins Wasser.

Heise bemerkte mit einem leichten Schmunzeln, wie die beiden uniformierten Kollegen sich kurz fragend anblickten und sodann ebenfalls auf den Altrhein zuliefen, allerdings in voller Montur.

»Die werden den Burschen schon schnappen«, war sich Heise sicher. »Wir sollten hineingehen und uns dem anderen Mann zuwenden.« Dieser war inzwischen wieder im Inneren des Hauses verschwunden, die Tür stand jedoch immer noch offen.

Vater und Sohn bewohnten das Haus, dessen chaotisches Durcheinander von Heise sofort auf das Fehlen einer Frau zurückgeführt wurde. Der Sohn, Erik Jenkes, hatte die Verkaufsanzeige bei e-bay eingestellt, der Vater bestritt jedwede Beteiligung.

Etwa eine Stunde später befanden sich Vater und Sohn, letzterer wieder in trockener Kleidung, auf dem Präsidium, während Jens Marquardt noch damit beschäftigt war, das in einem der baufälligen Schuppen gelagerte Diebesgut zu überprüfen. Engelsfiguren, Kreuze, Grabvasen, ein Stück Zaun, sogar drei kupferne Froschskulpturen entdeckte der Kommissarsanwärter. Die weit geöffneten Mäuler der Tiere deuteten darauf hin, dass sie von einem Brunnen abgeschlagen worden waren, aber wo? Am meisten freute sich Marquardt jedoch über eine große Schiffsschraube in der hintersten Ecke des Schuppens. Das muss das in Grieth gestohlene Stück sein, dachte er. Die nächsten Tage würden viel Kleinarbeit mit sich bringen, die gestohlenen Gegenstände mussten katalogisiert und mit den Diebstahlsanzeigen verglichen, Bestohlene kontaktiert werden.

»Das war richtig gute Arbeit, Herr Marquardt!«, lobte Fritz Alt den Kommissarsanwärter später am Nachmittag. »Endlich können wir einen Erfolg bei den Metalldieben feiern.«

»Aber leider handelt es sich bei den beiden nur um kleine Fische, die auf eigene Rechnung vorgehen, ohne Bezug zu einer Bande«, erwiderte Marquardt.

»Das werden wir noch genau überprüfen!«

Als Heike Buschkamp von den Froschköpfen hörte, wurde sie ganz aufgeregt. »Drei dicke Frösche sagst du? In Kervenheim existiert ein Brunnen mit Froschskulpturen. Ich weiß das, weil ich ab und zu dort meine Tante Ursula besuche. Aber von einem Diebstahl der Frösche habe ich noch nichts gehört.«

Durch die mit der Jagd auf die Metalldiebe verursachte Aufregung hatte Siegfried Heise völlig vergessen, was die Kriminalassistentin ihn am Morgen gefragt hatte. Erst in der Nacht, im Halbschlaf, kam es ihm wieder in den Sinn. Gedankenfetzen schwirrten in seinem Kopf herum, ohne dass er sie in irgendeiner Weise zu ordnen vermochte: Graf Maunz.....übertriebene Tierliebe...... Anzeige .....Exhumierung..... Harpo..... Hundemörder..... hohe Belohnung.....Privatdetektiv....Groucho.

Schließlich wurde dieser wirre Dämmerzustand von tiefem Schlaf abgelöst.

ZWANZIG

Endlich wieder Sonne am Niederrhein, doch die Stimmung im Klever Kommissariat hatte sich auch durch den Erfolg bei den Metalldieben nicht sonderlich gebessert.

»Wegen dieses Trubels mit den Metalldieben bin ich gestern gar nicht mehr dazu gekommen, dir die Frage zu beantworten«, begrüße Heise die Kriminalassistentin. Diese wirkte leicht irritiert. »Welche Frage?«

»Groucho! Du erinnerst dich?«

»Ach so.«

»Wir hatten kürzlich indirekt mit einem Mann zu tun, dessen Hündchen Harpo hieß. Es wurde überfahren. Da liegt die Vermutung nahe, er hat sich einen Nachfolger zugelegt und ebenfalls nach einem der Marx-Brothers benannt, Groucho eben!«

»Klingt logisch! Übrigens ist mir wieder eingefallen, woher ich die Stimme von Grouchos Herrchen kannte«, bemerkte Heike Buschkamp.

»Ach ja?«, erwiderte ein offensichtlich desinteressierter Klaas Hinrichs, dem Sekunden später bei Heikes Antwort allerdings der Kaffeebecher aus der Hand fiel.

»Es war Herr Gerlach, erinnert ihr euch?«

Hinrichs und Heise blickten sich an, keiner sagte etwas, nur das unterdrückte Fluchen wegen des verschütteten Kaffees war zu vernehmen. Auch Heise zuckte zusammen. Mit einem Schlag wusste er: Dies war das fehlende Puzzlestück, nach welchem er im Halbschlaf der vergangenen Nacht vergeblich gesucht hatte.

»Denkst du dasselbe wie ich?«, brach Hinrichs die Stille. Heise nickte.

»Was ist denn bei euch los?«, fragte Jens Marquardt von seinem Schreibtisch herüber.

»Weißt du, wer von unserem Privatdetektiv den ›Mörder‹ seines geliebten Hundchens suchen ließ? Michael Gerlach!«

Marquardt sah die anderen verständnislos an. »Ja und?«

»Verstehst du nicht?«, rief Klaas Hinrichs aufgeregt. »Der Mann, der die Ermordete zuletzt gesehen hat!«

»Ja, Zufall eben«, erwiderte Marquardt. Dann schien er zu begreifen, was die anderen meinten. »Nein! Ihr glaubt doch nicht ernsthaft, er hat die Hichler abgemurkst, nur weil die sein Köterchen plattgefahren hat!«

»Wir müssen auf jeden Fall den Alten Fritz informieren«, stellte Hinrichs fest und war schon unterwegs in das Büro des Chefs.

»Es hat schon Morde aus weitaus nichtigeren Beweggründen gegeben«, sagte Heise an Marquardt gewandt. »Außerdem scheint mir deine Wortwahl verbesserungswürdig.«

Fritz Alt staunte zwar über die Neuigkeit, schien das Ganze jedoch etwas vorsichtiger zu beurteilen als Hinrichs. »Deine Theorie würde nur unter einer Bedingung einen Sinn ergeben: Der Mann hat doch noch herausgefunden, wer sein Haustier überfahren hat.«

»Am besten, wir befragen HERO noch einmal etwas genauer über die Sache«, schlug Hinrichs vor.

»Gute Idee! Du und Holmes, ihr kennt den Mann ja.«

Als Heise und Hinrichs die Turmstraße erreichten, staunten sie nicht schlecht. Die Detektei HERO existierte offensichtlich nicht mehr, die Hinweisschilder waren entfernt, die Räumlichkeiten zu vermieten.

»Und jetzt?«, fragte Hinrichs ratlos.

»Hm«, meinte Heise, »ich glaube, wir haben noch irgendwo seine Handynummer, aus grauer Vorzeit. Ich rufe mal eben bei Heike an, damit sie uns die hoffentlich noch aktuelle Nummer durchgibt.«

Eine Viertelstunde später saßen Heise und Hinrichs Herrn Ropertz in dessen altertümlich eingerichtetem Wohnzimmer gegenüber. Der Mann wirkte immer noch ziemlich lädiert von dem Unfall, ein Arm befand sich in einer Schlinge und er hinkte.

»Sie haben die Detektei geschlossen«, begann Heise.

»Ja, der Unfall hat mir gezeigt, ich sollte mit meinen 72 Jahren endlich in den Ruhestand treten und die Detektivarbeit an den Nagel hängen. War es denn ein Unfall?« Er zögerte, bevor er fortfuhr: »Deshalb sind Sie ja hier.«

»Nein, Herr Ropertz, über den Unfall gibt es nichts Neues. Sie befanden sich wohl tatsächlich zur falschen Zeit am falschen Ort.«

»Wenn nicht wegen des Unfalls, aus welchem Grund möchten Sie mich dann sprechen?«

»Es handelt sich um einen Ihrer letzten Fälle, den Hundemörder«, sagte Heise.

»Ja?« Ropertz staunte.

»Sie berichteten uns seinerzeit, ein älterer Herr hätte Sie aufgesucht und eine hohe Belohnung ausgesetzt, um den ›Mörder‹ seines geliebten Hündchens Harpo zu finden«, erklärte Heise und Hinrichs fügte hinzu: »Der Name des Mannes lautete Gerlach, nicht wahr?«

»Genau! Aber woher wissen Sie das?«

Ohne darauf einzugehen, sagte Hinrichs: »Wie sind Sie vorgegangen und wie wurde die ausgesetzte Belohnung eigentlich publik gemacht?«

»Wir erstellten zusammen ein Flugblatt mit den wichtigsten Angaben, also Zeit und Ort des Vorfalls, Foto des Hundes und der Belohnungssumme, 5000€. Außerdem schalteten wir eine Zeitungsannonce gleichen Inhaltes.

»Was?«, rief Hinrichs aus. »5000€? Wieso diese hohe Summe?«

»Der Mann hing sehr an seinem Hündchen, war völlig von der Rolle.«

»Aber 5000€?«, hakte Heise nach.

»Er wollte unbedingt wissen, wer ihm das angetan hat.«

»Und dann? Hat er auch gesagt, was er mit dieser Person tun würde?«,wollte Hinrichs wissen.

Ropertz überlegte. »Ich glaube mich zu erinnern, er meinte sinngemäß, dieser Kerl würde seines Lebens nicht mehr froh werden.«

»Aha!«, meinte Heise und blickte seinen Kollegen vielsagend an.

»Aber die ganze Aktion blieb ohne Erfolg«, stellte Hinrichs fest.

»Leider ja. Die Flugblätter wurden in die Briefkästen der Umgebung gesteckt, in Geschäften und Gaststätten ausgelegt, an Bäumen und Laternenpfählen angebracht.«

»Aber es kam keine Antwort?«

»Oh doch! Etliche Leute wollten den Tathergang, oder wie soll ich es nennen, beobachtet haben. Als sie mich aber anriefen, auf den Flugblättern war zwar Gerlachs Name, aber meine Nummer angegeben, hatte ich nach einigen gezielten Fragen bald heraus, dass diese Leute nur an der Belohnung interessiert waren, den Vorfall selbst gar nicht mitbekommen haben konnten. Einer nannte mir sogar das Autokennzeichen des ›Hundemörders‹, nur leider existierte dieses Nummernschild überhaupt nicht!«

»Was haben Sie noch unternommen?«

»Ich suchte mehrfach die Stelle auf, wo der Hund überfahren wurde, zur betreffenden Uhrzeit, also etwa 7.30 Uhr und versuchte, Personen ausfindig zu machen, die den Vorfall vielleicht beobachtet hatten. Absolute Fehlanzeige.«

»Wo genau passierte es eigentlich?«

»Nassauerallee, in Höhe Auto Fischer.«

»Wie reagierte Herr Gerlach?«

»Sehr enttäuscht, ja, ich würde sagen: regelrecht verbittert.«

»Hatten Sie danach noch Kontakt mit Herrn Gerlach?«

»Nein.«

»Sie wissen also auch nicht, ob der Mann inzwischen doch noch Erfolg hatte bei der Suche nach dem Autofahrer oder der -fahrerin?«

»Nein.«

Zurück im Präsidium berichteten Heise und Hinrichs

vom Gespräch mit Herrn Ropertz. Bei der Nennung der Belohnungssumme wurde Alt doch nachdenklich.

»Warum setzt jemand eine derartig hohe Summe aus, nur um einen Autofahrer oder eine Fahrerin ausfindig zu machen?«, brachte es Heise auf den Punkt.

»Bestimmt nicht nur, um die betreffende Person einmal kräftig anzuschnauzen«, erwiderte Hinrichs.

»Versetzen wir uns einmal in Gerlachs Situation«, schlug Heise vor. »Der Mann liebt sein Hündchen, das ihm etliche Jahre lang viel Freude bereitet hat, über alles. Dann wird Harpo totgefahren. Einfach so! Wie würdet ihr reagieren?«

»Bestürzt, traurig, wütend!«, antwortet Alt.

»Ich setze also alle Hebel in Bewegung, um den Fahrer oder die Fahrerin zu finden, und zwar mit dem Ziel?«

»Rache!«, rief Marquardt ganz spontan.

»Also gut!«, gab Alt nach. »Wir fahren hin und befragen Gerlach!«

Wenige Minuten später befanden sich Alt, Hinrichs und Heise auf dem Weg in die Krohnestraße, Gerlachs Adresse.

»Ich würde ihn nicht einfach nur befragen wollen«, erklärte Heise seinen Plan, »sondern direkt richtig in die Mangel nehmen, Verhaftung, Vernehmung bei uns, das volle Programm!«

»Warum?«, wollte Hinrichs wissen.

»Falls er wirklich der Täter ist, haben wir absolut keine Beweise, nichts gegen ihn in der Hand. Dann hätten wir nur eine Chance, wenn wir ihn zu einem Geständnis bringen könnten.«

»Indem wir ihn als Schwerverbrecher behandeln?«

»Genau, denn das wird er bestimmt nicht erwarten!«

»Herr Gerlach, wir müssen Sie bitten, uns aufs Präsidium zu begleiten!«, begann Heise in harschem Ton, als Gerlach die Haustür öffnete. Der Mann reagierte völlig verstört: »Wie? Warum?«

»Sofort!«

»Heißt das, ich bin verhaftet?« Man merkte ihm seine Verunsicherung deutlich an.

Auf der kurzen Fahrt zum Präsidium redeten die Beamten kein Wort mit dem Mann, auch dessen nervöse Frage: »Was wirft man mir vor?« blieb unbeantwortet.

Nachdem man Gerlach ins Präsidium gebracht hatte, zwar ohne Handschellen, aber von Heise und Hinrichs eingerahmt, wurde der Mann direkt in das kahle Vernehmungszimmer geführt.

Fritz Alt begann das Verhör: »Herr Gerlach, wir haben zunächst nur eine einzige Frage an Sie: Auf welche Weise gelangten Sie an die Information, wer Ihren Hund überfahren hat?«

Gerlach betrachtete die Beamten mit versteinerter Miene. Man merkte ihm deutlich an, wie unwohl er sich fühlte. Er schwieg.

»Nun gut, wir haben ja Zeit«, sagte Alt. »In einer Stunde kommen wir wieder, um ihre Antwort zu hören. Überlegen Sie gut!«

Damit verließen Alt und Heise den Raum und gaben Gerlach in die Obhut von Wachtmeister Heffungs.

»So leicht, wie du dir das vorgestellt hast, wird der nicht einknicken«, meinte Alt an Heise gewandt.

»Abwarten!«

»Nun, Herr Gerlach?«, begann Alt 60 Minuten später erneut. Der Mann hatte sich entschieden zu reden: »Als ich schon gar nicht mehr damit gerechnet hatte, erhielt ich einen Anruf von einem Mann, der genau gesehen hatte, wie mein Harpo überfahren wurde.«

»Wie hieß der Mann?«, unterbrach Heise.

»Max Bolzenius, ein wirklich netter Mann. Er erzählte mir, wie entsetzt er gewesen sei, als er es sah. Er war in der Gegenrichtung, also stadtauswärts unterwegs und sah den kleinen Hund auf die Straße laufen. Er bremste vorsorglich, doch die Frau in dem Auto auf der Gegenfahrbahn, die den Hund auch gesehen haben musste, beschleunigte sogar. Die beiden Fahrzeuge begegneten sich genau in diesem Moment. Herr Bolzenius sagte, er habe ein boshaftes Grinsen im Gesicht der Frau zu erkennen geglaubt. Das habe ihn richtig wütend gemacht.«

»Warum rief er Sie erst so spät an?«, fragte Alt.

»Am Tag nach dem Unfall reiste er beruflich ins Ausland. Erst nach seiner Rückkehr entdeckte er eines der Flugblätter.«

»Auf dem aber nicht Ihre Telefonnummer stand, sondern nur die der Detektei HERO!«, merkte Heise an.

»Aber mein Name! Herr Bolzenius sagte, er habe es mir direkt berichten wollen, nicht einem unbeteiligten Detektiv. Er sei Journalist und habe meine Nummer ganz leicht ermittelt.«

»Und?«, fragte Alt ungeduldig.

»Das Beste kommt noch! Herr Bolzenius sagte, er habe das Autokennzeichen für einen kurzen Moment gesehen, als die Fahrzeuge sich begegneten. Die Buchstaben hätten ihn an seinen Geburtsort erinnert, die Ziffern an das Jahr seines Abiturs. Daher konnte er sich das Nummernschild merken. Weil es für ihn als Journalist leichter sei, habe er sogar die Person herausgefunden, auf die dieses Fahrzeug, ein dunkelblauer VW-Golf, zugelassen sei.

Und stellen Sie sich vor, er wollte die ausgesetzte Belohnung auf keinen Fall annehmen, seine Hilfe stelle eine Selbstverständlichkeit dar. So ein netter Mann!«

Alt und Heise wirkten sehr nachdenklich.

»Was unternahmen Sie dann?«, fragte Alt.

»Das Wochenende kam dazwischen, so konnte ich die Frau, die Schulleiterin der MLK-Schule, erst am Montag danach aufsuchen. Mein Enkel Jannik besucht ja diese Schule, daher kannte ich mich in dem Gebäude aus.«

»Weiter!«

»Ich konfrontierte die Frau mit ihrer Tat, sie stritt jedoch alles ab. Da schrie ich sie an und drohte, ich würde allen Schülern und auch Lehrern und Eltern offenlegen, welch ein Schwein ihre Schulleiterin sei!«

»Und weiter?«

»Nichts weiter, meinen Plan ausführen konnte ich ja nicht mehr!«

Nach kurzer Pause legt Alt ein Smartphone auf den Tisch und sah Gerlach an, bevor er die Aufnahme von Ruppenthals Vernehmung startete. »Herr Gerlach, hören Sie sich diese Stimme genau an!«

»Das ist Herr Bolzenius!«, rief Gerlach nach wenigen Sekunden.

»Sicher?«

»Ganz sicher!«

Daraufhin spielte Alt seinen letzten und, wie er hoffte, entscheidenden Trumpf aus. Er blickte Gerlach in die Augen und sprach ganz langsam: »Der Mann, der sich Ihnen gegenüber Bolzenius nannte, war an dem Tag, als Ihr Hund überfahren wurde, gar nicht in Deutschland. Das steht absolut sicher fest. Er hegte aus persönlichen Gründen einen tiefen Hass gegen die Schulleiterin und benutzte Sie für seinen Plan. Herr Gerlach, Sie haben eine Unschuldige getötet!«

Der Mann blickte apathisch in den Raum, schien nicht zu realisieren, was er eben vernommen hatte. Er sagte nichts. Auch Alt und Heise schwiegen, gaben dem Mann Zeit, mit dem Schock umzugehen.

»Haben Sie mich verstanden, Herr Gerlach?«, fragte Alt. »Die Frau hat ihren Harpo nicht überfahren!«

»Sie hätte das nicht sagen dürfen!«, murmelte Gerlach fast unhörbar leise. »Das hätte sie nicht sagen dürfen!«

»Was meinen Sie?«

»Als sie mir eiskalt erklärte ›Ich habe Ihren blöden Köter nicht überfahren!‹, bin ich ausgerastet und brachte sie ... zum Schweigen!«

»Zu dumm«, meinte Heise, nachdem man Gerlach in seine Zelle geführt hatte. »Warum hat er uns nicht genau erzählt, wie er es gemacht hat?«

»Das wissen wir doch eigentlich schon«, sagte Hinrichs, »Aber zwei andere Probleme beschäftigen mich.«

»Und die wären?«

»Er stellt die Tat so dar, als sei sie gleichsam im Affekt ungeplant geschehen. Warum hatte er dann sein Chloroform dabei? Das passt nicht!«

»Das wird vor Gericht geklärt werden müssen«, stellte Alt nüchtern fest. »Und was bedrückt dich noch?«

»Können wir Ruppenthal juristisch belangen, Anstiftung zum Mord beispielsweise?«, wollte Hinrichs wissen.

»Ich fürchte nein«, antwortete Alt. »Das wäre schwerlich zu beweisen. Aber reden werden wir mit ihm!«

»Dann können wir nur hoffen, dass die Möhwald damals tatsächlich nicht schuldlos am Tode ihrer Freundin war. Herausfinden werden wir es nie!«, stellte Heise fest.